लड़की जो देखती पलटकर

लड़की जो देखती पलटकर

क्षमा शर्मा

वाणी प्रकाशन

वाणी प्रकाशन

4695, 21-ए, दरियागंज, नयी दिल्ली 110 002

शाखा

अशोक राजपथ, पटना 800 004

फ़ोन: +91 11 23273167 फ़ैक्स: +91 11 23275710

www.vaniprakashan.in
vaniprakashan@gmail.com

LADKI JO DEKHTI PALATKAR
by Kshama Sharma

ISBN : 978-93-5000-731-0
Collection of Short Stories

प्रथम संस्करण

मूल्य : ₹350

आर. टेक ऑफ़सेट, दिल्ली-110095 में मुद्रित

वाणी प्रकाशन का लोगो मक़बूल फ़िदा हुसेन की कूची से

अनुक्रम

बिजनैस

जब तक विद्या गाड़ी को पार्क करने के लिए आगे बढ़ाती, तब तक एक मारुति लेफ्ट से ओवरटेक करते हुए आयी और उस जगह में घुस गयी, जहाँ विद्या गाड़ी लगाने की सोच रही थी।

"शिट!" उसने गाड़ी लगाने वाले लड़के को कोसा, फिर आगे बढ़ायी।

अभी मार्च ही था और सूरज ऐसे तप रहा था जैसे मई-जून हो। आगे बढ़ी कि अचानक खटर-खटर कोई दौड़ने लगा। देखा सामने से कई गायें दौड़ती चली आ रही थीं। पीछे आता एक मोटरसाइकिल सवार उन्हें दौड़ा रहा था। विद्या बस गाय से टकराने से बची।

'आज का दिन ही खराब है। सवेरे-सवेरे किसका मुँह देखा था—किसका वह सोचने लगी...अरे अपना ही तो, घर में है कौन जो किसी और का देखती। पिछले दफ्तर में तो सात बजे तक फ्री हो जाती थी। घर पहुँचते-पहुँचते आठ बज जाते थे। मगर यहाँ तो कोई टाइम नहीं। बॉस का काम ही शाम के पाँच बजे के बाद शुरू होता है। सवेरे से बैठकर इन्तजार करते रहो। रात ग्यारह बजे निकलो मगर सवेरे पहुँचने में दो मिनट की भी देर नहीं होनी चाहिए नहीं तो लेट लग जाता है।'

'पता नहीं आज भी यह मिलता है कि नहीं।'—उसने सोचा। सामने ही विजय राणा का बोर्ड लगा था। उसका पी. ए. किसी से बात कर रहा था। वह बात खत्म करे तो विद्या बात शुरू करे, यही सोचकर वह खड़ी रही।

पी. ए. ने बात खत्म की तो भी विद्या की तरफ देखा नहीं। उसने आगे बढ़कर गुडमार्निंग कहा। फिर पूछा—"राणा साहब आ गये हैं?"

"हाँ, आ तो गये हैं, मगर इस वक्त कमरे में नहीं हैं।"—उसकी उँगलियाँ नहीं रुकी थीं।

"कुछ बताकर गये हैं, कब तक आएँगे?"

"अब मैडम सब बातें थोड़े ही मुझे बताकर जाते हैं। किससे मिलने जा रहे

हैं, क्यों जा रहे हैं?"—पी. ए. ने कुछ मजाक उड़ाते हुए कहा।

"मगर सर मैंने तो उन्हें फोन कर लिया था। उन्होंने कहा था कि इस समय मिलेंगे।"

पी. ए. ने उसकी किसी बात का जवाब नहीं दिया। वह उसकी चलती उँगलियों, कम्प्यूटर पर भागती लाइनों, पास में रखे स्टूल और पिन बोर्ड पर लगे नम्बरों को देखने लगी।

'सचमुच ही दिन खराब है। कभी-कभी अपना मुँह देखना ही खतरनाक होता है।'—उसने तीन कदम ही बढ़ाये थे कि सामने से राणा आता दिखाई दिया। वह उसे देखकर हलके से मुसकराई। राणा अपने दफ्तर में घुसा तो उसने दो मिनट बाहर इन्तजार करना उचित समझा। पी. ए. ने आकर उसे बताया कि अभी सर दो घण्टे तक तो किसी से नहीं मिलेंगे। आप या तो बाद में आ जायें या इन्तजार कर लें।

विद्या ने घड़ी देखी। ग्यारह बज रहे थे। मान लो दो घण्टे के लिए चली जाये फिर लौटे तो एक बजा होगा। हो सकता है तब यह लंच के लिए निकल जाये तो समझो आज का दिन तो गया।

वह वहीं रखी कुर्सी पर बैठ गयी। तो पी. ए. ने यों ही पूछा—"चाय पिएगी।" उसके मना करने पर भी पी.ए. ने फिर आग्रह किया लेकिन उसने बहाना बनाया—"सर मैं चाय नहीं पीती।"

"कोई बात नहीं मैडम।" कहता पी.ए. फिर अपने काम में लग गया। फिर उसे सुनाता बोला—"साहब बहुत गुस्से वाले हैं। अभी का काम अभी पूरा चाहिए। कल का तो कोई मतलब ही नहीं।"

विद्या दूसरे कामों के बारे में सोचने लगी। यहाँ से फ्री हो तो तीन बजे अग्रवाल एसोसिएट्स से मिलना है। क्या पता वहाँ भी अपना काम बनेगा कि नहीं। न जाने यहाँ से कब छुट्टी मिलेगी। उसने मोबाइल ऑन किया और गाने सुनने लगी।

कि तभी घण्टी बजी। उधर से अनामिका पूछ रही थी—"लंच का क्या हुआ?"

"गया भजिया तलने।" उसने कहा और हँसी—"पहले इस खड़ूस से तो निपट लूँ।" कि तभी पी. ए. ने बताया कि साहब बुला रहे हैं।

अन्दर पहुँची तो राणा ने उसे बैठने का इशारा किया। देर तक वह कम्प्यूटर पर कुछ न कुछ करता रहा। फिर बोला—"कहो, क्या कर सकता हूँ?"

"वही सर पिछली बार जो डील की बात हुई थी।"—विद्या ने कहा।

"हाँ हाँ, वह तो याद है। पचास लाख की डील न!"

"जी सर।"—विद्या की आवाज कुछ डूबी सी। कहीं मना ही न कर दे।

"तुम्हारा काम करने का तो दिल करता है। तुम एक अच्छी लड़की हो। मगर इससे हमें क्या फायदा होगा?"

"जी आपकी कम्पनी की ब्रांडिंग होगी। दूर-दराज तक लोग इसे जान जायेंगे।"

"हाँ, कम्पनी के फायदे की बात तो सोचनी ही चाहिए। मगर कभी-कभी अपने फायदे के बारे में भी बात कर लेनी चाहिए।"—राणा ने मुस्कराते हुए कहा।

"जी सर, आपका फायदा तो तभी होगा जब कम्पनी का फायदा हो।"

"कम्पनी को छोड़ो। तुम चाहती हो कि मैं तुम्हें पचास लाख का फेवर करूँ बताओ तुम मुझे क्या फेवर करोगी।"

"यही कि प्लेसमेंट सही करा दूँगी।"

"नहीं, मेरा पर्सनल फेवर। मैं तुम्हारे लिए तभी कुछ कर सकता हूँ जब तुम मेरे लिए कुछ करो।"—राणा के फोन की घण्टी बजने लगी।

विद्या का सिर चकराने लगा। तभी यह इतने दिनों से चक्कर लगवा रहा है।

"बताओ।"—राणा फोन रखते हुए बोला।

"सर मैं एक प्रोफेशनल हूँ। फालतू बातों में शामिल नहीं होती।"

"मैंने कब कहा कि तुम प्रोफेशनल मत रहो। हर प्रोफेशन का रिवाज़ है गिव एण्ड टेक। तुम मुझे कुछ दोगी, तभी तो मैं तुम्हें कुछ दूँगा।"

विद्या का तो जैसे साँस लेना दूभर हो गया। वह अपनी आवाज पर काबू लाते बोली—"मैं अपने बॉस से आपकी शिकायत करूँगी।"

"ओ हो...हो...लो मैं तो डर गया।" फिर राणा जोर से हँसा—"तुम्हारे बॉस से मुझे भी डरना चाहिए। वह मेरा क्या कर लेगा?"

अब बैठना मुश्किल हो गया। विद्या उठी, थैंक्यू कहा और बाहर निकल आयी। इतना इनडीसेंट प्रपोजल, छिः...

कैसे वह ड्राइव कर ऑफिस पहुँची पता नहीं। वहाँ से सीधे घोष के कमरे में पहुँची। घोष खड़ा-खड़ा सिगरेट पी रहा था हालाँकि यह नो-स्मोकिंग जोन था।

"सर, अब से मैं उस राणा के पास कभी नहीं जाऊँगी।"—विद्या थरथराते हुए बोली।

"क्यों तुम्हारी तो पचास लाख की डील फाइनल होने वाली थी।"—घोष ने आश्चर्य से पूछा।

"कुछ नहीं सर..." फिर विद्या ने सारी बात घोष को कह सुनाई।

"विद्या तुम तो ऐसे दिखा रही हो जैसे आज ही इस लाइन में आयी हो।"

"लेकिन सर इतनी बदतमीजी..."

"उसे छोड़ो, तुम्हारा एक करोड़ का टारगेट है। अगर इस तरह बात-बात पर

रूठोगी तो टारगेट कैसे पूरा करोगी? और मेरी भी लिमिटेशन है। तुम्हारा टारगेट पूरा नहीं हुआ तो जॉब बचाना मुश्किल होगा।"

"सर आपको मेरा पक्ष लेना चाहिए, आप तो उसकी साइड ले रहे हैं।"–विद्या जोर से चीखी।

"तुम्हारे चीखने-चिल्लाने से स्थितियाँ नहीं बदल जातीं। बिजनैस इज बिजनैस।"

विद्या ने देखा वह घोष, घोष में राणा, राणा में घोष...सबके चेहरे... वह अकेली खड़ी थी। इस़ दलदल से कैसे निकलेगी पता नहीं था।

(आजकल, 2010)

ईको फ्रेंडली

गार्ड ने दरवाजे पर कार्ड स्वाइप किया। एक हरी बत्ती जली और दरवाजा खुल गया। "जाइए।" मैं अन्दर घुसी तो दरवाजा लुढ़कते हुए बन्द हो गया।

मेरे और गार्ड के बीच में दरवाजे के रूप में शीशे का एक मोटा परदा था।

रिसेप्शन पर बैठी गोरी-चिट्टी लड़की के दोनों कानों पर फोन लगे थे। उससे पूछने की कोशिश की तो उसने तर्जनी दिखाकर रुकने का इशारा किया।

बात खत्म होने पर उसने कहा—"जी मैम बताइए"...

"मि. रॉबर्ट से अपाइंटमेंट है।"

"मि. रॉबर्ट तो दो घण्टे में यू. एस. जाने वाले हैं। ठहरिए देखती हूँ।"

वह कम्प्यूटर पर चैक करने लगी—मिस नीना...जर्नलिस्ट हैं।

"हाँ कह सकती हैं। लिखती रहती हूँ।"

बहार फाउण्डेशन में काम भी करती हूँ।

ठीक है...मैं कन्फर्म कर देती हूँ। फोन पर उसने रॉबर्ट से कन्फर्म किया और मुझे आगे जाने का संकेत किया।

शीशे की चमकीली दीवारें, चमकता फर्श और तेज रोशनी...ऐसा लगता था जैसे किसी जगर-मगर बस्ती में आ गये हों...चारों तरफ खामोशी भी इतनी कि... यहाँ काम करने वाले क्या आपस में बात करने के लिए एक-दूसरे के कान के आस-पास आकर फुसफुसाते होंगे।

नॉक करके अन्दर घुसी तो ग्रीक गॉड जैसे सुन्दर रॉबर्ट के उतने ही सुन्दर दाँत चमके। उसके ठीक पीछे उड़ान भरते सारस का चित्र लगा था। मेज पर लैपटाप और फोन के अलावा कुछ नहीं था। हाँ, बायें हाथ के रैक में थोड़ी-सी किताबें रखी थीं। बैठते ही उसने कहा—"बहुत अच्छा लिखती हैं आप।"

"जी, थैंक्यू।"

"किन-किन सब्जेक्ट्स पर लिखना पसन्द करती हैं?"

"खेलों को छोड़कर कुछ भी। औरतें, बच्चे, एनवॉयरनमेंट..."

"ओह गुड...लेकिन बेचारे खेलों से इतनी नाराजगी क्यों..."

"नाराजगी की बात नहीं—खेल समझ में नहीं आते...खेलता कोई है, पैसे कोई बटोरता है...पागल कोई और हुआ जाता है। जबसे खेलों को खेल न मानकर देशभक्ति से जोड़ दिया गया है तब से तो ये और समझ में नहीं आते..."

"ब्रिलिएंट नीना...यू इण्डियन गर्ल्स आर रीयली वेरी इंटेलीजेंट।"

"थैंक्यू सर..."

"तुम्हारी लिखी चीजें अक्सर पढ़ता था। तुम्हारे सारे बिग-बिग्स को जानता हूँ। लेकिन तुम्हारी कलम का मुरीद हो गया। खास तौर से पानी को पॉल्यूट करने की जो रिपोर्ट्स तुमने लिखी थीं।"

"जी सर..."

"आजकल तुम्हारे यहाँ यमुना सफाई की बातें बहुत हो रही हैं...तुम्हें लगता है यमुना जो एक अच्छा-खासा नाला बन गयी है उसे साफ किया जा सकता है?"

"क्यों नहीं सर...यदि टेम्स को साफ किया जा सकता है तो यमुना को क्यों नहीं? मगर बीच में पैसे खाने वाले बहुत हैं। जितना भी कचरा है, चाहे पूजा के फूल हों या तरह-तरह के शैम्पू, डिटर्जेंट सबके सब नदी को बर्बाद कर रहे हैं।"

"हाँ, मैंने वह आर्टिकल पढ़ा था जिसमें तुमने डिटर्जेंट और साबुनों को पानी के पॉल्यूशन के लिए खास जिम्मेदार ठहराया था। अच्छा आर्टिकल था। मैं हैरान था इतने आँकड़े और जानकारियाँ तुमने कैसे जुटाईं?"

"थैंक्यू...मैंने काफी समय लगाया...सर्वे किया...लोगों से बातचीत की।"

"कितने दिन लगे होंगे?"

"महीनों सर, महीनों..."

"बस मुझे इसी बात का अफसोस होता है कि तुम लोगों की महीनों की मेहनत की लाइफ कितनी कम होती है...कुछ घण्टे...या एक दिन। बल्कि एक दिन भी ज्यादा है फिर सारे अच्छे आर्टिकल्स के लिफाफे बन जाते हैं और तुम लोग समझते हो कि तुम्हारे लिखने से दुनिया बदल सकती है। तुम ओपीनियन मेकर्स हो...पर एनी वे आप लिखती बहुत अच्छा हैं मिस नीना..."

अचानक उसका सैल बजा तो मेरी नजर उसकी दमकती हुई घड़ी पर गयी। कल कोई बता रहा था कि जिनेवा में घड़ी का दाम पूछो तो कोई बारह लाख कहता है कोई पन्द्रह लाख...जरूर जिनेवा से खरीदी होगी...

बात खत्म करके वह फिर बोला—"देखिए मिस नीना ऐसा भी हो सकता है कि कोई लिखे भी अच्छा और किसी का नुकसान भी न हो।"

"मि. रॉबर्ट यह कैसे हो सकता है? मान लीजिए मैंने पानी के बारे में लिखा, अब जिन चीजों से पानी पॉल्यूट हो रहा है उनके बारे में नहीं लिखूँगी तो लिखने का फायदा क्या?"

"लिखने का फायदा...ध्यान दो नीना लिखने में भी तुम फायदे की बात कर रही हो। एक तरफ आप लोग लिखने को कोई ऐसी पवित्र चीज मानते हैं जैसे कि जो लिखता है वह कहीं स्वर्ग से उतरा है। यही सच है फायदा और नुकसान..."

कभी आप और कभी तुम...फायदा और नुकसान...क्या चाहता है यह आदमी ...बॉस ने न कहा होता तो मिलने भी न आती।

"क्या मैं एक सिगरेट पी सकता हूँ? वैसे बाहर नो स्मोकिंग जोन लिखा है।" कहकर वह जोरों से हँसा। फिर लाइटर से सिगरेट जलाकर दूसरे हाथ से मेज पर तबला बजाने लगा।

फर्श पर बिछा नीला कालीन उस लम्बे-चौड़े रॉबर्ट के वेट से थरथराकर कराह उठा। सिगरेट के दो-चार कश लगाकर वह बोला—"अरे लीजिए मैं अकेला ही सिगरेट पी रहा हूँ। तुम क्या पिओगी, चाय, कॉफी या..."

"जी कुछ नहीं, मैं पानी के अलावा कुछ नहीं पीती।"

"ओह आई सी—समझा...तभी पानी को लेकर इतनी चिन्तित हैं...वाकई कितना अच्छा लिखती हो..."

कितना अच्छा लिखती हो...कितनी बार कहेगा...डर भी लगने लगा। क्यों तो इसने इतने आग्रह से बुलाया...क्या चाहता है...मैंने घड़ी देखी। आधा घण्टा हो गया। डेढ़ घण्टे बाद उसे जाना है।

"घड़ी मत देखो...तुम्हें देर नहीं हो रही है। तुम्हारे बॉस को मालूम है कि तुम यहाँ हो। वैसे आप जर्नलिस्ट...जिनकी कलमें कागज पर आग उगलती हैं, वे अपने बॉस की एक घुड़की से पूँछ दबाकर भागते हैं...ठीक कह रहा हूँ न मिस नीना..."

उसकी बात का मैं क्या जवाब देती, कह तो ठीक ही रहा है...अब चलना चाहिए।

..."तो मि. रॉबर्ट आपसे मिलकर अच्छा लगा, अब मैं चलूँ।"

"इतनी जल्दी भी क्या है? चली जाना। गाड़ी न हो तो छुड़वा दूँगा।"

"नहीं सर गाड़ी है...वैसे भी मुझे रिसेप्शनिस्ट ने बताया कि आपको जाना है।"

"हाँ जाना है। लेकिन जो कुछ कहना था वह कह नहीं पाया...चलो कहता हूँ। क्या तुम्हें पता है कि जिन डिटर्जेंट्स के खिलाफ तुम मुहिम चला रही हो इससे उनका नुकसान हुआ है। मगर दूसरे डिटर्जेंट्स को इससे बहुत फायदा हुआ है। वे कह रहे हैं कि उनके डिटर्जेंट पानी को पॉल्यूट नहीं करते।"

"लेकिन सर सभी डिटर्जेंट पानी को पॉल्यूट करते हैं।"

"मगर तुमने तो कुछ ही का नाम लिखा है।"

"वह तो सर...अब सबका नाम तो लिखा नहीं जा सकता।"

"हाँ सबका।" उसने तेजी से मेज पर मुक्का मारा–"सबका नाम नहीं लिखा जा सकता तो कुछ का कैसे लिखा जा सकता है। दिस इज द स्ट्रेटजी। किसी का नुकसान तो किसी फायदा।"

"रॉबर्ट आप एलीगेशन लगा रहे हैं। मेरे दिमाग में इन दिनों लिखते वक्त सिर्फ पानी ही होता है किसी का फायदा या किसी का नुकसान नहीं।"

"नीना इन्नोसेंस अच्छी बात है मगर उतनी भी अच्छी बात नहीं। आप एज ए जर्नलिस्ट अपनी सोशल रिस्पांसबिलिटी निभाएँ मगर किसी ब्राण्ड को क्रश करके नहीं। आप जानती हैं कि किसी ब्राण्ड को एस्टेबलिश करने में कितने पैसे लगते हैं? और अन्त में कहूँगा कि ऐसा लिखने से बाज आइए कि एक ब्राण्ड नष्ट हो जाये। हजारों लोग बेरोजगार हो जायें...और हाँ, जिस फाउण्डेशन के लिए तुम काम करती हो उसे फाइनेंस भी यही डिटर्जेंट कम्पनी करती है।"

ऐसा लगा कि रॉबर्ट का पूरा कमरा मेरे ऊपर आ गिरा। क्या बॉस ने इसीलिए यहाँ भेजा था।

इससे पहले कि कुछ उलटा-पुलटा मुँह से निकले मैं उठी कि रॉबर्ट की वही हँसी दिखी जो पहले पहल दिखी थी...आप सचमुच बहुत अच्छा लिखती हैं। मगर लिखते वक्त इस बात का ध्यान रखें किसी का नुकसान न हो। अगर ब्राण्ड न रहेंगी तो अखबार नहीं चलेंगे। क्योंकि अखबारों का सारा रेवेन्यू ब्राण्डिंग से ही आता है। विज्ञापन न हों तो अखबार एक दिन न चलें। अखबार नहीं चलेंगे तो आपकी नौकरी गयी और आप जैसे न जाने कितनों की..तब सोशल रिस्पांसिबिलिटी का क्या होगा?"

"बस अब...मि. रॉबर्ट कल जहर ब्राण्डिंग करनी हो तो बताइएगा क्योंकि खराब पानी जहर ही है।"

बाहर निकली तो रॉबर्ट की चमकीली गाड़ी दिखी। वह मुझसे पहले बाहर निकलकर जा रहा था। उसकी बिल्ली आँखों में कोई हिंसा नहीं एक ठण्डापन था। उसने वेव किया तो मैंने सिर नीचा कर लिया।

आसमान में सूरज बहुत तेज चमक रहा था। समझ में नहीं आ रहा था कि बॉस ने जानबूझकर ऐसा किया क्यों था। वह खुद ही कह देते। रॉबर्ट से लैसन दिलवाने की क्या जरूरत थी। दूर कीच से भरी मरती हुई यमुना ने मेरे मरने पर ठहाका लगाया और कहा–"अच्छा हुआ जो मछलियाँ भी मुझसे दूर चली गयीं क्योंकि अब यहाँ कोई जिन्दा रहने लायक नहीं बचा।"

(रेडियो, नेशनल चैनल, दिल्ली)

व्हाइट हाउस में टॉम और लिंकन का भूत

इस कथा की शुरुआत बीसवीं सदी के प्रारम्भिक वर्षों में हुई थी और चलते-चलते यह इक्कीसवीं सदी तक आ पहुँची थी। कहा तो यह जा रहा था कि सौ-डेढ़ सौ वर्षों से जारी यह कथा इतनी धीमी गति से क्यों चली? क्योंकि इस दौर में कितनी कहानियाँ शुरू हुईं, किसी हिन्दी कहानी के विकास की तरह पिरामिड बनाते हुए सत्तर-अस्सी साल में खत्म हो गयीं। कुछ शुरू तो हुईं वहीं की वहीं पड़ी रहीं। कुछ ने पिरामिड नहीं बनाया सर्पिल गति पकड़ी, किसी की शुरुआत ही अन्त की तरफ से हुई।

मुझे इस कथा का अनुमान नहीं था कि यह इस तरह से मिलेगी। इंटरनेट सर्च करते हुए मुझे इसके सूत्र मिले फिर ब्लागर्स ने इसे झपट लिया। अब हर रोज इसकी लम्बाई, पात्र, घटनाएँ, देशकाल सब बढ़ रहे हैं। कौन जानता है यह कहाँ रुकेगी।

स्पाइडरमैन ने बैटमैन से पूछा था कि यह कहाँ रुकेगी। बैटमैन ने सिर खुजाते हुए कहा कि मैं तो नहीं जानता टॉम से पूछो।

टॉम एक पेड़ पर लटका पूँछ हिलाता हुआ कैंडी के मजे ले रहा था जो उसने जैरी के बिल में से चुरायी थी। स्पाइडरमैन का सवाल सुनकर टॉम ने सिर खुजाया फिर बोला—"पहले क्यों नहीं बताया। मेरा क्रिएटर बारबरा तो सेंचुरी में बस पाँच साल पूरे किये मरा है, मैं उससे पूछ लेता। और सौ साल की बात क्या करते हो, जानते हो मेरे क्रिएटर बारबरा-हाना ने मेरे और जैरी के साथ कितने साल का सफर तय किया था?"

"कितना"? स्पाइडरमैन और बैटमैन ने जल्दी बताओ, जल्दी बताओ की तर्ज पर पूछा।

"बेटे स्टोन एज से लेकर स्पेस एज तक।"

टॉम का बेटा कहना स्पाइडरमैन को जरा भी रास नहीं आया। एक मामूली से बिल्ले की यह औकात किज महाबली की आँखों का तारा है उसे बेटा कहे।

स्पाइडरमैन उस पर झपटना ही चाहता था कि उसे दूर से जैरी दिखाई दिया। वह सिर पर कुछ रखकर जा रहा था। मालूम पड़ा कि वह एक मिनी लैपटॉप है। जैरी बाजार में उपलब्ध टॉम और जैरी की सभी सीडीज खरीद लाया था जिससे कि टॉम की चालबाजियाँ पहले ही भाँप सके कि अगले एपीसोड में क्या होने वाला है?

अचानक अमेरिका का राष्ट्रगान बजने लगा। सब सावधान की मुद्रा में खड़े हो गए। क्योंकि सैटेलाइट सिर्फ मनुष्य ही नहीं घोड़े, कुत्ते, बिल्ली यहाँ तक कि रोबोट्स तक पर नजर रखे थे कि जब राष्ट्र गान बजे उस समय सब सावधान की मुद्रा में खड़े हो जायें। दुनिया के सबसे बड़े लोकतन्त्र को बनाये और बचाये रखने के लिए यह जरूरी है कि सब महामहिम की बात मानें। महामहिम जो सोचते हैं वही पूरा अमेरिका सोचता है। और पूरा अमेरिका जो सोचता है वही सारी दुनिया को सोचना चाहिए।

महामहिम का विचार आजकल स्वर्ण अक्षरों में लिखकर हर गलियारे, नुक्कड़, फड़, चाय की दुकान, मॉल्स, फोर्ड और बिलगेट्स के माइक्रोसॉफ्ट के बाहर, ह्यूमैनिटी वॉच की सीढ़ियों पर, हिलेरी क्लिंटन के लिविंग रूम, ब्रिटनी स्पीयर्स की स्टेज, बारबरा बुश के मेकअप किट, मुशर्रफ की बन्दूक, टोनी ब्लेयर की साइकिल आदि पर चिपकवा दिया गया था।

विचार का लब्बोलुवाब यह था कि दुनिया के सभी देश, सभी शासक, सभी फसलें, सभी जानवर-वैज्ञानिक, टीचर, पत्रकार, फिल्मकार, नाटककार-अभिनेता, मजदूर, स्त्रियाँ, बच्चे सुनें, पूरी दुनिया की बेहतरी के लिए जरूरी है कि दुनिया एक ही रास्ते पर चले। एक ही विचार पर भरोसा करे। हमारा विचार आज तक सही ठहराया गया है। हमारी विरोधी शक्तियों ने जब-जब सिर उठाया वे अपने कंट्राडिक्शन का शिकार होकर खुद ही मरीं । हमने कुछ नहीं किया। हम तो इसे ईश्वर की कृपा ही कहेंगे कि जिसने हमें आँखें दिखाने की कोशिश की वह खुद ही खत्म हुआ। हमारे दुश्मनों ने ही हमें हमारी ताकत के बारे में बताया। वैसे हमें अपने दुश्मनों और आलोचकों से कोई परहेज नहीं है। भारतवर्ष में एक कहावत प्रचलित है—निन्दक नियरे राखिए आँगन कुटी छवाय। हम भी चाहते हैं कि हमारे आलोचक रहें। हाँ, लेकिन हम उतनी ही आलोचना सह सकते हैं जो अमेरिका की सम्प्रभुता के खिलाफ न हो। कोई लोकतन्त्र की दी गयी सुविधा अभिव्यक्ति की आजादी के नाम पर हमारी आँख में उँगली डालने की कोशिश करेगा तो निश्चय ही हमें यह बताना पड़ेगा कि हम भी किसी से कम नहीं हैं, चाहे इसके लिए हमें उसकी दोनों ही आँखें क्यों न फोड़नी पड़ें...यह आदेश इतना लम्बा था, इतने डोन्ट्स एण्ड डूज थे कि लोग कुछ देर तो धैर्य से पढ़ते फिर आगे बढ़ जाते थे।

उधर जैरी ने लैपटॉप पर देखा कि टॉम उसके पीछे गंडासा लेकर भाग रहा है। गंडासा देखने में इतना धारदार लगता था कि जैरी को पक्का भरोसा हो गया कि अगर उसके एक किनारे ने उसे छुआ भर तो वह नहीं बचेगा। उसने फौरन एक चाल सोची। उसने गंडासा जहाँ रखा था, वहाँ से उसे चुरा लिया। और यह क्या वज्रपात हुआ। इतिहास में पहली बार ऐसा हुआ कि वह एपीसोड एअर नहीं हो सका। सी ई ओ की नौकरी पर बन आयी। सी ई ओ के हाथ में वह गंडासा तो नहीं आ सका मगर अपनी दराज से सब्जी छीलने वाला चाकू निकालकर स्क्रीन पर बैठे टॉम की ओर दौड़ा, मगर तब तक बिजली चली गयी थी।

उधर असली के टॉम को तो कुछ पता नहीं था। वह बड़ी देर से जैरी की तलाश में था। जब वह दो महामानवों से बात कर रहा था उस समय उसने जैरी को जाते देखा था। वह सिर पर रखकर कुछ ले जा रहा था। उसने बहुत देर इन्तजार किया मगर जैरी नहीं आया। टॉम चाहे कुछ करे मगर जैरी के बिना तो वह जिन्दा नहीं रह सकता। अभी पिछले दिनों जब जैरी ने मरने की कोशिश की थी तो टॉम कितना रोया था, उसने जैरी के मुँह से मुँह लगाकर उसे साँस देने की कोशिश की थी। उसे म्यूजिक सुनाया था। जब वह ठीक हो गया था तभी वह होश में आ सका था।

जिस वक्त टॉम और जैरी की यह कथा चल रही थी उसी वक्त ब्लागर्स के दिमाग में कुछ उठापटक हो रही थी।

एकाएक टॉम जैरी को ढूँढने लगा। कभी वह खिड़की से झाँका। कभी किसी होटल की रसोई में गया और बेमतलब रसोइए की तगड़ी लात खाकर निकला। फिर वह एक पिक्चर हॉल की सीट पर बैठकर अँधेरे में ही कयास लगाने लगा कि कहीं जैरी मटरगश्ती करने को वहाँ चढ़ा हो। इतने में एक दर्शक ने उसे गुदगुदा कुशन समझकर अपनी पीठ के नीचे दबा लिया। वह दर्शक जब बाथरूम के लिए उठा तब ही टॉम वहाँ से जा सका। वहाँ से निकलकर अचानक उसे अपनी मूर्खता पर काफी गुस्सा आया। उसने वहाँ तो देखा ही नहीं जहाँ जैरी हो सकता था। टॉम पूँछ और कान उठाकर लपकता हुआ जैरी के बिल की तरफ पहुँचा। वहाँ उसे खिच-खिच की आवाज सुनाई दी। उसने बाहर से ही आवाज दी–"जैरी भइया, इतनी सरदी में वहाँ क्या कर रहे हो? देखो बाहर कितनी अच्छी धूप है। फूल खिले हैं। चिड़ियाँ चहचहा रही हैं। मौसम सुहावना है। बाहर आ जाओ तो हम दोनों छुपम-छुपाई खेलेंगे।"

तभी उसे अन्दर से ऐसी आवाज सुनाई दी, जैसे कोई दाँत किटकिटा रहा हो। फिर सुनाई दिया–"भाड़ में जाओ तुम और तुम्हारा खेल।"

"अरे नाराज मत होओ। नहीं खेलना है तो मत खेलो। मगर तुम वहाँ क्या कर रहे हो?" टॉम ने उसे फुसलाने की कोशिश की।

"मैं कानूनी रूप से तुम्हारी गरदन कलम करने की कोशिश कर रहा हूँ।"—जैरी बोला।

हा-हा-हा टॉम हँसा, फिर बोला—"कानूनी रूप से कैसे?"

"अरे मूर्ख है तो तू बिल्ला, मगर अक्ल पर लगता है पत्थर पड़े हैं। अखबार नहीं पढ़ा। नहीं पढ़ा तो जान ले 'टॉम ऐड जैरी' का जो एपीसोड एअर नहीं हो सका जानता है क्यों?"

"नहीं-नहीं, बता तो!"—टॉम की उत्सुकता बढ़ गयी। उसने बिल से बिल्कुल कान सटा दिया।

"इसलिए कि जिस गंडासे को तू मेरी ओर फेंकने वाला था उसे मैंने चुरा लिया था। एपीसोड एअर न होने से एड नहीं जा सके। एड नहीं गये तो एडवरटाइजर्स रूठ गये। चैनल को करोड़ों का घाटा हो गया।"

"फायदा यह हुआ कि जो गंडासा तेरे हाथ में था अब मेरे हाथ में आ गया है। उससे मैं तेरी गरदन काटने के लिए सान धर रहा हूँ। जब मैं तेरी गरदन काटूँगा तो कानून के सामने कहूँगा कि ऐसा मैंने अपने बचाव में किया है। दरअसल गंडासा तूने मेरे ऊपर फेंका था, उसी को पलटकर मैंने तेरे ऊपर फेंक दिया। अब तेरी गरदन कट गयी और तू मर गया तो मैं क्या करूँ?"—कहता हुआ जैरी जोर से हँसा।

"यार कमाल है तू तो अमेरिकियों से भी ज्यादा तेज निकला। जो कहते फिर रहे हैं कि वे तो सद्दाम को कानूनी रूप से फाँसी देना चाहते थे। उन्हें कोई जल्दी भी नहीं थी। मगर इराकी थे कि नहीं माने। वे ही चाहते थे कि जल्दी से जल्दी सद्दाम को फाँसी दे दी जाये। तभी अन्दर से उसे खिलखिलाने की आवाज सुनाई दी। टॉम को लगा कि वह बेहोश हो जायेगा। उसके कान में पानी की तेज धार गोली की तरह लगी थी। टॉम चीखता हुआ भागा तो उसे जैरी की आवाज सुनाई दी—"मुझे हमेशा कमजोर समझता है। बदला लेने पर उतारू रहता है तो ले अब भुगत...बड़ा बना फिरता है कैट फैमिली का...अरे बेटा दुनिया के किसी भी ताकतवर की दादागीरी तभी तक चल सकती है जब तक कि उसे अपने से कमजोर कुछ लोग दिखाई देते हों...हुँ।"

टॉम भागता जाता और चीखता जाता... "मैं तुझे देख लूँगा...न तुझे उलटा लटका दिया...सौ साल तक चक्की न पिसवाई..."

उसके बाद कई दिन तक टॉम जैरी से नहीं मिला। फिर एक रात उसने

गुलमोहर के उस पेड़ पर बसेरा किया जो ठीक जैरी के बिल के ऊपर था।

अगली सुबह सूरज की लालिमा से आकाश खिल उठा। चिड़ियाँ इधर-उधर उड़ने लगीं। उन्हें नहीं पता था कि वे दुनिया के सर्वशक्तिमान देश में रहती थीं। राजा का नौकर भी राजा की तरह तो राजा के देश की चिड़ियाँ भी राजा। जैरी ने एक अँगड़ाई ली, बिल से मुँह बाहर निकाला कि तभी टप्प से कोई चीज उसके ऊपर गिरी। वह सँभल पाता कि उसे जैरी की हँसी सुनाई दी और एक लम्बी रस्सी लटकते हुए फन्दे के रूप में उसके गले में आ गिरी। टॉम ने हँसते हुए रस्सी खींची कि उसका दुर्भाग्य फन्दा बड़ा था और जैरी की गरदन छोटी। जैरी फौरन कूदकर उसे मुँह चिढ़ाता भाग गया। टॉम का जैरी को लटकाने का सपना अधूरा रह गया। जार्ज बुश टॉम की तरह मीठे सपनों में खोए हुए थे। उनके सपनों में भी कई जैरी समाए हुए थे, जिनका उन्होंने कामतमाम कर दिया था। उनका चक्रवर्ती सम्राट बनने का सपना अक्सर रह जाता था। कोई न कोई उस फूले हुए गुब्बारे में पिन चुभो देता था। इन दिनों वह नासा से भी काफी खफा थे। इस नामुराद अन्तरिक्ष एजेंसी न तो उनके पिता के शासनकाल में और न उनके दोहरे शासन काल में इस बात का आश्वासन उन्हें दिया था कि वे न केवल अमेरिका, न केवल इस पूरे विश्व बल्कि पूरे के पूरे सोलर सिस्टम के एकमात्र मालिक हैं। वह एक ऐसे ईश्वर के रूप में अपना नाम दर्ज कराना चाहते थे जिनके सामने हर धर्म, हर जाति, हर देश, हर सम्प्रदाय के लोग सिर झुकाएँ। लेकिन उफ जागते हुए तो क्या सोते हुए भी कोई उनके इस मासूम सपने को पूरा नहीं होने देना चाहता था। अचानक उनकी नींद खुल गयी। लारा के खर्राटे दूर तक सुनाई दे रहे थे। बुश को लगा कोई उनके बेडरूम से झाँक रहा है। डर के मारे माइनस डिग्री की इस सर्द रात में उनके पसीने छूट गये। सालों से उन्हें बताया जा रहा था कि व्हाइट हाउस के गलियारों में लिंकन का भूत घूमता रहता है। बहुत लोगों ने उसे देखा है। यह एक अहिंसक भूत है जो किसी से कुछ नहीं कहता है। बुश अपना नाइट गाउन सँभालते हुए गलियारे में जाती उस छाया के पीछे दौड़े। किसी ने बुश को बताया था कि इन दिनों लिंकन का भूत दुनिया में बढ़ती हिंसा से परेशान होकर खुद हिंसक होने पर उतारू था। खिड़की से झाँकती उसकी लाल आँखें और खिंचा हुआ चेहरा देखकर बुश को भी यही लगा था।

अब आलम यह हुआ कि बुश दौड़ते जाते, छाया आगे बढ़ती जाती। वह चिल्ला-चिल्लाकर कह रहे थे—"आप तो परवरदिगार हैं, ईश्वर हैं, मेरे पड़दादा से भी बड़े हैं। मुझसे कोई गलती हो गई तो बच्चा समझकर माफ कर दीजिए। मेरे मॉरल्स को बढ़ाने के लिए आपका एक शब्द काफी होगा।

“और सर आप अहिंसा के पुजारी हैं तो मेरा भी अहिंसा में पूरा विश्वास है। आप तो जानते हैं, मैं प्रो लाइफ हूँ। मैंने स्टेम सेल रिसर्च को एक दिन के भ्रूण के जीवन का वास्ता देकर रोक रखा है। मेरे दुश्मन मुझ पर आरोप लगाते हैं कि मैं ऐसा कम्पनियों के दबाव में आकर कर रहा हूँ।”

“आप तो जानते हैं भारत में इन दिनों गाँधीगीरी का कितना बोलबाला है। जिसे देखो वह खुद को गाँधी जी का चेला बता रहा है। मैं भी गाँधी जी का अनुयायी हूँ। हाल ही में मैंने ‘सत्य के प्रयोग’ पुस्तक पढ़कर खत्म की है।”

“मुझे पता है कि एक मरते बछड़े को किस प्रकार गाँधी जी ने जहर का इंजेक्शन देकर मार दिया था। इसे उन्होंने सबसे बड़ी अहिंसा कहा था। मैंने भी प्रेरणा लेकर गाँधी जी के रास्ते को अपनाया है। उन्होंने एक बछ़डे को इंजेक्शन दिया था, मैंने वही इंजेक्शन उन समाजों को लगाया है जो मेरी नजर में असभ्य और मरे हुए थे। मैंने सोचा कि बेचारे न मरे में न जिये में क्यों रहें? रोज-रोज के मरने से तो एक दिन मर जाना बेहतर होता है। यदि आपको यकीन न हो तो बगदाद, बसरा, काबुल की हालत देख लीजिए।”

अचानक गलियारे का अन्त आ गया। वहाँ से आगे न जाया जा सकता था। तभी लिंकन के भूत ने पलटकर देखा। उसे देखते ही जार्ज बुश की घिग्घी बँध गयी। वह वहीं बेहोश होकर गिर पड़े। जिसे वह लिंकन का भूत समझ रहे थे वह लिंकन नहीं सद्दाम हुसैन का भूत था। जिसने वहाँ से गायब होने से पहले धमकी दी—“अब तू किसी भी रात चैन की नींद न सो सकेगा।”

(संडे पोस्ट, 2008)

बहन

बारिश ने चारों ओर घमासान मचा दिया था। पॉलीथीन की थैलियाँ घर-घर की नालियों में जा घुसी थीं। यों सड़कों पर बहुत-से विज्ञापन तो यह कहते लगे ही हुए थे—से नो टु पॉलीथीन बैग्स। लेकिन यह बात भी अन्य नारों की तरह बहरे कानों में गयी थी। इस मौसम का भी क्या भरोसा, अभी दोपहर तक कितनी गरमी थी और अब देखो पंखे की हवा तक बर्दाश्त नहीं हो रही। पतंगे रह-रहकर छत पर लगे बल्ब की तरफ खिंचे चले आ रहे थे। अब भी इतने घनघोर बादल छाए हुए थे कि दूर-दूर तक कुछ दिखाई नहीं देता था। हल्की बूँदों की फुहार ने मीनाक्षी के चेहरे को भी सराबोर कर दिया था।

शायद दरवाजे पर कोई था। वह सँभलते हुए सीढ़ियों से उतरी थीं। ऐसे में फिसलन कहाँ से आकर दबोच ले और हाथ-पाँव इस उमर में टूट जायें, क्या भरोसा?

उन्होंने मैजिक आई से झाँककर देखा। छतरी लिये एक औरत खड़ी थी। इस बारिश-पानी में कौन हो सकता है? मीनाक्षी समझ नहीं पायी कि दरवाजा खोलें या नहीं। उन्हें अकेली जानकर ऐसे ही कोई...

तभी उन्हें सुनाई दिया—"मीनू दीदी हैं क्या?"

"कौन है?" आवाज कुछ परिचित सी लगी।

क्या पता कोई उनका घर का नाम पता करके पुकार रहा हो। वह दरवाजा खोलें और पेट में चाकू घुसेड़ दे। पता करके आया हो कि घर में इस वक्त कोई है नहीं। बिजली भी नहीं। आजकल मौत कहीं से भी किसी भी रूप में निकल आती है।

"अरे भई यहीं खड़ी रहूँगी पूरी रात? मुझे वापस भी जाना है।" —आवाज सुनाई दी।

मीनाक्षी को कुछ नहीं सूझा। उन्होंने दरवाजा खोल दिया कि तेज हवा का झोंका उन्हें छूता सरसराता हुआ निकल गया। बारिश की सर्द और नम हवा। भला हो इनवर्टर का—बटन दबाते ही पूरे कमरे में रोशनी फैल गयी।

रोशनी के होते ही एक झिलमिलाती हुई हँसी कमरे में दौड़ी।

सन्न रह गयीं मीनाक्षी।

फिर वह हँसी उलाहना देती हुई बोली—"नहीं पहचानी न, पहचानोगी भी कैसी? आखिर दुनिया में लोग एक ही टुनटुन को पहचान सकते थे, वह भी अब रही नहीं। लेकिन फिर भी तुम यह बहाना नहीं बना सकतीं कि बिलकुल नहीं पहचान रही हो।"

घर आये के ऊपर कैसे गुस्सा निकालें? कैसे कहें कि अभी इसी वक्त काला मुँह कर ले। इस घर आयी मुसीबत से कैसे निपटें?

"तुम्हें यहाँ का पता कैसे चला?" —मीनाक्षी ने पूछा।

"बस चल ही गया। वैसे तुमने कभी बताने की कोशिश नहीं की। सोचती रही कि जब तुम मिलोगी तो यह कहूँगी, वह कहूँगी मगर कुछ भी तो नहीं कर सकती, तुम तो मुझसे बैठने के लिए भी नहीं कह रही हो।" —उसने शिकायत की।

"अगर मुझे पता होता तो बैठना तो क्या, मैं तुम्हें घर में न घुसने देती"—मीनाक्षी जैसे मन ही मन बुदबुदाई।

फिर वह अपने आप से ही जैसे बोली—"न जाने कितने दिनों से सोच रही थी कि तुमसे मिलूँ, मगर निकलना ही नहीं हो पाता था। यह नहीं पूछोगी पता कहाँ से मिला?" —उसने मुस्कराते हुए कहा।

पानी लेकर आयी तो उसने गिलास उठाते हुए कहा—"कहीं ऐसा तो नहीं कि बस, पानी से टरका दोगी। आज तो तुम्हारे हाथ का कुछ खाकर ही जाऊँगी। बरसों हो गये तुम्हारे हाथ का कुछ खाए। वह आलू की चाट, कढ़ी, हलवा...देखो सोचकर ही मुँह में पानी आ रहा है।"

मीनाक्षी ने उसकी ओर देखा।

इतने सालों में...यानी कि पन्द्रह साल में इसमें क्या कुछ बदलाव नहीं आया? आया तो है। कहाँ सींक-सलाई थी और अब टुनटुन जैसी हो गयी है। मोटे गालों ने खूबसूरत डिम्पल को छिपा लिया है। बाल भी सफेद हो गये हैं। उनका बहुत अधिक काला होना यह बताता है कि रंगे हुए हैं। लेकिन इठलाना अभी तक कायम है। और क्यों न हो, बारहवीं में जब तक पढ़ती थी तब तक तो उँगली पकड़कर चलती थी।

कुछ नहीं सूझा सचमुच। मीनाक्षी नाखून काटने लगी। दरवाजे को दूर तक देखती रही। फुहारों और तेज हवा का संगीत था। हवा ने मान लिया था कि वह हर घर के कोने-अतरों का पता लगा के रहेगी। उठकर आँगन तक गयी फिर वापस आयी। चुपके से रसोई में गयीं और चाय बनाने लगी लौटी तो सुना—"वीनू

कितनी बड़ी हो गयी?"

"ग्रेज्युएशन कर लिया।"

"तो अब? एम.बी.ए. सी.ए. या कुछ और..."

"शादी की तैयारी..."

"क्यों भला...अभी कोई शादी की उम्र है?"

"लड़का उसी ने पसन्द किया है। वह शादी करना चाहती है तो कोई क्या करे? पढ़ना चाहेगी तो बाद में पढ़ लेगी। और तुम्हारा क्या हाल है?"—मीनाक्षी ने कहा।

उसके चेहरे पर जैसे एक नफरत जगी और लुप्त हो गयी। फिर एक दुःख का भाव फैल गया—"आज अगर खुद न आती तो भी क्या तुम यही पूछतीं। तुमने तो ऐसे आँखें फेर लीं कि तोता भी न फेरता होगा। अब तोता चश्म की कहावत को बदल देना चाहिए। याद है अपना मिट्‌ठू, माँ के अलावा कोई भी हाथ लगाता था तो कैसी कर्कश आवाज निकालकर आँखें सफेद कर लेता था।"

मीनाक्षी ने कोई जवाब नहीं दिया। यह कितनी बड़ी हो गयी है। बड़े होते ही पिछला सब भूलने की कैसी कोशिश होती है। कुछ याद ही नहीं रहता जैसे।

एकाएक वह उठी और टी.वी. के पास जाकर खड़ी हो गयी—"तुम्हारे लिए तो मैं एक न्यूज जैसी भी नहीं रही। सुनो और भूलो। पर तुमने तो शायद मेरे बारे में सुनना ही नहीं चाहा। जीते-जी मार दिया। एक जिन्दा चलते-फिरते आदमी को मरा समझ लेना।"

"ऐसा नहीं है बानी।"—मीनाक्षी के मुँह से निकला...

कह-कह दो कि तुम्हें पता ही नहीं था कि मैं यहीं हूँ...इसी शहर में। बिल्कुल तुम्हारे आस-पास...पर तुम मुझे तो देखना क्या सुनना भी नहीं चाहती थीं...वैसे सच पूछो तो मैं यह सोचती हूँ कि तुम ऐसी कैसे हो गयीं और अगर हो गयीं तो तुम भाड़ में जाओ। मैं तुमसे शिकायत ही क्यों कर रही हूँ।"

वह कितनी चालाक हो गयी थी, शिकायत कर रही थी और साथ में यह भी कह रही थी कि वह शिकायत क्यों कर रही है? बानी मीनाक्षी की छोटी बहन जिसे प्यार में सब अपनी किड सिस्टर या खिलौना कहते थे। बानी पूरे सात साल छोटी थी। बानी कैसे पली, उसकी जरूरतें कैसे पूरी हुईं, माता-पिता को पता ही नहीं था। चारों बड़े भाई-बहन उसे उठाए-उठाए फिरते।

उसका कटखनापन! प्यार से उपजी शिकायतों का रुदन। शिकायतों के मामले में शायद वह अब भी वैसी ही थी।

द्रौपदी के चीर की तरह लम्बी होती शिकायतें...बाहर बारिश का तेज शोर होने लगा था—"लो यह भी ठीक रहा। अब तो चाहो तब भी तुम मुझे नहीं भगा

सकतीं।"

"सच बताना"—कहती हुई वह मीनाक्षी के पास खिसक आयी और इतराते हुए बोली—"इतने दिनों में तुम्हें मेरी जरा भी याद नहीं आयी। वह सीधे आँखों में देख रही थी। इच्छा नहीं हुई कि उससे आँखें मिलाएँ।" बाहर हवा का शोर था।

वह बीते वर्षों में दौड़ रही थी—"तुम्हें याद है कोई भी नयी डिजाइन का स्वेटर तुम्हें दिख जाता था तुम फौरन उसे मेरे लिए बनाती थीं। तुम कहती भी थीं कि माँ ने तुम पर हमेशा यह मत पहनो, वह मत पहनो की रोक-टोक की है। इसलिए जो कुछ तुम नहीं कर सकीं, पहन सकीं, उसे तुम मेरे लिए करना चाहती थीं।"

"उन सब बातों को याद करने का कोई फायदा नहीं है। वक्त गुजर चुका है।" —मीनाक्षी ने धीरे से कहा।

और वही गुजरा हुआ वक्त तुम्हारे सामने खड़ा है जिसका तुम सामना नहीं करना चाहतीं। उसके दाँतों की मिसमिसाहट उसकी आँखों में कौंधी—मान लो कि तुम्हारा प्यार, मेरे लिए किसी से भी लड़ने चले जाना, सब दिखावा था। पाखण्ड था। मुझे प्यार करके तुम उस उपेक्षा का बदला ले रही थीं जो माँ ने हमेशा की थी तुम्हारी।

मीनाक्षी तिलमिला गयी। वह कहना चाहती थीं कि यदि वह जली-कटी सुनाने आयी है तो अभी इसी वक्त चली जाये। मगर कुछ कहती इससे पहले ही जैसे उसने उनकी मन की बात को समझ लिया—"चाहो तो मुझे यहाँ से जाने के लिए कह सकती हो। मगर अब जब आ गयी हूँ तो इतनी आसानी से जाऊँगी भी नहीं। तुम्हें मेरी बात तो सुननी ही होगी।"

'अरे कोई जबर्दस्ती है। अभी तक यह बचपन की तरह ही हठीली है।' —मीनाक्षी ने सोचा। वह सोफे पर अधलेटी हो गयी। फिर मुकेश का वह गीत जो उसके बचपन में बहुत बजता था—भूली हुई यादों मुझे इतना न सताओ, गुनगुनाने लगी।

एकाएक कोई स्प्रिंग हवा में उछली। सोफा चरमरा उठा। बाहर चलती हवा भी थमकर फिर से सरसराने लगी।

"क्या हुआ?"—मीनाक्षी ने पूछा।

इस दौर में तुमने मुझसे कितनी नफरत की होगी—यह बात याद आ गयी।

वैसे तुम्हें मुझसे नफरत क्यों होनी चाहिए? मैंने उसी अनुराग का घर छोड़ा था न जो बात-बेबात तुम लोगों को अपमानित करता था। दिन हो या रात मुझसे घर से चले जाने को कहता था। जिसने एक बार मेरे साथ-साथ तुम्हें भी इतनी जोर से धक्का दिया था कि तुम सीढ़ियों से गिरने से बची थीं। तब हर रोज तुम

माँ, पिताजी सब मेरे लिए रो-रोकर कहते थे न कि किस जानवर के पल्ले लड़की को बाँध दिया। उसी जानवर को जब मैं छोड़कर चली गयी तो तुम सबकी नाक कट गयी। अनुराग की इज्जत तुम सबकी बन गयी। कहकर वह खलनायिकाओं की तरह जोर से हँसी—उसी अनुराग की तुम्हें इतनी चिन्ता थी जो हर रोज तुम्हारी इज्जत चौराहे पर नीलाम करता था। वह तुम्हारा अपना बन गया और मैं परायी हो गयी। तुम सबने कसम खा ली कि मुझ जैसी पापिन की शक्ल भी नहीं देखोगी। यहाँ तक कि माँ कब मरी मुझे पता नहीं चला।—क्रोध के कारण उसके मुँह से सही शब्द तक नहीं निकल रहे थे। उसने मेज पर रखी पत्रिका उठाई और जोर से जमीन पर दे मारी।

मीनाक्षी ने उसे दिलासा देने की कोशिश की—"जो तुम सोच रही हो ठीक नहीं है। तुम अक्सर, समय-बेसमय याद आती रहीं। कौन है जो किसी अपने को कभी भी भूल सकता है। तुमने अनुराग को छोड़ा तो सीधे घर क्यों नहीं आयीं?"

अच्छा-अच्छा कहना यह चाहती हो कि वहाँ से मैं माता-पिता की शरण में आती। जीवनभर तुम सबकी दया की पात्र बनती। तुम सब मिलकर मुझे कोई छोटी-छोटी नौकरी दिला देते और मुझे देखते ही हाय बेचारी कहकर ठण्डी साँस भरते, है न। सच यह है कि तुम सब डरे हुए लोग हो। यह क्यों नहीं कहतीं कि तुम सब इस बात से परेशान थे कि मैं अनुराग को छोड़कर विपिन के पास क्यों चली गयी? अपने जीवन का कोई भी निर्णय मैंने खुद कैसे ले लिया, तुम सब को पंच क्यों नहीं बनाया? पिताजी ने अनुराग को चुना था, उनका निर्णय गलत हो गया तो मेरे भाग्य का दोष हुआ? निर्णय किसी का, भाग्य किसी का खराब, वाह। विपिन को चुनने में भी निर्णय तुम्हारा ही होना चाहिए था क्यों भला? साले दोगले...

उसका चेहरा गुस्से से कितना लाल हो गया था, साँस फूल रही थी कि मीनाक्षी से रुका नहीं गया। वह दौड़कर पानी ले आयी। उसने पानी का गिलास पकड़ा और उसे चबा-चबाकर पीने लगी—माँ को अन्तिम बार मैं देख भी नहीं सकी। वह मुझसे नाराज ही चली गयीं। लेकिन सच कहती हूँ माँ मेरा कोई कसूर नहीं था। और वह फूट-फूटकर रोने लगी। मीनाक्षी धीरे-धीरे आगे बढ़ी। हाथ आगे बढ़ाने को हुई कि किसी ने पकड़ लिया, जिस बहन से इतने दिनों से कोई वास्ता ही नहीं उसे कैसे छुएँ? वह रो रही थी। उसका पूरा शरीर काँप रहा था। नहीं रुका गया मीनाक्षी से। उन्होंने खड़े-खड़े ही उसका सिर अपनी छाती से लगा लिया। वह रोती और चीखती हुई बोली—"मैंने उस अनुराग को छोड़ा था जो तुम सबको परेशान करता था। जो मार-मारकर मुझे नीला कर देता था। अब भी उसके सिगरेट के निशान मेरी पीठ पर हैं। कहो तो दिखाऊँ। वहाँ चोट मारता था जहाँ सबसे

अधिक दर्द हो। और तुम सब उसी अनुराग के हो गए। जो शिकायत उसे मुझसे होनी चाहिए थी, वह तुम्हें हो गयी। आखिर तुम सबने मुझे क्यों छोड़ दिया।"

"भूल जाओ पुरानी बातों को। तुम विपिन के साथ खुश तो हो न?"—मीनाक्षी ने उसका सिर थपथपाते हुए कहा।

"उसने हाँ में सिर हिलाया और मीनाक्षी से चिपक गयी। शब्द तिरते हुए कहीं गुम हो गये। फिर से वह दो चोटी वाली मचलती हुई नन्ही बच्ची, छोटी से बानी बन गयी। जो अब पकड़ने के लिए मीनाक्षी की उँगली तलाश रही थी।"

(आजकल, 2008)

शाम पकड़ लो अरुणिमा को

वसन्त झर रहा है।

इस जून के महीने में, इस उमस भरी शाम में, सड़क के अँधेरे भरे इस किनारे में।

आज बुध है—साप्ताहिक बाजार का दिन।

दुकानें सज गयी हैं।

एक से एक सब्जियाँ-छोले-भठूरे, कपड़े, बिन्दी, मालाएँ क्या नहीं हैं?

रात उतर रही है—धीरे-धीरे। हवा चल रही है मिट्टी वाली, कुल्हड़ में पानी डालो, वैसी गन्ध लिये। बारिश आने के आसार हैं। हण्डे की लौ कभी इधर बल खाती है, कभी उधर। मगर बुझती नहीं। वास्ता है, हवा से उसका पुराना।

ओफ, वह सफेद-सलवार कुर्ते में जो मोटी स्त्री चली जा रही है कहीं वही तो नहीं। अक्सर बात करते-करते दीपांकर की आँखों में पढ़ी जा सकती है उसकी उपस्थिति।

वह जो कभी उसका जीवन थी, फिर चली गयी बारिश के मौसम की तरह। लौटी तो क्या नहीं घट चुका था। वर्तमान के बीच-अँधेरे कोने, कालिखें तलाशने और अतीत में बार-बार डुबकी लगाने का सिलसिला जबकि मालूम था लौट-लौटकर वहीं जाना था, जहाँ शिकायतें इन्तजार में बैठी रहती थीं। ऊब आँखों-आँखों में हँसती, मुँह चिढ़ाती थी। मामूली बातों के बहुत बड़े-बड़े अर्थ थे। जहाँ बहुत बड़ी-बड़ी बातों से कोई फर्क नहीं पड़ता था। छोटी बातें नष्ट करने को अकुलाती थीं। ऐसे में एक दिन शायद इसी औरत के साथ दीपांकर इसी बाजार में मिल गया था, बचता हुआ। वह कौन है? उसकी पत्नी, नहीं? लेकिन पूछना क्यों? सोचेगा...क्या सोचेगा, यही कि ओवरपजैसिवनैस, किसी की निजी जिन्दगी से क्या लेना-देना। उसकी आँखों में डर तूफान की तरह आया-गया।

वह स्त्री इधर-उधर देखती चुपचाप खड़ी रही। आज वह भूल गया था, बहुत पहले उसने कभी इसका फोटो दिखाया था, कहा था, इसके बाद मैंने किसी से प्यार नहीं किया। वैसे भी प्यार होता क्या है? ये सब फालतू बातें हैं कि प्यार

अमर होता है या कि कोई किसी की याद में जिन्दगी गुजार सकता है। कोई कुछ नहीं करता, सब बदल जाते हैं वक्त के साथ। तो फिर...उस समय भी बस पूछा नहीं जा सका था कि हर रोज की सहेलियाँ, उनके बजते फोन इसके जवाब में वह जरूर कहता...क्या इस तरह के आकर्षण को प्यार कहा जा सकता है? प्यार, नहीं सच्चा प्यार तो बस एक ही बार किया जा सकता है, हिन्दी फिल्मों के ऐसे चालू मुहावरे दीपांकर की भाषा में अक्सर अठखेलियाँ करते थे। अपनी ही बात का विरोध। उसी ने कहा था कि दुनिया में है कोई चीज ऐसी जो हमेशा एक जैसी रहती हो? कभी न बदलती हो? उसकी आँखों में चिढ़ाने वाली प्रतिहिंसा कौंधती थी। वह कहता—

लड़की को जितना इग्नोर करो, वह उतनी ही नजदीक आती है। जितना उसके पीछे भागो उतनी ही नखरे दिखाती है। वैसे भी कोई भी सम्बन्ध सिर्फ फन के लिए क्यों नहीं हो सकता?

ओह! हवा में यह मिली हुई धूल, ठण्डी हवाएँ, हण्डे की लपलपाती लौ से उठती मिट्टी के तेल की गन्ध फिर भी पसीना। लौ की लपलपाते हुए त्राहि-त्राहि, हो सकता है दीपांकर आज भी यहाँ आया हो, हालाँकि इस स्त्री के प्रसंग पर कभी कोई बात नहीं हुई थी। वह हमेशा ही बचता रहा था। उसे लगता था जैसे किसी ने उसकी दुखती रग को पकड़ लिया हो।

हवा में दूर तक छोले-भठूरे तलने की गन्ध फैली थी। बाजार के दूसरे किनारे पर अँधेरा था। एक काला साँड़ बाजार को अपने जूते की नोक पर रखे चला जा रहा था धीरे-धीरे। अँधेरे में वह बहुत दूर तक नहीं दीखता था और जब एकाएक सामने आता तो घिग्घी बँध जाती थी।

हो सकता है दीपांकर वहीं खड़ा हो। मिल भी जाये। ऐसी भी क्या जरूरत है उसकी। अभी शाम तक तो साथ ही था। उसे पता भी था, यहाँ आने के बारे में। चाहता तो आ भी सकता था। मगर क्यों, कुछ ही घण्टे तो बीते हैं, ये कोई अच्छे लक्षण तो नहीं हैं। रास्तेभर यह क्यों लगता रहा था कि वह दिखाई दे जायेगा। आखिर इस दिखाई देने का अर्थ भी क्या है? उम्र के पहिए ढलान की तरफ दौड़ते हों और मन आसमान में उड़ते हुए बिजलियाँ छूने का करने लगे, उसके साथ—जो आज कहीं तो कल कहीं। जिसके पास प्रेमिकाओं के अनगिनत किस्से हों। वह—दीपांकर, उसकी याद, उसकी नजदीकी, उससे अपनापन क्यों चाहिए? क्यों मन भागे उसके सीने में छिप जाने को। क्यों ऐसा हो कि लगे कोई खालीपन है, अकेलापन, शेयरिंग। उससे लड़ते-झगड़ते, नफरत करते कब ऐसा हो गया कि उसकी याद सताने लगी। उसे छूने और उसके पास बैठकर देर-देर तक बातें करने

का मन करने लगा। क्या वह अनायास था कि मिठाई की उस दुकान में वह चुपके से आ खड़ा हुआ था। उसके साथ बैठकर देर तक इधर-उधर की बातें होती रही थीं। घर में कौन क्या कर रहा है? बच्चे क्या कर रहे हैं? आज सुबह कितने बजे नाश्ता किया था। कितने बजे उठ जाते हैं। कहाँ घूमते हैं। सुबह के वक्त पार्क कितने अलग लगते हैं। पूरी दुनिया से अलग अपने आप में खोए हुए... मेडिटेशन, एक्सरसाइज आखिर इस एज में स्वस्थ रहने के लिए कुछ तो करना पड़ता है...लेकिन क्या सच में यही सब बातें करने के लिए वहाँ बैठे थे? वे कितनी ढेर-सी बातें थीं जो कहे जाने के इन्तजार में थीं। दीपांकर चाहता तो कह भी सकता था कि कभी मिलोगी, सुबह के वक्त, पार्क में।

कितने पल! एक दूसरे में खो जाने का अहसास...एक तरंग का दूसरे में समाहित हो जाना। दूर तक मछलियों को देखना और डूबते सूरज की लालिमा को उन लहरों के बीच में पकड़ने की कोशिश करना...

एक-दूसरे को देखते ही जाना और देखते-देखते आँखों के आर-पार दूसरे जगत में चले जाना! जहाँ सपनों की दुनिया सच होते दीखती थी।

पूछना–तो बस अब चलें। इस इन्तजार में कि कोई कह दे कि अरे, अभी से। या कल्पना ही में इण्डिया गेट के उस हरे-भरे मैदान के भीतर बोट क्लब के उस पानी में बल खाती अपनी ही परछाईं से दो-चार होना। सच को झूठ साबित करने के लिए सपने देखना। अलग-अलग हरे रंग के पेड़ों में दूर तक जाकर गुम हो जाना।

मगर यह सब तो था, दीपांकर नहीं था। जगह भी वह नहीं थी।

हवा पास से बल खाती हुई निकल जाती थी। इतना हाहाकार क्यों था? किसे ढूँढना था, क्या अपने को ही। ऐसा क्या था जो अन्दर तक कुरेदता था। मगर कभी बाहर नहीं आ पाता था।

इस पड़ाव पर यह एकाएक की मुसीबत कहाँ से आ गयी थी। दीपांकर सामने होते हुए इतना दूर था। और दूर होने पर उसकी तलाश थी। उसे देखने, छूने, उसमें छिप जाने की इच्छा थी। क्यों भला? कितने सवाल थे जो अनुत्तरित थे? कितनी बेड़ियाँ थीं जो अपने ही पैरों में पड़ी थीं। मन जिस दिशा में दौड़ता था, उसे बार-बार बरजना पड़ता था। उसी से बहुत कुछ छिपा लेना पड़ता था। एकाधिकार जो कभी नहीं होता!

किस अमरता की उम्मीद!

प्यार के जिस रूप को हम हमेशा जिन्दा देखना चाहते हैं, क्या वह कभी हमेशा जिन्दा रहता है। वक्त-वक्त की बात है। फिर भी ऐसा क्यों है कि

कोमलता किसी-किसी को देखकर जगती है। जिस रास्ते से दीपांकर गुजरेगा, यह जानकर वहाँ घण्टों खड़े रहना उससे छिपकर, उसे जाते हुए देखना। फिर यह सोचना कि वह इस तरह देखे जाने के बारे में कुछ कहे। जबकि उसे इस बारे में कुछ पता ही नहीं है। बहाने से उसकी पसन्द की चीज मँगाना और कहना—अरे आप को भी यह पसन्द है, पता ही नहीं था। उसके पसन्द के रंग, कपड़े, म्यूजिक, वह भी तब जब साथ की औरतें नानी-दादी की उम्र को पार कर गयीं। बल्कि उसे भी पता चले तो यही कहे कि बुढ़िया को देखो, फालतू में ही चिपके जा रही है। अरे जाकर अपने नकली दाँत लगा।

सारी दुनिया पर सिर्फ युवा वर्ग का ही कब्जा क्यों हो?

प्रेम करने की उम्र किसने तय की? पहला बाल पकते ही किसी स्त्री को जीवन से बाहर क्यों खदेड़ दिया गया?

यह दिल भी वैसे ही धड़कता है, जैसे सोलह साल में धड़कता था। अब भी किसी का इन्तजार करता है। अब भी लगता है कि जिसे चाहा गया है, वह भी वैसे ही चाहता है। बाकियों से तो दीपांकर टाइम पास गेम खेल रहा है। असली सिंसियरटी तो यहीं है। अपने आस-पास बुना हुआ झूठ, मन को तसल्ली देने का और रास्ता भी क्या है? एक ऐसी इच्छा जिसे कहना नहीं है, सिर्फ महसूसना है। और इस महसूसने में अपने आस-पास गढ़े झूठ की बहुत बड़ी भूमिका है कि जो खुद को महसूस हो रहा है, दूसरे को भी बिलकुल वैसा ही लग रहा होगा।

आँखें हैं कि ठहरती नहीं, उनमें पर लग रहे हैं। वे उसे नहीं उसकी प्रेमिका को ढूँढ रही हैं। प्रेमिका के जरिए उस तक पहुँचना, सपनों में खो जाना...मगर सपनों को तो तीस तक आते-आते खत्म हो जाना चाहिए। है न! तीस के बाद औरत पर बुढ़िया का टैग लग जाता है। उसे कूड़ेदान में डाल देना चाहिए। औरतों पर बुढ़ापा हमेशा आदमियों की नजर से आता है। उसके सामने आने पर यह दिखाना कि देखा ही नहीं, दूर चले जाने पर आँखों का मैराथन।

उस दोपहर, दोपहर जैसा कुछ नहीं था। आसमान में काले बादल छाए थे। आसमान ठहर-ठहर कर बरसता था, जैसे परीक्षा ले रहा हो कि बहुत कहते थे गरमी है, गरमी है, ये बादल आते तो हैं, मगर पता नहीं मरे कहाँ चले जाते हैं। लो अब बचो, इतना बरसूँगा कि तंग आ जाओगे। सड़क के किनारे बूँदाबाँदी के बीच भी भुट्टे वाले पूरी तन्मयता से भुट्टा भून रहे थे। एक मीठी गन्ध हवा में तिर रही थी बिलकुल दीपांकर जैसी। कहाँ है वह...कहाँ है...कि दीपांकर दूर जाता दिखा था...मस्ती में भीगता हुआ...वह भी तो कितना बूढ़ा हो गया था। पीछे से सिर बालों से एकदम खाली था। पुकारो उसे...पुकारो...न जाने फिर कब मिले...उसके

साथ भुट्टा खाने का आनन्द...उसकी आँखों में डूब जाना...हाथ पकड़कर इण्डिया गेट की घास पर टहलना...लेकिन सिर्फ उसके साथ क्यों? मन की बात है न!

मन नहीं छल कहो...खुद को धोखा देना और सबसे दूर चले जाना...बरसते आसमान को देख रही हो, ऐसे ही रोती रहोगी...एक पल के लिए इतनी बड़ी सजा, नहीं, रोना नहीं चाहती, उसे पाने में इतना दुःख क्यों? उसने कभी पाने के बारे में कहा है कुछ। और अगर कुछ कहे भी तो उसकी पत्नी को क्या मुँह दिखाओगी, क्या कहोगी उससे, बड़ी अच्छी सहेली है न तुम्हारी!

तुम्हारा सोच-विचार, अपनापन, कौन है दीपांकर, क्या चाहिए उससे। सचमुच क्या चाहिए, सामने की शिकायतों से निजात पाने के लिए दूसरी तरफ दौड़ना और वहाँ से पाँच गुनी शिकायतें लेकर लौटना...नहीं कुछ नहीं, भूलना, वह चाहिए जो अच्छा लगे...पति भी पहले बहुत अच्छा लगता था...गलती...गलती, एक गलती से निबटने के लिए एक हजार गलतियाँ क्यों...अपने पाँवों पर खड़ी हो... बेल की तरह सहारा क्यों ढूँढती हो...सीधी चलो...भुट्टा खरीदो, खाओ, कोई रोकता है...जिसके पीछे भागोगी...वही दूर भागेगा...कहाँ है पढ़ा-लिखापन...स्वाभिमान ...आसमान भागा जा रहा है।

भावनाओं की आँधियों के साथ...उसकी घुड़कियाँ जारी हैं। ऊँची इमारतों के मोखों से कबूतर झाँक रहे हैं। वे चोंचें भिड़ा रहे हैं। जिसके इन्तजार में इतने दिन बिताए उससे कुछ कहा नहीं जा सका...दीपांकर भीग गया है। सामने से आ रहा है...मुस्करा रहा है...अभी पास आकर कहेगा—ओफ, कितनी बारिश है...ठण्ड-सी लग रही है। कॉफी पियो या पिलवा दो। नहीं, दीपांकर दिखाई नहीं दिया, वह कोई और है...मृगतृष्णा...नफरत...एक से दूर भागकर किसी के पास नहीं जाना...डरना है तो अकेलेपन से मत डर...

धूल रोशनी के साथ मिलकर उड़ी चली जा रही है। एक निराशा कौंधती है। मन जिधर धकेलता है उधर नहीं जाना है।

एक कैद से निकलकर दूसरी बड़ी कैद...मन ने कब किसको परखा है। असली तो आदमी तभी पहचाना जाता है जब हरदम साथ-साथ रहता है। दूर से रोशनी बहुत चमकीली लगती है। सब कुछ पता है दीपांकर के बारे में लेकिन वह कुछ समझता क्यों नहीं? कौन कहता है कि कुछ समझता नहीं? कितने सपने देखे हैं उससे दूर चले जाने के लेकिन दीपांकर के सामने आते ही सब कुछ तितर-बितर हो जाता है।

तुम मुझे कभी क्यों नहीं समझ सके? वैसे तो कहते हो कि सबके मन की भाषा पढ़ सकते हो। उसका जवाब आप ही आप चला आता है—तुम्हें समझने की

कोशिश क्यों करूँ? तुम मुझे क्या दोगी?

क्या मतलब? कल्पना के सवाल-जवाब पर चेहरा तमतमा जाता है?

अपना घर-बार छोड़कर मेरे साथ चलोगी?

हिम्मत है?

हिम्मत की बात मत करो। अगर पूछने चलोगी तो यहाँ की हर कॉलोनी में मेरे दो-चार बच्चे खेलते पाओगी।

ऐसा ही बना देना चाहते हो?

कभी कोई जबर्दस्ती की हो तो बताओ।

और भावनाएँ?

वे तो टके सेर बिकती हैं। जितनी मर्जी चाहे खरीद लो, बेच लो। कभी किसी भिखारी से भावनाओं की बात करके देखना और उसके जवाब को सुनना। यह सब भरे पेट वालों का ही खेल है। इतना तीखापन, इतनी अजनबीयत, लगता है बहुत-से कड़वे अनुभव रहे हैं। दीपांकर, कोई इतने मैकेनिकल ढंग से कैसे सोच सकता है। क्या सचमुच तुमने कभी किसी को न चाहा होगा। तुम्हें लग रहा होगा कि बस सब तुम्हें चाहते रहें। उम्र का कोई पड़ाव तुम्हें छू भी न सके।

ठण्डी हवा में मिली हुई धूल चल रही है।

अँधेरा, रोशनी और आसमान के बीच तन गया है।

कुछ पता है दीपांकर का। मोबाइल पर बात करके बुला लो उसे? आते ही पूछेगा क्या हुआ? कुछ काम था? कुछ चिढ़ोता हुआ मुस्कराएगा कि देखो काम नहीं चला न मेरे बिना? मेल ईगो हर चीज, हर भावना से आगे रहती है। एक शादीशुदा औरत यदि मन ही मन किसी को चाहने लगे तो दीपांकर के अनुसार उसके चरित्र का क्या भरोसा?

वर्षों तक, सिर्फ तुम्हारे बारे में सोचना और सोचते रहना—इसे क्या नाम दिया जा सकता है। चरित्र और चरित्रहीनता की परिभाषा से अलग। क्यों हमेशा तुम्हारे मुँह से सुनना चाहा कि कभी तो कहोगे कि कितना चाहते हो? हालाँकि यह भी कितना बचपना था। जैसे कि किसी के कहने भर से इसे साबित किया जा सकता है कि कोई किसी को कितना चाहता है। हर फोन की बजती घण्टी यह क्यों कहती थी कि हो सकता है, यह तुम्हारा फोन हो।

कितनी बार तुम्हें बहाने से फोन करना, और कहना कि अरे आपने फोन किया था? और ना कहने पर झूठ बोलना कि शायद बच्चे आवाज नहीं पहचान पाये? कोई और होगा...

उन्हें लगा शायद आपका फोन था ओह, कितने झूठ एक से बढ़कर एक

दीपांकर के लिए जबकि पीठ फिरते ही उसे किसी की जरूरत नहीं। ऐसा कोई भी रिश्ता किस्से-कहानियों में कितना अच्छा लगता है।

इसी को आबसेशन कहते हैं क्या? इतना कि पहले उसकी बचपन की प्रेमिका की तलाश फिर उसमें उसे खोजना, प्रेमिका के जरिए उसकी प्राप्ति, नहीं, कुछ नहीं चाहिए दीपांकर में ऐसा क्या है जो औरों में नहीं।

अभी तक जो आसमान वसन्त और फूलों से भरा था उसका कुछ अता-पता नहीं है...धूल आँखों को घायल कर रही है। सूखे पत्ते बाजार की भीड़ के नीचे दबकर चरमराते हैं। दीपांकर एक स्वप्न भर है जिसे देखा गया है। उसकी प्रतिध्वनियाँ तक आस-पास नहीं है। शाम धीरे-धीरे उतर रही है।

(जागरण, 2005)

आवाजें

सोफे की एक बाँह टूट गयी है। उसके रंगों की चमक भी गायब हो गयी है। वह कितना पुराना हो गया मेरी तरह। फिर भी इस पर बने फूल-पत्तियों में चमक बरकरार है। मेरे बचपन के कितने अनगिनत किस्सों का गवाह इस घर के साथ यह सोफा भी है। तब से आज तक यहीं रखा हुआ है। ड्राइंगरूम की बनावट ही ऐसी है कि इसे यहीं रखा जा सकता है। बहुत बार कमरे के इस कोने या उस कोने में भी रखने की कोशिश हुई मगर इसे कहीं और ठीक से नहीं रखा जा सका। इसे कहीं और रखना बहुत अटपटा लगता था।

इस पर बने मोर एक ही मुद्रा में वर्षों से नाच रहे हैं। बिना रुके बिना थके। वे किसी दूसरी तरफ देखते तक नहीं। उनके आस-पास बने फूल वैसे ही खिले हैं जैसे बीस साल पहले।

बचपन में सोफे के पीछे यह दीवार ही मेरा ड्राइंग बोर्ड थी। पूरी दीवार मेरे बनाये तरह-तरह के चित्रों से भरी रहती थी। इन चित्रों में वह सब होता था जो पूरे दिन में मैं देखती थी। टीचर से लेकर सूरज तक और चिड़िया से लेकर हवाई जहाज तक। सिर्फ दीवार ही क्यों कोई किताब, बरतन, कपड़े, अखबार, पत्रिकाएँ यहाँ तक कि मम्मी की साड़ियाँ भी मेरे रंगों से नहीं बची थीं। जब कभी मेरा मन करता था मैं मम्मी की धुली कलफ लगी प्रेस की हुई साड़ियों को अलमारी से निकालकर एक छोर से दूसरे छोर तक लम्बी-लम्बी लटकाकर अपना घर बनाती थी। फिर थक जाने के बाद उन्हीं में गुड़ी-मुड़ी होकर सो जाती थी। मम्मी लौटकर आतीं और अपनी साड़ियों की दुर्दशा देख कभी परेशान होकर नाराज होतीं तो कभी हँसती। कभी मुझे गोद में उठाकर बिस्तर पर सुला देतीं।

उन्हीं दिनों एक शाम मम्मी को पता चला था कि आनन्द निकेतन सोसायटी में कोई अपना पुराना सोफा बेच रहा है। घर में सोफा नहीं था। कुछ कुर्सियाँ ही थीं। दो-चार मेहमान आ जाते तो बैठने में बहुत दिक्कत होती थी। नया सोफा महँगा होने के कारण वह खरीदना नहीं चाहतीं थीं। वह ऑफिस से लौटकर उसे

देखने चली गयी थीं। वुड कार्विग का सोफा उन्हें बहुत पसन्द आ गया था। उन्होंने निर्णय लेने में एक पल नहीं लगाया था और सोफा खरीद लिया था। चाहती तो नया भी खरीद सकती थीं मगर उन्हें लगता था कि अगर चीज अच्छी है और पसन्द भी है तो पुरानी भी लेने में भी क्या हर्ज है। और सबसे बड़ी बात तो यह कि इसमें पैसे बचते हैं।

तब सोफा आने की खुशी में मम्मी हमें खाना ख़िलाने नीलगिरी ले गयी थीं।

मैं और मेरा भाई वहाँ खूब धमा-चौकड़ी मचाते रहे थे। आइसक्रीम से लेकर और भी न जाने क्या-क्या खाने की जिद करते रहे थे। मम्मी-पापा खामोशी से हमें देखते रहे थे। वे नाराज होने पर हमें डाँटते तो थे मगर उन्होंने कभी हम पर हाथ उठाया हो याद नहीं पड़ता।

मम्मी कहती थीं कि हम रात-दिन मेहनत करते हैं तब इतना पैसा कमा पाते हैं कि खरचा चल जाए और थोड़ा-बहुत कल के लिए बच भी जाए। पैसा पास न हो तो अपने भी नहीं पूछते हैं। ऐसे में अकसर उन्हें अपना बचपन और तकलीफ के दिन याद आ जाते थे। बताती थीं कि अगर पास पैसे न हों तो कोई सगा नहीं। जो सगे होते हैं वे भी पराए हो जाते हैं। यह कहते हुए वह गहरी साँस लेकर उदासी और गहरे सोच में डूब जाती थी। उनकी आँखों में बीते हुए कल के न जाने कितने साए, कितनी तसवीरें तैरती रहतीं। वे दूर कहीं खोयी किसी गहरी उदासी में ऐसा कुछ बुदबुदातीं जो किसी को सुनाई भी न देता। उनकी खराब आदत थी वह कभी बात भूलती नहीं थीं और जिसने उन्हें सताया होता उसे शायद ही कभी क्षमा करती थीं। पापा कहते थे—जिसे यह पसन्द नहीं करती है उसके सामने आते ही इसका स्कैनर चलने लगता है। सामने वाले की कही हुई हर बात इसे याद आने लगती है।

पापा की बात सच लगती थी जब मम्मी सामने आने पर भी उस आदमी को नहीं पहचानती थीं जिसे वह अच्छी तरह से जानती थीं मगर पसन्द नहीं करती थीं। अपने बचपन की काली परछाइयाँ वह हम पर नहीं पड़ने देना चाहती थीं इसलिए हमसे कभी कुछ नहीं कहती थीं। उन्होंने कभी हमारी किसी भी इच्छा पर कोई पाबन्दी नहीं लगाई। रोका-टोका नहीं। कभी यह नहीं कहा कि वह क्या चाहती हैं, बल्कि अकसर पूछती थीं कि हम क्या चाहते हैं। उन्हें लगता था कि बच्चों को ज्यादा रोकना-टोकना नहीं चाहिए। उन्होंने कभी किसी जासूस की तरह हमसे यह भी नहीं पूछा कि किसका फोन था, किससे बातें कर रही थीं। या कि इतनी देर तक कहाँ थीं?

जब यहाँ ब्राण्ड का शोर मचा, कम्पनियों के पर्स, जूते, चश्मे, कपड़े पहनना

ही स्टेटस सिम्बल बन गया और हम भी ब्राण्ड-ब्राण्ड का शोर मचाने लगे तो उन्हें यह बात बहुत अच्छी नहीं लगी। वह कहती थीं रात-दिन मेहनत हम करें और उस मेहनत को स्टेटस का सपना दिखाकर कुछ कम्पनियाँ बटोर ले जायें यह कहाँ की समझदारी है। ये कम्पनियाँ विज्ञापन करके अपने कूड़े को भी हमें महँगे दामों पर बेच देती हैं। कमाएँ हम और फालतू स्टेटस के नाम पर गँवाएँ भी हम ही। मगर क्या करें बच्चे इस बात को समझते ही नहीं हैं। उनकी बात तब हमें बहुत बुरी लगती थी। हम उनसे कहते—क्या करोगी इतने पैसे बचाकर। हम दूसरे बच्चों का उदाहरण देकर कहते कि फलां के मम्मी-पापा तो उन्हें सब कुछ लाकर देते हैं। तुम्हीं हो जो हमें हर बात के लिए मना करती हो। तब हम कभी उनकी आँखों में कौंधती उदासी और अकेलेपन को नहीं पकड़ पाते थे। वह हमारे लिए अच्छी से अच्छी चीज लातीं, हमारे आगे बढ़ने के लिए जो भी जरूरी होता वह करतीं। उन्होंने कार चलाना सीखा ही इसीलिए था कि जहाँ हम चाहें हमें ले जा सकें। वापस ला सकें। कभी वह हमें पेंटिंग कम्पटीशन में ले जातीं तो कभी स्विमिंग के लिए। कभी नाटक वर्कशाप में। वह सोचती थीं कि बड़े होकर कहीं हमें यह पछतावा न रह जाए कि हम जो कुछ करना चाहते थे वह नहीं कर पाए। कभी लगता कि उनके भी तो दो ही हाथ-पैर थे मगर वह कितना काम कर लेती थीं। बचपन में हमें याद नहीं पड़ता कि कभी ऐसा हुआ हो कि हम बिना नाश्ता किये और टिफिन लिये स्कूल गये हों। वह खुद खाना बनातीं, झाड़-पोंछा करतीं, कपड़े धोतीं, बरतन माँजतीं और तैयार होकर नौ बजे दफ्तर के लिए भी निकल जातीं। शाम को सात बजे लौटतीं तो देखतीं कि साफ-सुथरे जिस घर को छोड़कर गयी थीं वह फिर से गन्दा हो गया है। हमारी धमा-चौकड़ी ने उसे लड़ाई के मैदान में बदल दिया है। कहीं कागज बिखरे हैं तो कहीं हमारे जूते-मोजे कुलाँचें भर रहे हैं। जूठे बरतन इधर-उधर फैले हैं। वह फिर से झाड़ू लगातीं, खाना बनातीं, धुले कपड़ों को तह करतीं, सवेरे की तैयारी करतीं, सब्जी काटतीं, आटा गूँधतीं। खाना बनाते-बनाते हमारा होमवर्क करातीं, साप्ताहिक बाजार का दिन होता तो सामान खरीदने जातीं। पूरे हफ्ते की सब्जी खरीदकर फ्रिज में स्टोर करतीं। उससे पहले उसे धोतीं, साफ करतीं, काटतीं।

जब तक वह जगी होती थीं, हमने कभी उन्हें खाली बैठे नहीं देखा। सबसे अफसोसनाक तो यह है कि हमने कभी नहीं जाना कि उनके शौक क्या थे, उनकी इच्छाएँ क्या थीं। हमें तो लगता था कि जो कुछ भी वह कर रही हैं वह उन्हें करना ही है क्योंकि वह हमारी माँ हैं। माँ भी हमारी तरह ही इंसान हैं, वह भी थकती हैं, उसे भी आराम चाहिए, यह बात हमारे ध्यान में ही कभी नहीं आयी।

ऐसा लगता था जैसे कि वह सोते-सोते भी सिवाय काम के और कुछ नहीं सोचती थीं।

कभी-कभी जब वह चारों ओर फैले काम से तंग आ जाती थीं तो कहती थीं कि दिन चौबीस का नहीं अड़तालीस घण्टे का होना चाहिए। कब दिन होता है कब शाम, कुछ पता नहीं चलता और काम है कि कभी खत्म ही नहीं होता।

कई बार पापा जबर्दस्ती उन्हें लिटा देते थे। वह इसी सोफे पर लेट जातीं और सो भी जातीं। तब पापा इतने धीरे-धीरे चलते कि वह जाग न जायें। हमें भी सख्त हिदायत होती कि हम न तो शोर मचाएँ, न भाग-दौड़ करें, टीवी भी धीरे चलाएँ। पापा और उन्होंने शायद ही कभी एक-दूसरे को आई लव यू कहा हो मगर उनमें इतनी अच्छी अण्डर स्टैण्डिंग थी। वे देखकर ही जैसे एक-दूसरे के मन की बात समझ जाते थे। सवेरे की चाय हमेशा पापा बनाते थे और तब तक चाय को हाथ भी नहीं लगाते थे जब तक कि वह उनके पास आकर न बैठ जातीं। वे दोनों सवेरे के समय इकट्ठा बैठकर चाय पीते थे और खूब बातें करते थे। यहाँ की, वहाँ की। हर जगह की, लोगों की। कहानियों-कविताओं की, फिल्मों की। सोते-सोते हमारे कानों में उनकी आवाजें आती थीं। आज भी, सवेरे जब सोकर उठो तो ऐसा लगता है कि पापा की बातें सुनकर माँ खिलखिलाकर हँस रही हैं। हालाँकि दूर-दूर तक उनका कहीं नामोनिशां नहीं है। सवेरे-सवेरे माँ और पापा की खिलखिलाहटें सुन-सुनकर हम और गहरी नींद में सो जाते थे, जैसे वे मीठी लोरियाँ हों। टी. वी. के ऊपर के रैक में छोटे से फ्रेम में उनकी एक तसवीर लगी है, मगर वक्त ने उसे भी बहुत फेड कर दिया है। उनकी बड़ी बिन्दी और पीले कुर्ते के रंग फीके पड़ गये हैं। लेकिन उनकी दिपदिपाती आँखें जस की तस हैं। नजरें घुमाती हूँ तो इस घर की हर चीज में माँ समाई हैं। जिस भी चीज को हाथ लगाती हूँ तो उनकी आवाज सुनाई देती है या वह सामने आ खड़ी होती हैं। किसी चीज को अनुपयोगी मानकर फेंकने की सोचती हूँ तो जैसे वह हाथ पकड़ लेती हैं। जैसे कहती हों, अरे क्या करती हो? क्यों फेंक रही हो? रख लो काम आएगा? किसी किताब को उठाती हूँ तो उस पर उनके हाथों से कुछ लिखा हुआ, या उनका लिखा हुआ नाम ही नजर आता है। इस सोफे को मैं कब से बदलना चाहती हूँ मगर...

जब उनके पाँव में दर्द रहने लगा था तब तो अकसर छुट्टी में दिन के वक्त वह सोफे पर ही लेट जाती थीं। वह जमीन पर सोने की आदी थीं मगर पैर के दर्द के मारे बार-बार उनसे उठा नहीं जाता था। जबकि दरवाजे की घण्टी अकसर बजती थी। कभी प्रेस वाला, कभी काम वाली, तो कभी कूरियर या डाकिया...उन्हें उठना ही पड़ता था। जमीन के मुकाबले सोफे से उठना उनके लिए ज्यादा आसान

था। जब भी इस सोफे की तरफ देखती हूँ मुझे इस पर सोयी माँ नजर आती हैं। और यह भी कि काश उन्हें आराम देने के लिए हम दरवाजा ही खोल देते उन दिनों। मगर दरवाजे की घण्टी बजते ही हम अन्दर के कमरे में भाग जाते थे और झाँककर देखते थे कि कौन आया है। तब न जाने कौन सी शर्म थी जो हमें घेरे रहती थी। कई बार जब आने वाला चला जाता और हम दौड़कर आते तो माँ नाराज होकर कहतीं–अब क्यों आ गये। भागे तो ऐसे थे जैसे कोई पकड़ने आ रहा हो या भूत देख लिया हो। तब मैं और मेरा भाई अपने होठों को गज-गज भर का बनाकर ऐसे लटका लेते कि अगर देर तक वे ऐसे लटके रहे तो नीचे ही गिर पड़ेंगे।

हमने कभी उन्हें मेकअप करते नहीं देखा था, शादी-ब्याह में अलग से तैयार होते नहीं देखा। लिपस्टिक तो शायद उन्होंने कभी लगाई ही नहीं। उन्हें ये सब चीजें बेकार लगती थीं। वह कहती थीं कि इन चीजों पर समय बरबाद करने से बेहतर है कि वह समय पढ़ने-लिखने और ऐसे कामों में लगाया जाये जो उपयोगी हों।

वह पैसे को बचाने में यकीन करती थीं। उन्हें लगता था कि जीवन में ऐसी नौबत कभी नहीं आनी चाहिए कि किसी के आगे हाथ पसारना पड़े। पैसे की उपयोगिता तभी मालूम पड़ती है जब वह नहीं होता।

उन्होंने बहुत कठिनाइयों के दिन देखे थे। नाना जी की मृत्यु बचपन में ही हो गयी थी। अपने बचपन को याद करते वह कहती थीं–लोग अपने बचपन को बहुत शिद्दत से याद करते हैं मगर मेरे पास तो याद करने के लिए कुछ भी नहीं है। सिवाय आँसुओं और अन्धकार के। कठिन मेहनत की सीख उन्होंने वहीं से ही ली जिसे वह अन्तिम समय तक नहीं भूलीं।

उस दिन जब मैं पुराने परदे उतारकर नये लगा रही थी तो जैसे माँ ने ही कान में गुनगुनाया–अभी तो ये परदे ठीक ही थे। पैसे क्यों बरबाद करती हो। रात-दिन मेहनत करती हो तब कहीं कमा पाती हो। बेचने वाले तुम्हें पागल बनाकर बड़े आराम से ये पैसे तुम्हारी जेब से निकाल लेते हैं। इसी तरह जब मैं जूते की दुकान में खड़ी नये जूते लेने की सोच रही थी तभी किसी ने टहोका मारा, कितने जोड़ी जूते हैं तुम्हारे पास, कभी गिने हैं। मेरे आस-पास कोई नहीं था। शायद वह कोहनी दस साल पहले गुजरी माँ की ही रही हो।

उनके सामने जब हम नये से नये कपड़े को मन भर जाने पर फेंक देते थे तो वह इस बात का बहुत अफसोस करती थीं कि तुम्हारे पापा ने कभी मुझे सिलाई मशीन नहीं खरीदने दी वरना मैं इन कपड़ों से न जाने क्या-क्या बनाती। जैसे कि

वह अपनी पुरानी साड़ियों से कुशन कवर बनवाती थीं, रजाइयाँ बनवा लेती थीं। भइया और पापा की पैंटों से थैले सिलवाती थीं और बचे कपड़ों से स्टील के बरतन खरीद लेती थीं। किसी काम वाले या गरीब को पुराना बरतन या कपड़ा देना उन्हें पसन्द नहीं था। उनका तर्क भी बड़ा अजीब था। वह कहती थीं कि किसी गरीब को अगर देना हो तो नया कपड़ा दो। नये कपड़े की ख्वाहिश उसे तुमसे ज्यादा है क्योंकि वह खरीद नहीं सकता। इसी तरह जब भी कभी कोई त्योहार वार होता वह काम वालों के लिए वही मिठाई खरीदतीं जो घर के लिए लातीं।

उनकी पर्सनॉलिटी भी बड़ी अजीब थी। एक तरफ वह पैसा बचाने की बात करती थीं तो दूसरी तरफ किसी को कुछ भी उठाकर दे देती थीं। इसीलिए हम सब उन्हें दानवीर कर्ण कहते थे। बस उनकी पहनी साड़ी की कोई तारीफ भर कर दे, वह फौरन उसे देने को तैयार हो जातीं। कोई खाने की तारीफ कर दे, किसी को अचार अच्छा लगा बस पैक किया हुआ हाजिर है।

उनकी लायी कितनी चीजें हैं जिनसे अलमारियाँ भरी पड़ी हैं। उनमें न जाने कितनी ऐसी चीजें भी हैं जो अब कभी काम नहीं आयेंगी। बिस्तर, बरतन, हमारे बचपन के खिलौने, कपड़े, किताबें—इन सब में सिर्फ माँ-पापा की यादें ही नहीं मेरा और मेरे भाई का बचपन भी सुरक्षित है। माँ यहाँ की हर चीज में समाई हैं। उनकी बहुत सी साड़ियाँ अलमारी में टँगी हैं। अब तक उनमें माँ की गन्ध समाई है। किसी साड़ी को छूती हूँ तो माँ के कोमल बालों का अहसास होता है तो किसी से उनके खुरदरे हाथ-पैरों का। उनके हाथ-पाँव हमेशा फटे रहते थे। किसी-किसी साड़ी को छूकर उन दिनों की याद आती है जब रात में देर तक पढ़कर मैं उनके पास जाती थी और सरदी के दिनों में मेरे ठण्डे हाथ वह अपने गुनगुने पेट पर रख लेती थीं। उन्हें मेरे ठण्डे हाथों से कितनी तकलीफ होती होगी मगर वह मेरे हाथों को जल्द से जल्द गर्म करना चाहती थीं।

मैं दूर आसमान में देखती हूँ। वहाँ एक सफेद चील उड़ रही है क्या पता माँ वही बन गयी हों। या कि आस-पास का पेड़ बनकर हर रोज हमें देखती हों और खुश होती हों।

कभी-कभी लगता है इस घर में आकर मैंने गलती की। घर की दीवारें भी मुझे माँ की तरह टोकती हैं। माँ और पापा हर वक्त मेरी आँखों के सामने आ खड़े होते हैं। मैं उन्हें छूने की कोशिश करती हूँ, उनसे बात करने की कोशिश करते-करते मेरे आँसू बहने लगते हैं। माँ और पापा की आवाजें शायद अन्तरिक्ष में होंगी। एक दिन वैज्ञानिक उन्हें ढूँढ निकालेंगे। लेकिन मुझे उससे क्या फायदा होगा? क्या मैं उन्हें कभी सुन सकूँगी।

माँ की तो इतनी ढेर सारी आवाजें इस घर में गूँज रही हैं, मैं उनसे दूर भाग जाना चाहती हूँ...मुझे माँ की आवाजें नहीं माँ चाहिए। अगर मिल सकती हैं तो माँ चाहिए। पापा चाहिए। सच मानिए मैं उन्हें हमेशा सहेजकर रखूँगी। यह बात भी याद रखूँगी कि वे दोबारा मुझे कभी नहीं मिलेंगे। लेकिन वह जहाँ भी हैं उन तक मेरी आवाज क्यों नहीं पहुँचती। रैक पर रखी उन दोनों की तसवीर जिसमें एक-दूसरे को देखकर वे आँखों ही आँखों में मुस्करा रहे हैं, मुझे देखने लगती है। मेरे आँसू हैं कि रुकते नहीं।

(रेडियो, नेशनल चैनल, दिल्ली)

फिर भी

गूगल पर नाम सर्च करने के लिए टाइप किया। मगर कुछ भी तो नहीं मिला।

इतने दिन हुए फिर भी मन में कहीं न कहीं यह जरूर था कि देखो...देखो तुम कहाँ और मैं कहाँ?

इन्फॉर्मेशन एज...कनॉट प्लेस में कोई अखबार पढ़ रहा हो तो सैकड़ों मील ऊपर उड़ता सैटेलाइट यह बता सकता है कि अखबार में क्या छपा है? तो फिर इस शहर में, यहाँ के आस-पास ही जो रहता था वह कहाँ गया? ग्लोबल जमाने में किसी लोकल को खोजना इतनी बड़ी बात क्यों है?

गूगल पर उसका पता, उसका ठिकाना, मेल आई डी या सैल नम्बर...कुछ मिल जाता। अगर मिल जाता तो कोई मेल भेजा जा सकता था, चिट्ठी साधारण डाक या कूरियर से, या कोई एस. एम. एस. ही। आखिर उसका जन्मदिन तो हर साल ही आता था।

उसकी दी हुई छोटी-सी सोने की अँगूठी आज तक मैंने अपनी तर्जनी में पहनी हुई है...पवित्र उँगली है न, उसके प्रति मेरे मन में आयी भावनाओं की तरह। उसके प्रति मन में पल-पल उपजती कोमल भावनाओं की तरह।

सितम्बर के महीने में किसी पार्क की बेंच पर बैठकर कतारों में उड़ते पक्षियों को देखना कितना अच्छा लगता था। वे कहाँ से आते थे। हजारों किलोमीटर दूर साइबेरिया से न!

"तो क्या जब ये लौट रहे हों तो हम इनकी पीठ पर बैठकर साइबेरिया जा सकते हैं।"—महेन्द्र कहता।

"क्यों जायें? वहाँ इतनी ठण्ड में क्या मरेंगे? माइनस में टेम्परेचर रहता है।"—मैं कहती।

"यहाँ तो बर्फ कभी पड़ती नहीं। वहीं जाकर देख लें। वरना तो हम बर्फ, पानी और हरियाली को भुक्खड़ों की तरह ही देखते रहेंगे।"

"बर्फ देखने के लिए इतनी दूर जाने की क्या जरूरत है? कितनी देखनी है।

चलो देखो, फ्रिज में कई ट्रे हैं।"

ऐसी चुहल करके हम खूब हँसते। हमारी हँसी शायद नीम के पत्तों को सुनाई दे जाती। वे झूमने लगते। कोई गौरैया उनकी ताल पर थिरकने लगती। आसमान में झाँकने को चाँद उतावला हो जाता। हम चुप हो जाते फिर भी हमारी हँसी पार्क में गूँजती रहती।

एक बार महेन्द्र आया तो उसके हाथ में गुलाबी रंग का एक गुलाब था। बोला—"काश तुम्हारे बाल लम्बे होते तो उनमें इसे लगा यह सुख तो पाता कि किसी लड़की के बालों में गुलाब लगाने का क्या मतलब है? हा दैव! यह क्या हुआ, यह परकटी ही मेरे भाग्य में लिखी थी।"

फिर वह जोर से हँसा।

"मगर यह मिला कहाँ से?"

"सच बताऊँ कि झूठ।"

"झूठ।"

"मेरे साथ काम करने वाली एक लड़की ने दिया। वह खास मेरे लिए इसे अपने बगीचे से तोड़कर लायी थी और जानती हो उसने इसे मुझे देते हुए कहा कि तुम पर मुझ जैसी हजारों कुर्बान।"

"अच्छा, यह तो झूठ हुआ अब सच बताओ।"

"अरे यही तो सच था, मैं सच को झूठ बताकर बोल रहा था, तुम्हारी कसम।"

"अच्छा, मगर मेरे पास एक ही जान है, हजारों नहीं। कहीं तुम्हारी झूठी कसम से मैं मर गयी।" कहकर मैं जोर से हँसी तो वह बोला—"तो तुमने मान लिया कि जो कुछ मैंने कहा है, वह सच ही कहा है।"

मैं और महेन्द्र जब साथ होते तो कितना हँसते, लड़ते, एक-दूसरे से मुँह फुलाते, कभी न मिलने की कसमें खाते लेकिन फिर अगले दिन ही आ पहुँचते।

महेन्द्र कहता—"तुम में ऐसा क्या है? लड़कर जाता हूँ। फिर अगले दिन आ पहुँचता हूँ।"

"हाँ, सोचती तो मैं भी यही हूँ कि तुम कहाँ के प्रिंस चार्मिंग हो...मगर फिर भी..."

"फिर भी क्या..."

"कुछ नहीं...अब चलो गोलगप्पे खाते हैं वरना फिर लड़ाई हो जायेगी।" और हम हाथ में हाथ डाले आगे बढ़ जाते।

एक शाम जब हम गोलगप्पे वाले के सामने पहुँचे तो महेन्द्र ने मेरा हाथ

दबाते हुए कहा—"चलो इसे बनाएँ।"

एक गोलगप्पा मुँह में भरकर उसने चीखते हुए कहा—"तुम क्या समझती हो? तुम इस तरह मुझे छोड़कर नहीं जा सकतीं।"

"क्यों नहीं जा सकती? जाऊँगी, जरूर जाऊँगी। मैं तुम्हें दिखा दूँगी कि लड़कियाँ क्या कर सकती हैं?"

"क्या कर सकती हैं?"

"अभी बताऊँगी न शाम तक तुम्हें पुलिस पकड़ ले जाये।"—मैंने दूसरा गोलगप्पा उड़ाते हुए कहा।

"अरे...अरे क्या दादागीरी है...मैंने ऐसा क्या किया जो पुलिस पकड़ ले जायेगी।"

"अभी पता चलेगा...न अब कूद पड़ूँ छठी मंजिल से।"

इतना सुनना था कि गोलगप्पे वाले ने हाथ में पकड़ा गोलगप्पा जमीन पर दे मारा। गुस्से से बोला—"जाओ बाबा जाओ यहाँ से...कुछ नहीं सुनना। मेरी दुकान पर पुलिस आ गयी तो कहीं का नहीं रहूँगा...जाओ...जाओ!"

कहते हुए उसने अपना मुँह दूसरी ओर कर लिया।

हमारे लाख कहने पर भी तो उसने हमें एक भी गोलगप्पा नहीं खिलाया न ही पैसे लिये।

वहाँ से आगे आकर हमें कुछ अच्छा नहीं लगा। हँसी भी नहीं आयी।

वहाँ से चलकर एक बस स्टॉप पर बैठे तो वहाँ एक मूँगफली बेचने वाला बच्चा आ गया। उससे लेकर मूँगफली खाने लगे। महेन्द्र बोला—"सुमि सॉरी, अब ऐसा मजाक कभी नहीं।"

"हाँ यार, पता नहीं, उसने पैसे भी नहीं लिये। अब दोबारा कभी उसके पास नहीं जा सकेंगे।" मैंने कहा तो महेन्द्र बोला—"क्यों नहीं, देखना कल ही चलेंगे।"

अगली शाम अपने-अपने ऑफिस के बाद हम उसी गोलगप्पे वाले के पास जा पहुँचे। हमें देखकर वह गुस्से से फट पड़ता कि महेन्द्र बोला—"अंकल नाराज मत होइए। हम आपसे माफी माँगने आये हैं। कल हमारी लड़ाई हो गयी थी। आप कल के पैसे ले लीजिए।"

वह कुछ नहीं बोला, तो मैंने कहा—"ले लीजिए अंकल।"

वह फिर भी कुछ नहीं बोला, तो महेन्द्र हमेशा के अपने चुलबुले अन्दाज में बोला—"अच्छा आप पैसे मत लीजिए, गोलगप्पे तो खिला दीजिए।"

महेन्द्र का कहने का ढंग कुछ ऐसा था कि वह मुस्कराए बिना नहीं रह सका। चुपके से उसने हमें गोलगप्पे खिलाए और पैसे भी ले लिये।

वहाँ से लौटते हुए पहले हुई हम एक और घटना को याद करने लगे। जब महेन्द्र ने एक ऑटो वाले को बेवकूफ बनाया था। उसे ऐसे दिखाया था जैसे महेन्द्र मुझे किसी गाँव से भगाकर लाया था और पुलिस हमारे पीछे थी।

ऑटो वाले ने पीछे मुड़कर हमें देखा था, कहा तो कुछ नहीं मगर कुछ दूर जाकर ऑटो खराब होने का बहाना बनाकर आगे जाने से मना कर दिया था। उस दिन हमें काफी दूर पैदल चलना पड़ा था।

महेन्द्र को ऐसे प्रैक्टिकल जोक्स करने में बहुत मजा आता था। वह कहता था—"यह जिन्दगी है, रोकर गुजार लो या हँसकर।"

उसकी चुहल करने की आदत से कौन जान सकता था कि उसका बचपन बहुत गरीबी में बीता था। पिता ने दूसरी शादी कर ली थी। उसकी माँ ने घरों की झाड़ू-बुहारू करके उसे पढ़ाया-लिखाया था।

एक शाम उसने मुझसे कहा—"सुमि, यदि मैं अपनी माँ की इच्छा से शादी कर लूँ तो।"

"तो—तो क्या कर लो।" कहने को मैंने कहा, मगर क्या सचमुच मैं यही कहना चाहती थी।

"तुम्हें बुरा तो नहीं लगेगा?"

"अरे भई शादी तुम्हें करनी है। उसे अपनी मर्जी से करो या माँ की मर्जी से।" मैंने कुछ व्यंग्य से कहा।

सूरज एक कोने में लाल हो गया था। उसकी रोशनी मद्धिम पड़ गयी थी। महेन्द्र ने पेड़ की एक टहनी तोड़ी और यूँ ही उसे हवा में तलवार की तरह लहराने लगा।

चलते-चलते उसने कहा—"वैसे सुमि, मेरे-तुम्हारे बीच शादी की बात तो कभी हुई नहीं। तुम मेरी बहुत अच्छी दोस्त थीं और रहोगी।"

"दोस्त शब्द भी कितना सुविधाजनक है।" कहते हुए मैंने सूरज के डूबने के बाद लाल पड़े आसमान को देखा। झुटपुटा हो रहा था। चिड़ियाँ अपने घरों को लौट रही थीं। मगर घर कहाँ था?

शायद महेन्द्र को लग रहा होगा कि मैं उसके सामने अनुनय-विनय करूँ, रोऊँ-गिड़गिड़ाऊँ। उसके बिना जिन्दा न रहने का वास्ता दूँ। लेकिन यह तो सच ही था कि वह मेरी जिन्दगी का एक जरूरी हिस्सा बन गया था। अपने शहर से दूर इस शहर में हर शाम का साथी तो वही था।

हो सकता है उस शाम यदि मैंने अपने मन की बात उससे कही होती तो जिन्दगी कुछ और होती...शायद न भी होती।

वह शाम जैसे ठहर-सी गयी थी। महेन्द्र और मैं जब भी मिलते थे, लेकिन हमारे बीच कोई दीवार थी जो और ऊँची-ऊँची होती जा रही थी। इसमें कोई एक झरोखा भी नहीं था जिसके आर-पार देखा जा सकता।

इन दिनों हर रोज महेन्द्र के जीवन में बहुत कुछ घट रहा था। वह लड़कियाँ देख रहा था। उसने लड़की पसन्द कर ली थी। वह दिखाने को उसका फोटो लाया था। लड़की के लिए अँगूठी खरीदी थी। अपनी अँगूठी दिखाई थी। वह एक शाम लड़की से मिला भी था। अब एक शाम वह उससे मिलता एक शाम मुझसे। फिर मेरी शामों में कटौती होने लगी। कभी वह अपनी होने वाली पत्नी के साथ अपने लिए और कभी उसके लिए कपड़े खरीदने जाता। कभी शादी का वेन्यू देखता। कभी बरातियों की लिस्ट बनाता, कभी घोड़ी और बैण्ड तय करता। यानी कि उसकी शादी की तैयारियाँ फुलस्विंग पर थीं। उसके पास मेरे लिए एक घण्टा भी नहीं बचा था।

मैं रात में सोते-सोते उठ जाती। कानों में तरह-तरह की आवाजें गूँजतीं। ऐसा लगता कोई फिल्म देख रही हूँ, सचमुच में कुछ नहीं हो रहा है। मेरे सामने एक लम्बा सा सपना चल रहा था, जिसके खत्म होने पर सब कुछ पहले जैसा हो जाने वाला था।

लेकिन सपना खत्म हो जाता, सचाई कहाँ से खत्म होती?

शाम को दफ्तर खत्म करके जब बस स्टॉप पर खड़ी थी कि महेन्द्र वहीं आ गया। उसके हाथ में चमकता कार्ड था—"देखो, आना जरूर। नहीं आओगी तो समझ लेना शादी ही नहीं करूँगा। एक बार शादी हो जाने दो फिर हम तीनों खूब मजे किया करेंगे। अभी जा रहा हूँ जल्दी में हूँ।" कहता हुआ वह अपनी शादी के कार्ड्स का थैला लिये आँखों से ओझल हो गया।

घर पहुँची तो मूढ़े पर धम्म से बैठ गयी। पर्स और कार्ड एक तरफ रखकर सोचने लगी तो लगा जैसे सोचने को कुछ रहा ही नहीं। अगली सुबह उठी तो लगा महेन्द्र इतना खुश है तो मैं क्यों इतनी दुखी हूँ।

उसकी शादी हुई। मैं नहीं गयी। एक-दो बार शाम को उसने चाय पर बुलाया, नहीं गयी। मैंने उसके मिस्ड काल, एस. एम. एस, मेल किसी का जवाब नहीं दिया। मैं उससे बदला नहीं ले रही थी, बल्कि उसी की भलाई के लिए उसकी जिन्दगी से दूर जा रही थी। ऐसा क्यों हो कि वह अपनी पत्नी को भी धोखा दे और मुझे भी।

फ़िर मैंने अपना सैल बदल लिया और थोड़े दिन बाद ऑफिस और घर भी। फिर एक शाम न जाने कैसे, शायद पुराने दफ्तर से पता करके वह मेरे ऑफिस ही

आ पहुँचा। साथ में उसकी पत्नी भी थी।

उसे देख मेरे ऊपर कोई असर नहीं हुआ। मैं मुस्कराई तक नहीं। यह देख वह अपनी पत्नी से बोला—"देखो तो रजनी इसे क्या हो गया? शादी से पहले हम लगभग हर शाम मिलते थे, मगर देखो अब मिलना तो दूर मेरे फोन भी रिसीव नहीं करती।"

"क्या आप मुझसे नाराज हैं?"—उसकी पत्नी ने पूंछा। मैं फिर भी चुप रही।

"क्या तुम मुझे शादी का गिफ्ट नहीं दोगी? चलो एक प्याला कॉफी ही पिला दो।"

"अभी नहीं फिर कभी..."

"फिर कभी...चलो यही सही...मगर तुमने घर बदल लिया, दफ्तर बदला फोन भी और मुझे बताया तक नहीं।"—उसने अपनी पत्नी के हाथ को हवा में झुलाते हुए कहा।

फिर उसने खुद को दिलासा देते हुए पत्नी से कहा—"देखो, यह कितनी खूबसूरत और स्मार्ट है। बोरी भरकर रुपये भी कमाती है। मगर फिर भी मैंने तुम्हें चुना।"

इस फिर भी में इतना उपहास और अपमान छिपा था कि मैंने महेन्द्र की बात को दोहराते हुए कहा—"मगर मेरी-तुम्हारी शादी की बात कब हुई थी?"

"अगर चाहता तो हो ही सकती थी।"

"अपनी इस बकवास को बन्द करो समझे...समझते क्या हो अपने को। किस बात की श्रेष्ठता है। किस बात में ज्यादा हो।"... कहते हुए मैं दौड़कर सामने आती बस में चढ़ गयी। हालाँकि यह बस मेरे घर नहीं जाती थी।

उसके बाद मेरे महेन्द्र के बीच एक मामूली सा रिश्ता भी न रहा। इतने वर्ष बाद, मुझे लगा कि एक बार उससे बात करूँ, न जाने वह कैसा है? मैंने जिन्दगी में सफलता की बहुत सी सीढ़ियाँ चढ़ीं मगर जब तब महेन्द्र अक्सर आकर टहोका मारता। इसीलिए मैंने उसे गूगल पर ढूँढने की कोशिश की मगर वहाँ उस जैसे मामूली लोगों के पते-ठिकाने नहीं मिलते जबकि मेरे परिचय से गूगल और दूसरे सर्च इंजन भरे पड़े थे—उसके कहे फिर भी ने ही शायद इस तरफ ठेला था—सफलता, सफलता, आगे बढ़ने का नशा—फिर भी जीवन में महेन्द्र कहीं अब भी जिन्दा था।

(इंडिया टुडे, 2009)

माँ

सौरभ और सौम्या को बस में बिठाकर घर दौड़ी। खैरियत थी कि काम वाली अभी नहीं आयी थी। नील कमरे में वैसे ही औंधे मुँह पड़ा था, जैसा छोड़कर गयी थी। जल्दी से कमरा समेटा। नाश्ते के परांठे सेंके। सब्जी बनायी। याद आया कि गीजर तो ऑन ही करना भूल गयी। गीजर ऑन करके चाय रखी। लंच पैक किया। पहनने के कपड़े निकाले। चार्जिंग पर लगा सैल फोन निकालकर बैग में रखा। इतने सारे काम, इतनी चीजें सवेरे रखो, शाम को निकालो। एक भी चीज छूट जाये तो मुसीबत...ऊपर से बच्चों के ढेर सारे काम...रात को सोते हुए लगता है सवेरे उठकर कि इतनी जल्दी रात कैसे बीत गयी।

नहा-निकलकर आयी तो काम वाली वसन्ती ने पूछा, नील की तरफ इशारा करके—"बाउजी आ गये।" और वह रहस्यमय ढंग से मुस्कराई।

"तू अपना काम कर।" मुझे चिढ़ सी हुई। मगर मुझे साफ दिखा कि उसकी जिज्ञासा खत्म नहीं हुई। उसे चाय दी तो वह फिर बोली—"बाउजी चाय नहीं पिएँगे।" इस बार मैं कुछ नहीं बोली। ज्यादा बात बढ़ गयी तो काम और छोड़कर चली जायेगी। तब और मुसीबत भुगतो। चाय का प्याला वहीं मैंने रखा जहाँ नील सोया था। फिर उसे हिलाया—"नील उठ जाओ। चाय पी लो।"

"पी लूँगा। सोने दो।"

"मुझे ऑफिस के लिए देर हो जायेगी।"

"तुम जाओ मेरी चिन्ता मत करो। मैं कर लूँगा।"

नाश्ता करके बैग लेकर बाहर निकली तो चार्टर्ड बस में बस पाँच मिनट ही रह गये थे।

रात को जब नील आया तो सहसा विश्वास ही नहीं हुआ। कितने सालों बाद कोई यों एकाएक आ खड़ा हुआ। वरना तो सबने मान ही लिया था कि मैं जिऊँ या मरूँ उनकी बला से।

रात से अब तक यह भी पूछने का मौका नहीं मिला कि वह एकाएक कैसे

आ गया? मैं तो सबके लिए कब की खत्म हो गयी होती। न जाने कैसे जिन्दा रह गयी। शायद नौकरी ने जिन्दा रख लिया।

नौकरी में भी कितने सवाल, कितने जवाब, कितनी जिज्ञासाएँ—काम से ज्यादा आपकी जिन्दगी में दिलचस्पी। अड़ोस- पड़ोस उन्हें अपने घर से ज्यादा दूसरों के घरों में झाँकने की आदत।

एक शाम जब थकी-हारी खाने की तैयारी कर रही थी कि सौरभ-सौम्या की आया वेणी ने कहा—"आज सामने वाली आण्टी कह रही थीं कि इन बच्चों के पापा को तो कभी देखा ही नहीं, पता नहीं अपने बच्चों से कब मिलने आते हैं।"

"उन्हें इस बात से क्या मतलब कि कौन कब आता-जाता है। अपना घर सँभलता नहीं है और दूसरों के टाइम टेबल से मतलब है। तू भी अपने काम से काम रखा कर दूसरों की बातें सुनने का क्या मतलब है?"

कहने को तो मैंने कह ही दिया मगर किससे क्या कहूँ?

ऐसे ही कई महीने पहले की बात है, दो ब्लॉक दूर रहने वाली मिसेज शर्मा मिल गयी थीं। बातों ही बातों में बोलीं—"और सब ठीक। बच्चे, भाई साहब, आते ही होंगे।"

"अरे इतनी दूर अमेरिका से क्या रोज आयेंगे?"

"हाँ, यह बात तो ठीक है। तो आप ही छुट्टी लेकर उनके पास चली जाइए। आखिर बच्चों को अपने पापा की याद आती होगी।"

"याद तो तब आये जब बात न करते हों। रोज ही फोन और वेबकैम पर बातें करते हैं, उन्हें देखते हैं। बच्चों को तो लगता ही नहीं कि वह इतने दूर हैं।"

"यह बात तो ठीक है। मोबाइल होने से इतनी सुविधा तो हो ही गयी है। तो आप कब जायेंगी?"

इस औरत की कुरेदा-कुरेदी की आदत कब जायेगी—"वीजा मिलना क्या इतना आसान है?"

"हाँ, यह बात तो ठीक है। सौरभ-सौम्या की पढ़ाई ठीक चल रही है।"

"हाँ," कहती हुई मैं आगे बढ़ गयी...पिण्ड छुड़ाने का कोई और साधन नहीं था।

सौरभ और सौम्या, जब वे पैदा हुए थे तो कैसे थे गुलगुले। दोनों के इतने घने काले बाल थे कि लगता था कि संसार के सारे बाल उन्हें मिल गये हों। इस दौर में कितनी आफतें झेलीं उन्हें क्या पता लेकिन बच्चों को सब पता चल जाता है, उनकी माँ की खुशी, दुख, दुविधा, नाराजगी।

घर का हर सदस्य जैसे उनके खिलाफ खड़ा था—"क्यों चाहिए तुझे ये

बच्चे।" भाई ने चोटी खींचते हुए पूछा था।

छोड़ो मुझे...मैंने चीखते हुए कहा था—"मुझे इसलिए चाहिए ये क्योंकि ये मेरे हैं।"

"और हम तेरे पराए हैं। दुनिया के आगे नाक कटवा दे।"

बस आज भर का मौका मिल जाये तो भाग निकलूँगी इनके चंगुल से।

और सचमुच यही हुआ था। उस रात अपनी चैक बुक, कुछ पैसे और कुछ कपड़े लेकर भागी तो कभी नहीं लौटी।

अंजलि, मेरी फ्रेंड जो यहाँ पढ़ रही थी और एक अपार्टमेंट लेकर रहती थी, उसके घर पहुँची। अंजलि भी मेरे निर्णय से ज्यादा खुश नहीं थी। उसने कहा—"जिसने तुझे धोखा दिया उसके बच्चों को भला क्यों पालना चाहती है।"

"उसी ने तो मुझे धोखा दिया, ये तो मेरे अपने हैं। क्या मैं इन्हें मार डालूँ, क्यों, इनका क्या कुसूर है।"—मैंने कहा था।

"तुझे मेरी बातें अच्छी नहीं लग रही होंगी, लेकिन मैं तेरे आगे के जीवन के बारे में सोच रही हूँ।"

"आगे के जीवन के बारे में किसको पता। जैसे ये आ गये हैं, जीवन भी आगे बढ़ जायेगा।"

"तू जिन्दगी को इतना इमोशनली ले रही है, तुझे कोई जिन्दा नहीं रहने देगा।"

"क्यों नहीं रहने देगा। क्या दुनिया में अकेली माँएँ अपने बच्चों को नहीं पालती हैं।"

"पालती तो हैं, मगर कुँवारी नहीं।"

"किसको पता चलेगा?"

"क्यों नहीं, तू लोगों का मुँह पकड़ लेगी। लोग पूछेंगे तो क्या जवाब दोगी।"

"जवाब क्या पहले से तय होते हैं। जैसी बात होगी वैसा ही जवाब भी होगा।"

उस दिन के बाद से अंजलि ने मुझसे कुछ नहीं पूछा। मगर उसे अड़ोस-पड़ोस और अपने माता-पिता की चिन्ता सताती रहती कि कहीं उन्हें पता न चल जाये।

मैंने उसकी परिस्थिति को समझा था। मैं उस पर बोझ नहीं बनना चाहती थी, इसलिए लगातार नौकरी की तलाश में थी। नौकरी तो नहीं मिली लेकिन इम्तिहान के दिन नजदीक होने के कारण साइंस, मैथ्स के ट्यूशन जरूर मिल गये थे। सुबह-शाम बच्चे पढ़ने आने लगे थे।

अंजलि का अपार्टमेंट अब छोटा पड़ने लगा था। वैसे उसकी इतनी ही मदद क्या कम थी।

बच्चों को पढ़ाते-पढ़ाते समय कब निकला पता ही नहीं चला। सौरभ और

सौम्या के आने का समय हो रहा था। आस-पास कोई नहीं था, इसलिए एक हफ्ते पहले ही नर्सिंग होम में दाखिल हो गयी। कमरे की खिड़की के उस पार अमलतास के दो पेड़ थे जिन पर झूमरों की तरह फूलों के गुच्छे लटक रहे थे।

शुरू से ही पता था कि दो बच्चों को जन्म देने वाली हूँ। कभी-कभी लगता वे पलेंगे कैसे? न कोई इन्कम का परमानेंट साधन है, न सिर पर छत न कोई देखभाल करने वाला। हाँ, ट्यूशन्स से इतनी रकम जरूर जुटा ली थी कि दो-तीन महीने आराम से गुजर जायें।

जिस वक्त सौरभ और सौम्या को पहली बार देखा तो सिहर उठी। अपने घर वालों के कहने पर इन्हें जीते-जी मार डालती। उनकी रोते वक्त मचलती नन्ही उँगलियाँ, छोटी सी नाक, आँखें, नन्हे पैर—आदमी का मिनियेचर।

अंजलि भी आयी एक-दो बार। अस्पताल से छुट्टी लेकर आयी तो एक एजेंसी के जरिए एक आया मिल गयी थी। दस दिन में ही बिस्तर से उठ खड़ी हुई थी। सामने एक ही लक्ष्य था, अपने दो बच्चों को पालना—जिनका इस दुनिया में कोई नहीं था सिवाय मेरे।

आस-पास के लोग मुझे जिज्ञासा से देखते, बहुत कुछ पूछने की कोशिश करते। मुझ जैसी नयी जच्चा को भाग-दौड़ करते देख तरस खाते। मेरे जीवन के रहस्य उनके सामने उजागर होने ही चाहिए, वे इसकी कोशिश करते, मगर मैं हर बार ही बच निकलती। इनके जन्म से पहले एक इन्स्टीट्यूट में एप्लाई किया था, वहाँ से इंटरव्यू काल आया था। वहाँ जब मैरीड स्टेटस के बारे में पूछा गया तो खुद को मैंने डाइवोर्सी बताया था। यह बताती कि मेरी शादी नहीं हुई, मगर मैं दो बच्चों की माँ हूँ तो कौन मुझे नौकरी देता।

नौकरी मिली तब तक सौरभ और सौम्या तीन-तीन महीने के हो गये थे। मैं नौकरी पर जाने लगी, शाम को ट्यूशन पढ़ाती। घर में ठीक-ठाक पैसे आने लगे।

जिन्दगी रफ्तार की तरह ही तीन साल निकल गये थे। अपने इन्स्टीट्यूट के स्कूल में ही उन्हें एडमीशन मिल गया था। वे बस में आने-जाने लगे थे।

कभी-कभी अपने ऊपर आश्चर्य होता। क्या इसी तरह की जिन्दगी मेरे भाग्य में लिखी थी। पर इसके एक हिस्से का चुनाव मैंने खुद किया था। कल ये बच्चे बड़े होकर अपने पिता के बारे में पूछेंगे तो क्या जवाब दूँगी।

आजकल ऐसे सवाल अक्सर जेहन में आते कि कल रात जब दरवाजे की घण्टी बजी तो सामने नील खड़ा था। पहचानने में कुछ समय लगा। जब घर छोड़ा था तो वह छोटा ही था, अब बड़ा हो गया था। मूँछें आ गयी थीं।

मुँह से बस अरे ही निकला।

दरअसल नील माँ का सन्देश लाया था कि यदि मैं चाहूँ तो बच्चे उन्हें सौंपकर जिससे चाहूँ शादी कर लूँ। दूसरी खबर यह थी कि विनय घर आया था, यह कहने कि अगर मैं चाहूँ तो वह मुझसे शादी कर लेगा। बच्चों को भी अपना लेगा।"

"अपना लेगा।" एक नफरत पैदा हुई—"अपने ही बच्चों को कोई अपनाने की बात करता है।" वह जो वक्त पर भाग गया और अब उदारता का ढोंग करने आया है। कह देना मुझे उसकी जरूरत नहीं। और माँ को मेरी तरफ से धन्यवाद दे देना। यह भी कह देना कि उन्होंने मुझे इस काबिल तो बनाया ही है कि जिन बच्चों को दुनिया में लायी हूँ, उन्हें पाल सकूँ।"

(रेडियो, नेशनल चैनल, दिल्ली)

रेड लाइट

रेड लाइट भी क्या चीज है?

हर पल, हर वक्त पल-पल बदलती...कोई स्कूटर झप्प से आकर रुकता है। लड़के का चेहरा हेलमेट से नजर नहीं आता। लड़की ने भी चेहरे को पूरी तरह अपने दुपट्टे से ढका हुआ है। वह लड़के के कान में कुछ फुसफुसा रही है। तभी एक भिखारी दोनों के पास आकर दुआएँ देने लगता है, मगर अपने में खोये वे दोनों उसकी तरफ देखते हुए भी नहीं देखते। उनके पास न खत्म होने वाली बातें हैं।

अखबार और पत्रिका बेचने वाली एक लड़की भुट्टा खाते हुए उन दोनों को देखती है। फिर एकाएक वहाँ बने चौकोर खाने में लंगड़ी टांग खेलने लगती है। उसे नहीं पता है कि अखबार या पत्रिका में क्या लिखा है।

अपने कुनबे से बिछड़कर दो तोते सड़क के किनारे लगे नीम के पेड़ के तने से चिपक जाते हैं। ऐसा लगता है जैसे वे वहाँ छप गये हों। अशोक के पेड़ पर बैठी दो गुरसलें चिल्लाकर न जाने किसे पुकार रही हैं? रात घिर रही है, फव्वारा चल रहा है। पानी की बूँदों में रोशनियों की लड़ियाँ उछलती-कूदती लहरा रही हैं।

सरदी के दिनों में यहाँ बैठकर बड़े मजे से धूप का आनन्द लिया जा सकता है। मूँगफलियों के नये-पुरानेपन पर बहस की जा सकती है और रेड लाइट पर भागती-दौड़ती दुनिया को देखा जा सकता है। कौन खुश है, कौन दुखी है, कौन अवसाद से घिरा है सारी बातें चाल को देखकर बतायी जा सकती हैं। क्या रेडलाइट पर आते-जाते वाहनों को देखकर भी उन्हें चलाने वालों के मूड का पता चल सकता है।

जिस तरह हर बार बत्तियों के रंग बदलते हैं—लाल, पीली, हरी उसी तरह तो हम सबके जिन्दगी के रंग बदलते हैं। पेड़ों के पत्तों के रंग-पत्ते पेड़ से बिछुड़ने के बाद फिर कभी वहाँ नहीं लौटते। वे खुद बिछुड़ने का फैसला नहीं करते फिर भी बिछुड़ जाते हैं।

उस दिन इसी रेड लाइट पर एक लड़की सड़क पार करती हुई आयी और

धड़ाम से सड़क पर गिर गयी। सामने पान वाले की दुकान पर दो लड़के खड़े थे तो दौड़े आये। पान वाला भी आ गया। एक औरत झाड़ू लगा रही थी, वह भी दौड़ी आयी। उसे कुछ नहीं सूझा तो वह दौड़ती हुई सीढ़ियाँ चढ़ती फव्वारे के पास गयी और अँजुरी में पानी भर लायी। औरत के मुँह पर पानी डाला, औरत ने फिर भी आँखें न खोलीं। दूसरे चौराहे पर पी. सी. आर. वैन खड़ी रहती है। लड़के वहाँ दौड़े, मगर उस दिन वैन वहाँ नहीं थी।

जब किसी को कुछ सूझा नहीं तो लड़कों ने जाती-आती गाड़ियों को रोकना चाहा। एक गाड़ी वाले ने उनकी बात सुनी। वे दोनों उसे अस्पताल ले गये? वे दोनों लड़के कौन थे, वह औरत कौन थी, वह गाड़ी वाला कौन था? मुसीबत के आर्त्तनाद ने सबको एक कर दिया था।

जलती-बुझती लाइट्स से शक का साँप फन निकालता निकला—वह औरत कौन थी, कहाँ से आयी थी? वे लड़के कौन थे? क्या पता वे पी. सी. आर. वैन को देखने गये थे भी कि नहीं। क्या पता वह गाड़ी वाला कौन था? तीनों मिलकर उस औरत को अस्पताल ले गये या कहीं और, कौन जानता है? हो सकता है वह औरत इन लड़कों को पहले से जानती हो। उसने उन्हें वहाँ मिलने का टाइम दिया हो। और बेहोशी का नाटक हो। उन लड़कों ने पहले ही उस गाड़ी वाले को टाइम दिया हो। चारों का कोई प्लान हो?

चौराहे पर नन्हे-मुन्नों के लिए बने स्कूल के नारंगी, गुलाबी, नीले, पीले, झण्डे लहरा रहे हैं। अक्सर नन्हे बच्चे वहाँ खेलते-कूदते दिख जाते हैं? जीवन से भरपूर उसी के सामने पैथोलॉजी लैब है।

रोगों की चिन्ता से घिरे, चिन्ताओं में डूबे सैकड़ों लोगों को आते-जाते रेड लाइट्स से देखा जा सकता है।

रेड लाइट पूरे समाज का प्रतिबिम्ब है।

नीम के पेड़ों की पूरी कतार है। एक पेड़ के नीचे बीसियों वर्षों से छोले-कुलचे वाला बैठता है। जब कमेटी उसके छोले-कुलचे उठाने आती है वह उन्हें उठाकर कूड़ेदान में छिपा देता है। वही कूड़ेदान जिनमें छिपाकर बम ब्लास्ट किये गये थे। बाद में उन्हें उलटा कर दिया गया था। इतनी गन्दगी में छिपाए छोले-कुलचे भी किसी बम से कम हैं, जो न जाने कितनी बीमारी फैला सकते हैं।

कूड़ेदान के सामने बैठा पान वाला अक्सर गाँधी टोपी लगाये दिखता है। वह हर सुबह-शाम गाँधी बाबा को नमन करता है। हर चीज की डेढ़-गुनी कीमत वसूलता है। आते-जाते, रेड लाइट पर खड़ी गाड़ी वालों को तो वह गाँधी बाबा का पक्का चेला दिखाई पड़ता होगा।

सचमुच यहाँ से कितनी चीजें दिखाई देती हैं। एक दिन एक लड़की

स्टीयरिंग पर बैठी लगातार आँसू पोंछती जाती। उस वक्त कौन उससे पूछ सकता था कि उसे क्या दुख है, उसके घर में तो सब ठीक-ठाक हैं। कोई बीमार तो नहीं। किसी की मृत्यु तो नहीं हुई...कोई दुर्घटना...उसकी नौकरी तो सुरक्षित है? पता नहीं वह शादीशुदा थी कि नहीं? अगर शादीशुदा थी तो क्या पति ने उससे कुछ कहा था। ससुराल वालों से नहीं बन रही थी। अगर शादीशुदा नहीं थी तो हो सकता है उसका कोई ब्वॉयफ्रेंड हो? उससे किसी बात पर झगड़ा हो गया हो...वह किसी और जाति-धर्म का हो और शादी की बात तय न हो पा रही हो। शादी न भी हो रही हो तो...लिव इन रिलेशनशिप हो और लड़का उसे छोड़कर चला गया हो। या यह ही उसे छोड़कर आ गयी हो...क्या पता उसका बच्चा बीमार हो। रेड लाइट अगर ग्रीन न हुई होती तो वह लड़की यों ही आँसू बहाती रहती। वह अपनी कार आगे बढ़ा ले गयी और उसकी कहानी भी वहीं खत्म हो गयी। कौन थी, कहाँ रहती थी, कहाँ से आयी थी, कहाँ काम करती थी क्या पता?

रेड लाइट के इस तिकोन पर लोग अनाज के दाने डाल जाते हैं। ढेर के ढेर कबूतर, गौरैया यहाँ आकर दाने खाते रहते हैं। उन पर तेज बजते हॉर्न का कोई असर नहीं पड़ता। कई बार कुत्ते उन चिड़ियों के बीचोंबीच किसी चौकीदार की तरह खड़े हो जाते हैं, इन चिड़ियों को कुत्तों से भी कोई डर नहीं लगता। एक-दो बार इस तिकोन की तरफ व्यस्त सड़क पर चूहों को भी दौड़ते देखा गया है। जो अगर तेज रफ्तार वाहनों से बच जाते हैं तो गिद्ध और चील के गिरफ्त में आसानी से आ जाते हैं।

शाम होते ही ये सड़कें किसी रंगीन परी में तब्दील हो जाती हैं। चारों ओर रोशनी ही रोशनी। जब से ग्लोबल इकानॉमी का दौर चला है तब से यहाँ के दफ्तरों में रात दस-दस बजे तक लाइट्स जली दिखाई देती हैं। वरना तो पहले शाम के सात बजते ही इन दफ्तरों में अन्धकार छा जाता था, उल्लू बोलने लगते थे। जब से चौबीस गुणा सात का नारा चला है तब से काम वालों की जुबान से अक्सर ये शब्द भी सुनाई देते हैं कि आने का टाइम तो है मगर जाने का नहीं। रात को ढाई बजे भी जाओ तब भी सवेरे आठ बजे ही आना पड़ता है।

रेड लाइट पर बसें भी किसी भीमकाय हाथी की तरह झूमती हुई रुकती हैं और झूमती हुई चलती हैं। बहुत बार लोग बस स्टॉप जाने की बजाय यहीं खड़े हो जाते हैं। जैसे ही बस यहाँ धीमी होती है या रुकती है, उस पर चढ़ने की कोशिश करते हैं। वे पीछे आने वाली कारों या दूसरे आते वाहनों से बेपरवाह अपनी मंजिल की तरफ बढ़ने की कोशिश करते हैं। एक दिन ऐसा हुआ कि एक अधेड़ दौड़ता हुआ आया और धीमे-धीमे रेंगती हुई बस में चढ़ने की कोशिश करने लगा। लेकिन बस की रफ्तार बढ़ी और वह नीचे गिर पड़ा। उसका सिर सड़क की रेलिंग

से टकराया। एक जाती औरत ने एक-दूसरे आदमी की मदद से दौड़कर उसे उठाया। रेलिंग से टकराने से उसके माथे में दायीं तरफ एक गूमड़ा उठ आया था। औरत ने उसे कोल्ड ड्रिंक लाकर दिया था। खैरियत थी कि आदमी को ज्यादा चोट नहीं लगी थी। फिर उसे ठीक होने पर बस में भी चढ़ाया था।

शायद दुनिया की हर रेड लाइट ऐसे एक से एक हादसों की गवाह होती है।

रेड लाइट से जो सड़क बायें मुड़ती है वह एक दूसरी रेड लाइट से जाकर मिलती है। वहाँ दाहिनी तरफ बच्चों का एक अनाथालय है। उस बड़े परिसर में कटहल का एक बड़ा-सा पेड़ है। कटहल के मौसम में उस पर ढेरों कटहल लगते हैं। फूलों के मौसम में रंग-बिरंगे फूलों से यह परिसर भर जाता है। बताते हैं कि इस कोठी का मालिक एक बहुत अमीर आदमी था मगर बे आल औलाद। उसने यह कोठी अनाथालय को दान कर दी। अनाथालय अरबपति हो गया, मगर बच्चों की फटेहाली में कोई कमी नहीं आयी।

इसी अनाथालय के सामने सड़क के उस पार एक ऐसा स्कूल है जिसमें आज से नहीं बीसवीं सदी से शहर और बाहर के सबसे अमीर लोगों के बच्चे पढ़ते हैं। जब रिजल्ट निकलता है तब मीलों तक लम्बी कारों की लाइन लग जाती है। अनाथ बच्चे अपनी-अपनी खिड़कियों से झाँकते इन बच्चों को देखते हैं? बच्चे बच्चे में इतना फर्क उन्हें कौन बताए।

अनाथालय के बायीं तरफ एक ऐसा रेस्तराँ है जो चौबीसों घण्टे, तब से शराब परोसता है जब शराब का इतना बोलबाला नहीं था। सड़क पर शराब के पाउच इस तरह नहीं बिखरे रहते थे जैसे आज बिखरे रहते हैं। आजकल इस रेस्तराँ में भी भीड़ कम हो गयी है क्योंकि पाउच की सुविधा है तो खाली मुँह से लगाओ और सड़क पर ही पी लो, पुलिस भी नहीं पकड़ेगी।

तपती दोपहरी में इन्हीं सड़कों पर नटों के छोटे-छोटे बच्चे ऐसे करतब दिखाते हैं कि देखने वाले दंग रह जायें और बड़े-बड़े एथलीट दाँतों तले उँगली दबा लें, मगर इन्हें किसी एशियाड या ओलम्पिक में गोल्ड मेडल नहीं मिलता। बल्कि इन रेड लाइट्स के भिखारी इन्हें मार-मारकर भगाते हैं क्योंकि ये उनकी इन्कम काट उनके पेट पर लात मार देते हैं।

बत्तियाँ जल-बुझ रही हैं। पैदल पार का साइन हो गया है। सबको कहीं न कहीं जाना है। न रेड लाइट रुकती है, न वाहन रुकते हैं, न लोग ही।

एक खत्म होता है तो दूसरा शुरू...एक रेड लाइट जहाँ से खत्म होती है, दूसरी लगभग वहीं से शुरू हो जाती है...एक गति जो जिन्दगी की तरह कभी खत्म नहीं होती।

(गगनांचल, 2009)

लड़की जो देखती पलटकर

मानस का स्कूटर बाहर भीग रहा था। दीवारों पर पानी बह रहा था। पत्ते आपस में हिल-मिलकर पानी की बौछारें नीचे फेंक रहे थे। एक बिल्ली, खिड़की के बाहर की शहतीर पर बैठी जासूसी आँखों से दुनिया को देख रही थी। चिड़ियों ने पानी से बचने के लिए पंख फुला लिये थे।

छपाक...एक कार सड़क पर पसरे गँदले पानी की बौछार करती दौड़ गयी थी।

मानस वर्मा अपने कमरे से यह दृश्य देख रहा था। वह अकेला था। दूसरे शहर का लड़का। शुरुआती दिनों को नहीं सोचे तो बेहतर। घड़ी की सूइयाँ दौड़ रही थीं, रुक रही थीं और वह मन्द-मन्द मुस्करा रहा था।

फिर उसने एक नम्बर डायल किया, अपने मोबाइल पर—"सर बहुत बारिश है।"

सर...भीग गया हूँ...जी सर...वहीं खड़ा हूँ कोई बस भी नहीं आ रही, स्कूटर नहीं लाया टायर पंक्चर हो गया था।...काम तो हो नहीं सका...कन्सर्न्ड परसन ही नहीं आया...अगले हफ्ते देख लेंगे...जी सर...ठीक है टैक्सी से आ जाऊँगा। थैंक्यू सर...

मोबाइल स्विच ऑफ करने के बाद वह जोर से हँसना चाहता था। मगर नहीं हँसा। बारह बज रहे थे। बारिश भी तब थम सी रही थी। थोड़ा भीगना भी जरूरी था, दिखाने के लिए।

उसने कमरा लॉक किया और बाहर निकल आया। पानी सड़क पर ऐसे भरा था कि बाढ़ आ गयी हो। चलते हुए वह बस स्टॉप पर आ गया। बस स्टॉप पर इक्का-दुक्का सवारी ही खड़ी थी। एक लड़की बार-बार उचक-उचककर उधर देख रही थी जिधर से बस आनी थी। मानस ने उधर नजर डाली—'क्या जलवा है मेरी जान।' सोचा कि क्यों न इसे कॉफी पीने के लिए इनवाइट किया जाये। मान गयी तो बल्ले-बल्ले। नहीं मानी तो कोई बात नहीं, मगर—अगर ज्यादा पटाखा निकली और पुलिस बुला ली तो...इस बारिश में पुलिस क्या इसकी ताबेदार है जो दौड़ी चली आयेगी। रिस्क लेकर तो देखो मानस वर्मा। तुम छोटे शहर वालों में यह बड़ी

बुरी बात है कि रिस्क लेने से पहले बहुत डरते हो।

तभी एक रूमाल बेचने वाला पास आकर बोला—"ले लो रूमाल।"

"कैसे दिये?" मानस के पास खड़े आदमी ने पूछा।

"दस के दो।"

"ऐसे में बरसाती या छाता होता तो खरीद भी लेता, रूमाल तो मेरी जेब में है।" कहते हुए वह आदमी खुद ही हँस पड़ा।

रूमाल वाला मानस के पास पहुँचता इससे पहले ही उसने हाथ के इशारे से मना कर दिया, कि नहीं चाहिए। तभी सामने से एक बस आती दिखी, लड़की ने कुछ कदम आगे बढ़ाए। 'ओह गॉड बिना कॉफी पिये ही यह चिड़िया फुर्र हो जायेगी। बैड लक।' मानस फिर दो कदम लड़की की तरफ बढ़ा। मगर थैंक गॉड बस वह नहीं थी जिसमें लड़की को जाना था। इस बस रूट में तो मानस को जाना था मगर उसने बस छोड़ दी और एकदम लड़की के पास जा पहुँचा।

दो गौरैया सड़क पर इकट्ठे पानी में पंख फैला-फैलाकर नहा रही थीं कि एकाएक झमाझम बारिश फिर से होने लगी। एक टू-व्हीलर रेंगता हुआ सवारी के इन्तजार में बिल्कुल बस स्टॉप के पास आ खड़ा हुआ।

रिस्क लो मानस वर्मा, इसमें देर की तो समझो खत्म...तुम जैसों की मुसीबत ही ये है कि जब तक आगे बढ़ने की सोचते हो गाड़ी रफ्तार पकड़ लेती है।

बारिश इतनी तेज थी कि सड़क के पार वाला पार्क धुँधला दिखाई दे रहा था। लोग बचने के लिए इधर-उधर दौड़ रहे थे।

'आजकल बस सर्विस कितनी खराब हो गयी है, इतनी देर में बस एक ही बस आयी है।—मानस ने कहा।

लड़की ने मानस की सहमति में सिर हिलाया मगर बोली कुछ नहीं।

ओफ कम्बख्त ये बसें...मानस ने देखा कि दूर से वही बस चली आ रही है जिसमें उसे जाना था। लगता है इन बसों को मालूम पड़ गया है कि मैं आज इस लड़की को कॉफी पिलाने ले जाना चाहता हूँ। कॉफी पहला कदम है और कोई पहला कदम नहीं उठाने देना चाहता।

छीं...छीं...लड़की दो बार छींकी।

"ओह! लगता है आप भीग गयीं।"—इस बार वह हल्के से मुस्कराई, मगर बोली कुछ नहीं।

'ठीक कदम बढ़ा रहे हो, धीरे-धीरे फिसलने का नो चांस।' उसने मन ही मन अपनी पीठ थपथपाई।

'अब देखिए इतनी देर से खड़ा हूँ। दफ्तर में तो कोई सुनेगा नहीं न कि बस

नहीं आयी थी। बारिश हो रही थी। वहाँ तो बॉस की गुर्राती आँखों से सामना करना पड़ेगा। अगर ये साले बॉस दुनिया में न होते तो कितना अच्छा होता?'

"सब जगह ही तो ऐसा है।"—लड़की का पहला वाक्य फूटा।

"चलो बोली तो सही।"

"अगर दफ्तर न जाना हो तो ऐसा लगता है कि इन काली घटाओं और काली सड़कों के साथ भागते हुए दूर तक चले जायें।"

"क्या कविता लिखते हैं?" इस बार लड़की मुस्कराने से ज्यादा मुस्कराई।

"माई प्लैजर।"—मानस भी लड़की को देखकर मुस्कराया—'लिफ्ट दे रही है बेटा। मत चूको चौहान।'

'कॉलेज के दिनों में तो कविता लिखने में मैंने खूब इनाम जीते थे। मैं पहुँच जाता तो बाकी सब मैदान छोड़ देते थे।' सफेद झूठ बोलो-बोलो।

"अरे कैसे लिख लेते हैं, कविता लिखना तो बड़ा मुश्किल काम है।"

'राज की बात बताऊँ...कभी कोई कविता पूरी तो मैंने लिखी ही नहीं। किसी मशहूर कवि की कविता उठाई उसमें थोड़ा सा फेर-बदल किया और सुना दी। वहाँ कौन सा वह कवि आकर सुन रहा है जो शोर कर देगा कि यह कविता मेरी है। आपके ऑफिस में कोई फंक्शन हो तो बता दीजिएगा एक से एक ऐसी कविताएँ चुराकर दूँगा कि आपके अलावा किसी और को इनाम मिलेगा ही नहीं।'

"वैसे काम कहाँ करती हैं?"

"कनॉट प्लेस में।"

"अरे वाह, मैं भी तो वहीं काम करता हूँ।"

"तो वहाँ की तो अभी दो बसें निकल गयीं आप गये क्यों नहीं?"—लड़की ने पूछा?

"आप क्यों नहीं गयीं?" मानस ने भी सवाल किया।

"मैं तो आज छुट्टी पर हूँ। कहीं और जाना है।"—लड़की हँसी और पर्स में से कुछ निकालने लगी।

"ओह..ओह...सेम विद मी। मैं भी छुट्टी पर हूँ मुझे भी कहीं जाना है किसी फ्रेंड से मिलने। वैसे आपको कहाँ जाना है।"—मानस वर्मा की गाड़ी सही ट्रैक पर दौड़ने लगी थी।

"मुझे तो आज पटेल नगर तक जाना है।" लड़की ने बताया तो मानस ने बात की पूँछ पकड़ी, मुझे पटेल नगर से आगे जाना है अब यह बस तो आ नहीं रही, ऑटो सामने खड़ा है। कहिए तो ऑटो कर लें। आपको छोड़ता हुआ आगे निकल जाऊँगा।"

"ठीक है चलिए।" लड़की ने कहा तो मानस को सहसा यकीन नहीं हुआ। तभी उसका मोबाइल बजा। उधर बॉस था। उसकी बात सुनकर मानस बोला—"बस पहुँच रहा हूँ। यहाँ से कुछ मिल नहीं रहा।" फिर उसने लड़की को सम्बोधित करते हुए कहा—"इन दोस्तों को भी चैन नहीं। आज बहुत दिनों बाद अपने दोस्त से मिलने जा रहा हूँ और वह चाहता है, मेरे पंख उग आयें और मैं उड़ता हुआ उस तक पहुँच जाऊँ।"

"तो चलें, आइए।" लड़की उसके साथ आगे बढ़ी। ऑटो वाले से चलने के लिए कहा तो वह बोला कि उसे तो किसी और तरफ जाना है। बारिश के मौसम में दूसरी तरफ सवारी नहीं मिलेगी। ये साले ऑटो वाले ऐन मौके पर खलनायक बन जाते हैं।

मानस ने उसे मनाने की कोशिश की—"दिल्ली में कभी ऐसा होता है कि कोई ऑटो खाली रहे। चलो जितना बने उससे दस रुपये ज्यादा ले लेना।" इस लड़की की बस आ गयी और यह चली गयी तो दस रुपये भी नहीं मिलेंगे। मानस ने लड़की को मन ही मन गाली देते हुए सोचा।

"दस रुपये देंगे दस रुपये से क्या होता है?"

—स्कूटर वाले के ऐसा कहने पर वह बोला—"चलो पन्द्रह ले लेना।"

"बीस से कम नहीं।" स्कूटर वाले के कहते ही मानस स्कूटर में बैठ गया। लड़की भी आ बैठी।

ऑटो के दोनों तरफ से बारिश की तेज फुहार मार रही थी। राइट हैंड पर लगा खाकी पर्दा और तेजी से फड़फड़ा रहा था और तेजी से भिगो रहा था।

"वैसे आपका नाम क्या है?"

लड़की हँसी।

"मेरा नाम मानस है।"

"हुँ"...

फिर उसने जेब से अपना कार्ड निकाला—"लीजिए रख लीजिए। कभी काम आयेगा। आपका कार्ड?"

ऑटो सड़क पर भरे पानी के बीच से गुजरा, पानी की तेज बौछारें और अधिक तेजी से पड़ीं।

"आपका मोबाइल।"

"मैं मोबाइल नहीं रखती।" तभी लड़की के पर्स से मोबाइल की घण्टी बजने लगी।

मानस के मुस्कराकर देखने पर लड़की जरा भी विचलित नहीं हुई। उसने पर्स से फोन निकाला बात की और फोन वापस पर्स में रख दिया। फिर बोली—"यह मेरा नहीं मेरी बहन का है।"

'साली कैसे चला रही है?' मानस ने मन ही मन लड़की को गाली दी फिर मुस्कराते हुए बोला—"अरे तो बहन का ही नम्बर दे दीजिए। अगर कभी आपसे बात करने का मन करे तो..."

लड़की ने कुछ कहा नहीं बस हल्के से मुस्कराई।

ये लड़कियाँ भी, सोचती हैं कि मुस्कराने भर से दुनिया जीत सकती हैं।

"ऐसी बारिश हो, गरमागरम पकौड़े हों और फिर कॉफी...क्या आइडिया है?"

मानस चहका—"तो यहीं कहीं कॉफी पियें। थोड़ी दूर पर ही अच्छी कॉफी मिलती है।"

"आइडिया अच्छा है मगर अभी नहीं।" फिर उसने ऑटो वाले से कहा—"भइया जरा साइड में करके रोकना।"

ऑटो रुकते ही लड़की उतरी फिर आगे कदम बढ़ाती बोली—"थैंक्स मानस।"

"ओ. के. मिस मगर क्या नाम तक नहीं बताया।"

इस बार लड़की के हँसी से दाँत चमके। उसने बॉय कहा और एक गली में मुड़ गयी।

सचमुच ये लड़कियाँ...शिट...किसी काम की नहीं होतीं। जब देखो तब लड़कों को बेवकूफ बनाया और आगे बढ़ गयीं।

मानस दफ्तर पहुँचा ही था कि बॉस का बुलावा आ पहुँचा—"हरामखोर खड़ूस..."

फिर उसने चेहरे पर बेचारगी लादी। काँपता हुआ बॉस के दफ्तर में घुसा... "सॉरी सर आज काम नहीं हो पाया। बहुत ढूँढने पर टैक्सी मिली। सारा भीग गया। ऐसा लग रहा है बुखार आ रहा है।"

"बैठो। गरम कॉफी पियो। अभी ठीक लगने लगेगा। टैक्सी का बिल भी दे देना।"

'अरे बुड्ढे अभी तीन-चार बार घर में रहकर टैक्सी का किराया वसूलूँगा तब तेरा काम करूँगा। आज की तरह घर बैठकर ही फोन कर दिया करूँगा तब पता चलेगा।'—कॉफी सिप करते मानस अपने प्लान पर मुस्कराता रहा।

कॉफी पीने के बाद उठ खड़ा हुआ—"थैंक्यू सर। अब कुछ अच्छा लग रहा है?"

मगर चलते हुए मानस ने देखा बॉस के चेहरे पर उसी लड़की जैसी मुस्कराहट

है जो रास्ते में मिली थी। बॉस को जैसे सब पता चल गया था कि मानस कितने सौ प्रतिशत झूठ बोल रहा है।

अब सचमुच उसे पैरों में थरथराहट महसूस हुई। वह जल्दी से बॉस के कमरे से बाहर निकल आया इस डर से कि कहीं और कुछ गलत न निकल जाये मुँह से। वह तेज कदम बढ़ाता अपने कमरे की तरफ बढ़ गया। बारिश में भीगने से सचमुच उसे ठण्ड लग रही थी।

(आउटलुक, 2009)

बेटी

सवेरे से आसमान में बादल गरज रहे हैं। बिजली कड़क रही है। बेतहाशा उमस है। अपने बालों में मेहँदी लगाए सवेरे से कभी वह फ्लाइट बदलवा रही है, कभी अपनी कम्पनी को कैब भेजने का टाइम बता रही है, मोबाइल, लैपटॉप ने सब कुछ को घर बैठे सम्भव किया है। कभी बाजार दौड़ रही है। दरवाजे में घुसते—अरे यह तो रह ही गया वापस दौड़ रही है।

कितनी उठापटक ऊहापोह। कल पूरे दो साल हुए इसे गये।

जीवन का एक पक्ष विराम पा रहा है। दूसरा पक्ष शुरू हो रहा है। हर अन्त के बाद एक नयी शुरुआत। लेकिन जिसके लिए चीजें अन्त की तरफ बढ़ती हैं उसके लिए दोबारा वैसे ही कभी शुरू नहीं होती। हमारी पीढ़ी का अन्त इस पीढ़ी की शुरुआत ही तो है।

उसके पिता ने कहा—"आज यह पूरी रात सोयी नहीं है। आँख खोल के पड़ी रही है..."

"ऐसा क्यों हुआ?"

"तुमने कह दिया था न कि तू मत जा।"

"सचमुच मेरा मन इसे कहीं भेजने को नहीं करता।"

"तुम खुद भी कमजोर होती हो उसे भी कमजोर करती हो। तुमसे तीन-चौथाई उम्र की है। मगर कितनी समझदारी की बात कही, अगर कुछ नहीं करूँगी यहीं बैठी रहूँगी तब क्या तुम्हें ठीक लगेगा।"

"मैं जानती हूँ यह उसके दिल की बात नहीं है।"

"खुद सोचो कि उसे अपने दिल पर कितना बड़ा पत्थर रखकर यह बात कहनी पड़ रही है। कहती तो है कि दिल्ली लौटना है। यहीं रहना है।"—उसके गर्वीले पिता कहते हैं।

"हाँ, उस दिन कह रही थी तुम लोग यहाँ अकेले कैसे रहोगे? मुझे विदेश नहीं जाना है। कितना कुछ चलता है इसके दिमाग में याद नहीं, उस दिन शादी

के नाम से कैसी बिदक गयी थी।"

"हाँ...अपनी समझदार बच्ची पर गर्व करो। जिन्दगी भर जो मेहनत तुमने की उसके प्रतिफलन के रूप में अपने बच्चों को देखो। कितना चाहते हैं...मरे जाते हैं...दुनिया की हर चीज अपने लिए नहीं माता-पिता के लिए चाहिए।"

तभी तो उस दिन कह रही थी मुझे जो इनीशियल बोनस मिलेगा उसे तुम्हारे एकाउंट में ट्रान्सफर कर दूँगी...मैं क्या करूँगी उस पैसे का। कभी अहसास तक नहीं था कि ये ऐसे चले जायेंगे। अब तक तो लगता था कि कोर्स पूरा होते ही आ जायेगी मगर अब तो लगता है यह लौटेगी ही नहीं...दूर चली जा रही है कहीं... दौड़कर पकड़ लूँ...हमारे मन में आस-पास इनके बचपन के चित्र उन चित्रों में कभी आज के ये बच्चे फिट क्यों नहीं बैठते? इनकी निर्भरता ही क्यों पसन्द है? कल, एक-दो साल में शादी हो जायेगी तब...अपनी लड़की पर किसी और का अधिकार-सोचने भर से दिक्कत होती है।

हाँ, कहती तो है कि तुम लोगों ने अपनी जिम्मेदारियाँ अच्छी तरह से निभा दीं। मुझे इतनी अच्छी एजूकेशन दिलवा दी। अब मैं अपने पाँव पर खड़ी हूँ। अब तुम्हारी कोई जिम्मेदारी नहीं बची...तुम अपने बारे में भी सोचो। कब तक करती रहोगी? मैंने तो सवेरे से शाम तक हमेशा तुम्हें काम करते देखा है। कब तक करोगी। यह हाल कर लिया कि दो कदम भी चल नहीं सकतीं ठीक से। उसका भाषण चलता ही रहता अगर टी. वी. पर उसकी पसन्द की फिल्म 'जब वी मैट' का गाना न बजने लगता और बाद में उसके फ्रेंड का फोन न आ जाता।

कल जब यह चली जायेगी तो दिमाग को इस बात को एडजेस्ट करने में कई दिन लगेंगे कि वह अपने कमरे में सो नहीं रही, नेट पर नहीं है, बाजार नहीं गयी है, नहा नहीं रही है...

आज का यह ढलता दिन, इस वक्त पौने तीन बजे हैं...यह दिन बिल्कुल बीस-इक्कीस साल पुराने उसी दिन जैसा है जब पहली बार इसे स्कूल जाना था। अपनी लाल मैक्सी में वह सो रही थी और लगता था कि पता नहीं स्कूल में यह कैसे रहेगी? कैसे बच्चों से निबटेगी। पढ़ाई के प्रेशर को कैसे झेलेगी? मेरे और अपने पिता के नौकरी पर चले जाने के बाद घर में कैसे रहेगी? उन दिनों के इन्सट्रेक्शन...अपना कोई जान-पहचान वाला हो तब भी दरवाजा मत खोलना अकेले गेट से बाहर मत जाना। किसी की दी हुई चीज मत खाना। इन सब बातों में अपने बच्चों की सुरक्षा का कितना डर बैठा रहता था। डर न हो तो क्या जीवन न चले। इनके अकेले जाने भर से कितनी घबराहट होती थी। और अब अपने एसाइनमेंट पूरे करके कितनी रात-रात को लौटती है। डर का अकेले मुकाबला

करती है। हम घबराएँ तो दिलासा देती है। कुछ भी खरीदने को कहो तो लड़ने को तैयार हो जाती–"पूरी जिन्दगी क्या तुम ही खर्च करती रहोगी? अब मुझे यह मौका दो कि तुम्हारे लिए कुछ कर सकूँ।"

मैं उसे आश्चर्य से देखती हूँ, यह मेरी नन्ही सी बच्ची, यह इतनी बड़ी और समझदार कब से हो गयी। कब यह इतनी बड़ी हो गयी कि जिम्मेदारियाँ समझने लगी। दुनिया में तो आज के बच्चों के बारे में यह शोर मचा है कि आज के बच्चे बड़े स्वार्थी हैं। पेटू हैं। अपने सुख-साधन में लीन हैं। पलक झपकते ही माँ-बाप को भूल जाते हैं? मगर ऐसे बच्चे कहाँ हैं!

"मम्मी देखो मेरे यहाँ एन जी ओ मेला लगा था। तुम्हारी पसन्द की चार साड़ियाँ। ये सूट...तुम अपनी दवा खाती हो वक्त पर...न्यूट्रीशस तो कुछ लेती ही नहीं..."

हर शाम खुद जाकर बाजार से खरीदकर फल लाना। उन्हें काटना और खाने के बाद जबर्दस्ती खिलाना। हाथ में दवा पकड़ाना या खाने की प्लेट में ही रख देना। सब्जी अदरक हरी मिर्च काटकर फ्रिज में रखना। सवेरे जब तक काम वाली आयेगी तब तक माँ को खाना पकाने के लिए कौन से बरतन चाहिए उन्हें साफ करके रखना...ऑफिस फोन करना...मैंने सब्जी बनाकर रख दी है। तुम आकर बस रोटी बना लेना। तुम्हारे लिए पोहा भी बना दिया है तुम आकर खा जरूर लेना और पापा का नींबू पानी भी टेबल पर रखा है।

हे ईश्वर किसी को बच्चे न दे, बच्चे दे तो उनसे दूरी न दे...खिड़की पर बैठी गलगलिया बूँदाबाँदी के बीच कर्कश आवाज में चिल्ला रही है। शायद अपने बच्चों को सावधानी का संकेत दे रही है।

उसके पिता जो उसके जाने की बात भी नहीं सुनना चाहते, कहते हैं–यह कोई दो सौ साल पहले का जमाना है कि जहाँ पैदा हुए वहीं खेतीबाड़ी की, सौ-पचास के कुनबे में रहे और वहीं मर-खप लिए। ये ग्लोबल बच्चे हैं...एक पैर यहाँ तो एक पैर कहीं और।

सारा सामान बाहर निकाला जा रहा है, बैग, लैपटॉप, अटैची, एयरपोर्ट पर पहुँचने तक के लिए पानी। उसकी फ्लाइट लेट नाइट पहुँचेगी। मगर चिन्ता की बात नहीं। ऑफिस की कैब उसे लेट नाइट लेने आ जायेगी और कम्पनी के गेस्ट हाउस में पहुँचा देगी। ऑफिस ने ही उसे टिकट भेजी है।

जाते-जाते मैं उसकी पसन्द के आलू के परांठे, मिर्च करौंदे पकड़ाती हूँ। उसकी रूम मेट के लिए भी खाना पकड़ाती हूँ। वह मुस्कराकर कहती है–"तुम इतनी जेनरस क्यों हो?"

“अरे वह लड़की तुम्हारे साथ है, क्या तुम अकेली खाती रहोगी। वैसे भी दो-चार परांठे बनाने में देर कितनी लगती है।”

“कभी किसी और ने तुम्हें कुछ दिया है? और तुम तो किसी को कुछ भी उठाकर दे देती हो। वैसे मैं भी चाहती हूँ कि इतना पैसा कमाऊँ कि गरीबों के लिए कुछ कर सकूँ।”

कितना लम्बा है यह रास्ता? क्या एयरपोर्ट अपनी जगह से बहुत दूर खिसक गया है। आते वक्त रास्ता कितना छोटा हो जायेगा। ताला खोलते, इसका सामान इसकी अनुपस्थिति में देखते कितनी दहशत होगी।

कई दिन तो हर आते-जाते हवाई जहाज में यही जाती लगेगी।

(रेडियो, नई दिल्ली)

बेटा

अनूप लौट रहा था। अब वह यहीं रहेगा। उसे क्या पसन्द है? छोटा था तो सुबह-शाम, रात-दिन पनीर और नाश्ते में आलू का परांठा चिल्लाता था। न बने तो मुँह फुलाकर बैठ जाता था, फिर कितना भी मनाओ नहीं मानता था।

अब इतने दिन बाद वह पढ़ाई करके लौट रहा है। इस कॉलोनी में अब उसके दोस्त भी ज्यादा नहीं रहे हैं। पढ़ाई पूरी करके कोई कहीं चला गया है, कोई कहीं। कइयों की तो इस छोटी उमर में शादी भी हो गयी है। जब अनूप हॉस्टल में गया था, उन दिनों मोबाइल का चलन भी इतना ज्यादा नहीं था। हॉस्टल में जहाँ फोन था, वह उसके कमरे से बहुत दूर था। इसीलिए उसी के फोन का इन्तजार रहता। चाहे उसका फोन एक दिन पहले ही आया हो, लगता था कि उसकी आवाज सुने महीनों हो गये।

आसमान में चमकते बृहस्पति को देखकर यह महसूस होता कि वह ही चमक रहा है। एक रात जब उसका फोन आया तो मैंने उससे कहा–"तुम्हें तो मैं आसमान में चमकता देख रही हूँ।" मेरी बात उसकी समझ में नहीं आयी। वह बोला–"क्या, क्या कह रही हो?"

मैं हँसने लगी तो वह चिढ़कर बोला–"तुम्हारा दिमाग कुछ चल गया है।"

रास्ते में उस जैसी चाल चलता कोई लड़का दिखाई दे जाता तो मैं उसे तब तक देखती जब तक कि वह आँखों से ओझल न हो जाता। कोई उस जैसा लड़का मेरे सामने आ जाता तो मैं उसे अपलक निहारती रहती। यही नहीं मैंने उसे टुकड़ों में देखना सीख लिया था। उसकी खंजन जैसी आँखें, उसकी लम्बाई, उसकी हँसी, उसके बाल।

छुट्टियों में जब वह आता था तो उसके आने की खुशी से ज्यादा मुझे यह दुख सताने लगता था कि अब दो दिन, चार दिन या हफ्ते में यह चला जाएगा। इसलिए उसके होने, उसकी उपस्थिति की खुशी को मैं महसूस ही नहीं कर पाती थी।

वह आ जाता था तो उसकी पसन्द-नापसन्द दिमाग पर तारी हो जाती थी।

सुबह उठते ही उसे गरमागरम दो कप चाय चाहिए, उसके बाद बाथरूम खाली चाहिए। तैयार होते वक्त वह मुझे या अपने पिता को आवाज देकर बुलाता था कि शर्ट ठीक लग रही है या नहीं, ठीक से प्रेस है या नहीं। फिर वह जूते पहनता था और बार-बार गीले बाथरूम में बाल सँवार उन्हीं जूतों के गीले तलों से घर में घूमता हुआ जूतों के निशान बना देता था। मैं चिल्लाती भी थी कि इतने पहले से जूते क्यों पहन लेते हो? जब जाया करो तभी पहना करो।

छुट्टियों में हर रोज उसे किसी न किसी काम से जाना होता। लेकिन उसकी जिद रहती कि मुझे और अपने पिता को दफ्तर ड्राप करने के बाद ही वह कहीं जायेगा। जो सुनता, कोई ईर्ष्या से दग्ध होता, कोई प्रशंसा से भर उठता—"कितना अच्छा बेटा मिला है आपको।"

लेकिन इस अच्छाई में मेरी जो आफत आती। जितने काम फैलाता, उन्हें समेटती जाती। समय पर खाना बनाती, काम वाली से काम करवाती और उसके तैयार होने से पहले ही तैयार हो जाती। फिर वह चीखता—"तुमने दस मिनट की देरी करा दी।"

कभी मैं चिढ़कर कहती—"तू क्या कहीं का प्रधानमन्त्री है जो दस मिनट की देर हो गयी तो आसमान टूट पड़ा।"

वह कहता—"क्या पता कल बन जाऊँ।" या फिर कहता—"और क्या अपने घर का तो प्रधानमन्त्री ही हूँ।"

"तू मुझ पर क्यों इतना रोब झाड़ता है। इतना तो पापा ने भी नहीं झाड़ा।"

"सीधे हैं बेचारे।" कहता हुआ वह बाजू में बैठे अपने पिता को तिरछी नजरों से देखता और खूब हँसता।

मेरी उसकी इतनी चोंचें भिड़तीं कि मैं नाराज होकर कहती—"तू मुझे यहीं उतार दे। अपने आप चली जाऊँगी।"

यह सुनकर वह कहता—"क्यों, यहाँ क्यों उतार दूँ। यहाँ से तो तुम्हें ऑटो मिल जायेगा। ऐसी जगह उतारूँगा जहाँ से कुछ न मिले। फिर पैदल चलना और मरना।"

एकबार वह लड़ रहा था कि रेड लाइट पर गाड़ी रुकी। मैंने खिड़की खोलकर ट्रैफिक पुलिस वाले को आवाज दी—"भइया जरा यहाँ आना। यह लड़का मुझे तंग कर रहा है।" पुलिस वाला सचमुच ही आने लगा कि ग्रीन लाइट हो गयी। आगे चलकर वह चिल्लाया—"मरवाओगी क्या?"

"मरवाने की क्या बात है? बहुत किंगकांग समझता है खुद को। अभी पता चल जाता।" यह घटना उसने हँस-हँसकर न जाने कितनों को सुनाई।

जब मैं उससे बहुत आजिज आ जाती तो चिढ़कर कहती–"जब तू पैदा हुआ था उसी वक्त मैंने तुझे पालने से नीचे फेंक दिया होता तो ये दिन न देखना पड़ता।"

"फिर तुम्हीं मोटे-मोटे आँसुओं से रोतीं–हाय मेरा बेटा, हाय मेरा बेटा।"

"रोती कि भागवान से खैर मनाती कि मुसीबत टली।"

"हाँ, पता है बहुत बहादुर हो। जब मुझे टायफायड हुआ था तो लम्बे-लम्बे आँसू ढुलकाती रहती थीं न। देखी है तुम्हारी वीरता।"

उसकी बातचीत की शुरुआत मुझसे लड़ाई से होती थी। उसके पिता उसकी बातों को सुनकर कहते–"कितना चाहता है तुम्हें। अपना हर काम छोड़ देता है इसलिए कि मम्मी को छोड़ना है।"

"हाँ, तुम तो उसका पक्ष लोगे ही। तुम्हीं ने बिगाड़ा है। कभी उसे कुछ करने ही नहीं दिया। हर चीज उसके हाथ में पकड़ाई। तो अब वह क्यों करे? अपनी कोई चीज सँभालकर नहीं रखता और फिर हमसे पूछता है कि कहाँ गयी? पता नहीं इसकी बीवी का क्या होगा?"

"बीवी के आगे सब सुधर जाते हैं। अब मुझे ही देख लो।" वह शरारती अन्दाज से कहते तो मैं आगबबूला हो जाती।

छुट्टियों में जब एक बार वह आया हुआ था तो मुझे वायरल हो गया। तेज सिर दर्द था। कँपकँपी छूट रही थी। उसे लगा कि न जाने मुझे क्या हो गया है। उसने मेरे बिस्तर के पास अपना बिस्तर लगाया। रात को हर घण्टे-दो घण्टे में टेम्परेचर देखता। दवा खिलाता। थोड़ी-थोड़ी देर में फल खाने या जूस पीने की जिद करता। साथ में यह भी कहता जाता–"बीमार मत पड़ा करो। मुझे अच्छा नहीं लगता है।" जब वह वापस जा रहा था हॉस्टल तो अपने कई दोस्तों से कह गया कि वे मुझे देख लें। वे आये तो पता चला कि मामूली से बुखार से वह कितना डर गया है।

जब वह चला जाता तो मैं हर बार कसमें खाती–'अब से वह कुछ भी कहेगा तो मैं उसका जवाब नहीं दूँगी। इस तरह लड़ाई ही नहीं होगी।'

उसकी अनुपस्थिति में घर में हर वह चीज बनना बन्द हो जाती जो उसे पसन्द थी। अगर कभी बन भी जाती तो लगता रहता, पता नहीं वहाँ उसे यह सब खाने को मिलता भी होगा या नहीं। मिलता भी होगा तो न जाने कैसा?

उसके बिना यह साल कैसे कटे? हाँ, जब से मोबाइल आ गया, तब से हर रोज ही नहीं उससे कई-कई बार बातें होने लगीं। कई-कई बार बातें होने से होना

तो यह चाहिए था कि वह कम याद आता मगर वह और ज्यादा याद आने लगा था।

वही अनूप अब घर आ रहा था। उसे यहीं नौकरी मिल गयी थी। उसे विदेश में भी नौकरी मिली थी। लेकिन उसने जाना नहीं चाहा। उसे लगता था कि अगर वह चला गया तो उसके माता-पिता का क्या होगा?

जबसे वह चला गया था, सिवाय साफ-सफाई के कोई उसके कमरे में जाता तक न था। उसके कमरे में जाते ही उसकी चीजें दिखाई देने लगती थीं। उसका कम्प्यूटर, कपड़े, जूते, बेल्ट, किताबें यहाँ तक कि पेंसिल, रबड़ और कैलकुलेटर। उनमें से उसकी आवाज आने लगती।

उसी कमरे की एक-एक चीज को मैं फिर से देख रही थी। हर जगह की सफाई की थी। कल तक जिन पुरानी चीजों को उसकी याद के कारण सँभालकर रखा गया था, उन्हें ही हटाया जा रहा था। कमरे में लाइट वायलेट कलर का पेंट कराया गया था। खिड़कियों और दरवाजे पर गुलाबी रंग के पर्दे लगाये थे। चादर और तकिए का गिलाफ भी गुलाबी था।

सिरहाने एक स्टूल रखा गया था जिससे सोते वक्त वह अपनी घड़ी, मोबाइल, चश्मा आदि रख सके।

आखिर बेटा बहुत दिन बाद जो आ रहा था। वह आया तो बेहद खुश था, मगर बहुत गम्भीर। एक फालतू बात तक नहीं कर रहा था। उसे अगले दिन सही समय पर ऑफिस पहुँचने की चिन्ता थी। न उसने मजाक किया न हँसी। न ही खाने में कोई कमी निकाली। न ही रिमोट अपने कब्जे में लिए बैठा रहा जिससे कि अपनी पसन्द के प्रोग्राम देख सके। न ही वह चुपके से रसोई में मेरे पीछे आकर खड़ा होकर चोटी खींचता था। न ही मुझे हर वाक्य के आदि-अन्त में मोटू कहकर पुकारता था।

समझ में नहीं आता कि उसे क्या हो गया? उसके पिता कहते—"तुम्हें किसी भी तरह चैन नहीं है। पहले जब वह लड़ता-झगड़ता था तब तुम परेशान थीं, अब वह कुछ नहीं बोलता है तब तुम परेशान हो।"

"समझ में नहीं आता उसे क्या हुआ है?"

"कुछ नहीं हुआ है। बड़ा हो रहा है। नौकरी कर रहा है। क्या पहले जैसा रहेगा?"

एक शाम उसका फोन आया—"हलो माँ, आज मैं देर से आऊँगा। पिक्चर देखने जा रहा हूँ। खाना भी बाहर खाऊँगा।"

"ये अकेला पिक्चर भी देखने जाने लगा।"

"अकेला नहीं दोस्तों के साथ गया होगा।"

"दोस्त नहीं सहेली।"

"चलो सहेली ही सही। सहेली के साथ नहीं तो क्या तुम्हारे साथ जायेगा। वैसे भी हॉस्टल में जब था तो क्या तुम देखने जा रही थीं कि किसके साथ जा रहा है।"—पिता हँसते हुए बोले।

"मैं कहती हूँ न कि तुम्हीं ने बिगाड़ा है।"

उन्होंने कोई जवाब नहीं दिया तो मैं खुद ही बड़बड़ाई—"कर दिया बस फोन कि खाना भी बाहर ही खाऊँगा। मैं तो बस पागल हूँ जो नौकरी भी करूँ, किसको क्या पसन्द है बनाती फिरूँ। मैं शाम को घर न आकर पिक्चर देखने चली जाऊँ तब पता चले।"

"कैसी बच्चों जैसी बातें कर रही हो। अपने बच्चे से बराबरी कर रही हो।"

"मैं तो तभी से बूढ़ी हो गयी जब उसके बराबर थी। किसी ने कभी सोचा कि मेरी भी कुछ इच्छाएँ होंगी।"

"तुम्हारा शायद लड़ने का मन कर रहा है। चलो लड़ती रहो। मैं कुछ नहीं बोलूँगा।"

इतवार का दिन था। छुट्टी का दिन। वह देर से सोकर उठा। उठते ही न उसने चाय माँगी, न सैल ऑन किया। सीधा अपने बैग के पास पहुँचा। एक कागज निकालकर अपने पिता को दिखाने पहुँचा। वह पढ़कर बोले—"ठीक है जाओ।"

"जाओ, कहाँ जाना है।"—मैंने खाना बनाते-बनाते पूछा।

"इसकी कम्पनी इसे तीन साल के लिए अमेरिका भेज रही है।"

"तीन साल!" मेरे मुँह से निकला।

"अरे तीन साल भी वैसे ही कट जायेंगे जैसे इसके हॉस्टल के साल कट गये।"

"मगर यहाँ का यहाँ तो था।"

"अरे वहाँ भी कौन सा दूर है। एक दिन में पहुँच जाओगी।"

"मैंने तो मना किया था पापा, मगर अगर कई बार ना करूँगा तो हो सकता है नौकरी ही छोड़नी पड़े।"

"कैसी बातें करते हो बेटा। तुम आगे बढ़ो इससे अच्छा क्या है? लोग तो अमेरिका जाने को तरसते हैं।"

"मगर ये मम्मी। समझ में नहीं आता आप लोगों को छोड़कर कैसे जाऊँ?"

"तुम बेधड़क होकर जाओ। मम्मी की चिन्ता मत करो। इसे हर छह महीने में

तुम्हारे पास भेज दिया करूँगा।"

"और आप।"

"अरे, जब यह आयेगी तो मैं अकेला यहाँ क्या करूँगा?"

उसका चेहरा धीरे-धीरे तनाव रहित हो गया है। वह मुस्कराने लगा।

अभी तो मैं अनूप के वापस लौटने की तैयारी कर रही थी। उसके कमरे को सजा रही थी। अब उसे गये भी छह महीने हो गये। ऐसा लगता है जैसे कल की ही बात हो।

(प्रथम प्रवक्ता, 2009)

बता मुझे हुआ क्या है

अंजना विश्वास के गीतों से ये दीवारें आलोकित हैं। बरगद के पुराने पेड़ की जड़ें-शाखाएँ बनी झूल रही हैं। वे पुराने पेड़ के शीर्ष से निकलती हर पल नयी हो रही हैं। कहीं हवा में गूँजती है आ. आ...और पीछे से सितार झंकृत होने लगता है। सूरज कहाँ-कहाँ नहीं है। वह हर पेड़, हर टहनी से झाँकता सा दीखता है। इस परिसर में डूबते, उतराते, घूमते-खिलखिलाते छात्र-छात्राएँ रुक जाते हैं। दूर आसमान में उड़ते तोते सितार के सुर में सुर मिलाने लगते हैं। वे गाते हैं। अंजना गाती है कहीं लय एक हो जाती है। बरगद के पत्ते पीपल से पीपल नीम से और डहेलिया गुलदाऊदी से ईर्ष्या करने लगते हैं। मगर कौन सा ऐसा दुःख है कि वह अंजना के सुर में एकमएक हो जाता है। सारे बच्चे इकट्ठे हो जाते हैं। लड़कियों के चेहरे दुपट्टों से ढके हैं। लड़के जेबों में हाथ डाले आसमान में न जाने क्या खोजते हैं। यूनिवर्सिटी के परिसर में बजती साइकिल की घण्टियाँ मन्दिर की घण्टियों में तब्दील हो जाती हैं कि विशाल आकर कहने लगता है—अंजना तुमने सुबह से कुछ नहीं खाया है। एक कप चाय ले आऊँ।

अंजना नहीं सुनती वह सिर्फ गाती रहती है। सुरों के बीच में कितनी स्मृतियाँ हैं जो आ-आकर कौंधती रहती हैं। एक आवाज दूसरी आवाज में गुम हो जाती है। किसे बताए कि उसके साथ क्या हुआ है? उसकी सहेलियाँ पूछने लगती हैं—अंजना क्या हुआ? आसमान में गूँज रहा है विशाल...विशाल। विशाल अंजना का मित्र। वह और अंजना साथ-साथ बड़े हुए हैं। अड़ोस-पड़ोस में रहते थे। एक ही स्कूल में पढ़े। फिर एक ही कॉलेज में आ गये।

बचपन से ही अंजना को संगीत में दिलचस्पी थी। उसके पिता ने उसके लिए संगीत शिक्षक लगा दिया था। शाम को जब अंजना गाती तो दिशाएँ गूँज उठतीं। अपने घरों को लौटती चिड़ियाँ भी जैसे उसके सुर में सुर मिलाने को ठहर जाती थीं। विशाल भी कभी-कभी खिड़की के पास आकर उसका गाना सुनता। कई बार तो अंजना की माँ ने उसे छिपे हुए देखा था। वह हँसतीं और कहतीं—बेटा, अन्दर

आकर बैठो और तुम भी गाना सीख लो। वह शरमाकर अपने घर की ओर भाग जाता। अंजना की माँ पुकारती ही रह जातीं। अंजना को पता चलता तो वह उससे खूब झगड़ती। कहती कि वह ऐसे चुपके-चुपके क्यों आता है? फिर जब स्कूल में कोई फंक्शन होता तो विशाल आगे की सीट पर न बैठकर सबसे पीछे खड़े होकर दूसरे लोगों का रिएक्शन देखता रहता। जब अंजना आती तो उसे हँस-हँसकर सबकी नकल करके बताता।

वह जो सामने लड़की बैठी थी न वह तो तुम्हें खा जाने वाली नजरों से देख रही थी। क्या बिगाड़ा है तुमने उसका। लगता है उसे तुम्हारे गाने में नहीं, तुममें अधिक दिलचस्पी थी। और वो मिसेज कचरू वह तो पूरे प्रोग्राम के दौरान ही सोती रहीं और तुम, तुम तो गाते हुए ऐसी लग रही थीं मानो कहीं से मार खाकर आयी हो।...गाते वक्त क्या तुम्हारे गले में मच्छर घुस गया था। कोई कुत्ता तुम्हारे पीछे दौड़ रहा था। उसकी ऐसी बातें सुनकर सब हँस-हँस कर लोटपोट हो जाते।

तब अंजना चिढ़कर कहती—कभी गाना गाया है या बस रेंकते ही रहे हो। तुम लड़कों के पास फेवरेट पास टाइम होता है दूसरों का मजाक उड़ाना।

रेंकने में ही भलाई है। वरना अगर अच्छा गाने लगा तो तुम्हारे जैसे छुटभैयों का क्या होगा? विशाल कहता और कूदता-फाँदता गुम हो जाता।

तरह-तरह के खेल करने का शौक था विशाल को। अपनी शैतानियों के लिए उसे कितनी तो डाँट खानी पड़ती थी। कितनी बार ऐसा हुआ कि अपनी शरारतों के कारण उसकी जान जाने से बची। एक बार शहर में प्रधानमन्त्री आने वाले थे। उन दिनों न तो रात दिन का टीवी था न कोई और साधन। जैसे ही यह खबर अखबार में छपी, प्रधानमन्त्री को देखने के लिए हजारों लोग जमा हो गये। विशाल को कुछ और न सूझा तो वह एक पेड़ पर चढ़ गया। उसकी देखादेखी दूसरे बच्चे भी उस पेड़ पर आ चढ़े। वह तो खैरियत हुई कि किसी की नजर उन पर न पड़ी। उधर प्रधानमन्त्री का काफिला गुजरा इधर पेड़ जमीन पर आ गिरा। भगवान की कृपा थी कि विशाल को ऊपरी चोट ही लगी थी। कोई हड्डी नहीं टूटी। चोट की तो चोट लगी बाकी बच्चों के यह कहने पर कि वे तो उसे ही देखकर पेड़ पर चढ़े थे, उसे सबकी डाँट भी खानी पड़ी। लेकिन ये सब बचपने की बातें थीं। विशाल और अंजना जब बड़े हुए तो वही कुछ शुरू हो गया जो होता आया है।

पूछो तो क्या।

अंजना बाहर जाती तो किसी न किसी बहाने सबकी यह जानने की कोशिश होती कि कहीं वह विशाल के साथ तो बाहर नहीं जा रही। एक बार तो माँ ने कहा भी—बचपन की बात तो और है मगर अब तुम बड़ी हो गयी हो। वैसे मैं

जानती हूँ कि तुम खुद समझदार हो, अपना भला-बुरा खुद समझ सकती हो। विशाल के साथ कहीं जाने में क्या बुरा था? लेकिन शब्दों के पीछे छिपे हुए शब्द उसे सुनाई देते। माँ की आवाज साफ सुनाई देती आगाह करती—जहाँ जाना है वहाँ खुद जाओ। विशाल के साथ जाओगी तो हमें अच्छा नहीं लगेगा।

हर बात में बड़ी होने की दुहाई। बड़े होते ही ऐसा क्या हो गया?

अंजना की समझ में बड़ी होने का मतलब नहीं आता था। बड़ी हो गयी तो क्या सब कुछ बदल गया? क्या अपने बचपन के दोस्तों को भूल जाये। खाना-पीना छोड़ दे। हँसना बन्द कर दे। अपनों से भी ज्यादा अड़ोस-पड़ोस की चील नजर...छोटे शहरों की गर्मजोशी या पारिवारिकता...लड़कियों को चारदीवारी में कैद करना...संस्कृति का बजता ढोल...

कई पड़ोसी तो आकर ही कह देते—दोनों हमेशा साथ-साथ रहते हैं। कल को इनका शादी-ब्याह होगा तो उसकी बहू और इसका दूल्हा क्या कहेगा?

सामने वाले सक्सेना चाचा जी के घर में आम का पेड़ था। अंजना बचपन से आम के मौसम में इस आम के इर्द-गिर्द कच्ची अमिया पाने के लिए चक्कर काटती रही है। इन दिनों भी उस पर ढेर सारी कच्ची अमिया लग रही थीं। सक्सेना चाची ऐसी थीं कि जैसे पाई-पाई का हिसाब रखा जाता है वैसे ही हर अमियां का हिसाब रखती थीं। न जाने वह कहाँ से देखती थीं, कौन सी तीसरी आँख थी कि जैसे ही एक भी बच्चा आम के पेड़ के आस-पास भी दिखाई देता था, वह चुपके से उसके पीछे ही आ खड़ी होतीं। उनके आने की न आहट सुनाई देती थी, न दरवाजा खुलने की आवाज। दिखाई देती थीं तो उनकी हल्की नीली आँख, तमतमाया चेहरा...और बेचारा बच्चा उसके पसीने छूट जाते थे। उसने देर की मेहनत के बाद जो कच्ची अमिया प्राप्त की होती थी उसे भी फेंककर सरपट भागता था।

एक दिन अंजना अपने घर के बाड़े में खड़ी थी तभी विशाल को उसने देखा। वह कुछ गुनगुनाता जा रहा था। तभी अंजना उसे लगभग चुनौती देते हुए बोली—हिम्मत है तो सक्सेना चाची के आम के पेड़ से कच्ची अमिया तोड़कर लाओ। और कोई वक्त होता तो विशाल उसे चिढ़ाता हुआ निकल जाता। मगर उसे भी न जाने क्या सूझा? वह उलटे पाँव ही लौट चला। सक्सेना चाची ने उसे लौटते देखा तो छत पर खड़ी देखती रहीं।

विशाल ने कंकर उठाया ही था लेकिन सक्सेना चाची को देखकर सहम गया। फिर ऐसे दिखाने लगा कि जैसे वह तो बस उस रास्ते से गुजर रहा था। अमिया लेने का उसका कोई इरादा नहीं था। सक्सेना चाची भी जान-बूझकर छत के दूसरी

तरफ चली गयीं। मगर उनकी नजर विशाल पर ही लगी थी कि वह अमिया तोड़ने के लिए पत्थर फेंके और वह उसे पकड़ें। अचानक विशाल को जमीन पर पड़ी एक मोटी अमिया दिख गयी थी। शायद वह अभी-अभी ही टपकी थी वरना तो वह किसी और की नजर से क्यों बचती? वह चलते-चलते ऐसे झुका जैसे उसके सैंडिल में कुछ घुस गया हो फिर उसने वैसे ही झुके-झुके अमिया जेब में डाली और मुड़ गया। छत पर खड़ी अंजना उसे देखती ही दौड़ी आयी। विशाल ने उसे इशारे से नीचे बुलाया और अमिया थमा दी। सक्सेना चाची जिनकी नजर लगातार विशाल का पीछा करती अंजना पर गड़ गयी थी कि नजरों से भला यह बात कैसे बचती?

बातों के पंख घर से घर एक, दो, तीन चार, मोहल्ले दर मोहल्ले, कानों-कानों कहाँ-कहाँ तक पहुँचे थे—अजी हमें तो पहले से ही इसके लक्षण मालूम थे। रात-दिन उस विशाल के पीछे कुतिया सी लगी घूमती थी। लौंडे-लपाड़ों के पीछे इस तरह घूमोगे तो वे क्या हाथ पर हाथ धरकर बैठे रहेंगे...ही...ही...ही...ये पूछो कि कितने महीने हैं?

सूरज का पीलापन, आँधियों की किरकिर अंजना के घर में घुस आयी है। कोई तो उससे सीधे मुँह बात नहीं करता। माँ की जलती निगाहें उसके ऊपर फिसलती रहती हैं। अड़ोस-पड़ोस की लड़कियाँ उससे बचकर चलती हैं। घर वालों का सख्त आदेश है उससे बात करना तो दूर कोई उससे बोले तक नहीं। एक सुबह वह कमलेश को पकड़ती है। जब उसे सारी बात पता चलती है तो वह कुछ बोल नहीं पाती। वह दाँत पीसती घर पहुँचती है। माँ आँगन में मसाले सुखा रही है। अंजना को कुछ और नहीं सूझता है तो वहीं रखे मिट्टी के घड़े को दीवार से दे मारती है। माँ एक पल को मिट्टी के घड़े को देखती है दूसरे पल अंजना को। सारा घर जमा हो जाता है। अंजना चीखने लगती है—इतना भरोसा नहीं। अपनी लड़की से ज्यादा बाहर का हर कुत्ता सच्चा है तुम्हारे लिए। मेरा जो हो सो हो, उस बेचारे लड़के को भी घसीट लिया...सब अवाक् हैं। माँ को अहसास भी होता है कि कुछ गलती भी हुई...।

अंजना धड़धड़ाती हुई घर से बाहर निकल जाती है। उसे विशाल मिल जाता है। वह उसे भी खरी-खोटी सुनाती है। जानती है उसका कोई कसूर नहीं...मगर... विशाल साथ-साथ चल रहा है उसके चेहरे को देखकर पता लगाया जा सकता है कि एक बात आ रही है, एक जा रही है। एक अमिया क्या ले ली दुनिया की सबसे करप्ट लड़की हो गयी। बिन ब्याही माँ बन गयी।...और बन भी गयी तो

क्या...ऐसे दिखा रही हैं जैसे सबकी सब सती सावित्री की वारिस हैं। ठेका लिया है मेरा...

तो तुम क्या सोचती हो?—विशाल एकाएक पूछता है।

किस बारे में?—अंजना लगभग गुर्राती है। उसे अपनी आवाज ही बेपहचान लगती है। सक्सेना चाची जो रात-दिन घण्टियाँ हिलाती हैं उनके दिमाग में इतना कूड़ा भरा है? और बाकी लोग...नाराज है अंजना सबसे। मैं कह रहा था—विशाल रुकता है...तुम्हारी परेशानी समझ सकता हूँ। हम शादी कर सकते हैं।

शादी...अंजना अवाक् होकर देखती है...इससे शादी का क्या मतलब? लोगों से यह कहलवाना चाहते हो कि इतनी जल्दी शादी का मतलब यही कि जरूर कोई बात थी। किसी ने कुछ कह क्या दिया हम उसके कहने से शादी कर लें।

विशाल कहीं और ही खोया है...शायद उसे इस मौके पर यह बात नहीं कहनी चाहिए थी...लेकिन फिर कब कहता। वह धीरे से पूछता है—क्या तुम्हें मैं पसन्द नहीं।

पसन्द-नापसन्द की बात उठाने का भी यह वक्त है...हाँ तुम मुझे रत्ती भर भी पसन्द नहीं हो। अंजना पैर पटकती हुई चली जाती है।

उस दिन के बाद अंजना विशाल से नहीं मिलती। विशाल का कोई कसूर नहीं है। मगर वह नाराज है...नाराज ही है। आँसू ओस की मानिन्द खूब-खूब झर रहे हैं। दो-चार दिन विशाल भी नाराज रहता है फिर आ पहुँचता है।

कहता है—ऐसी कोई बात नहीं। हम कभी शादी नहीं करेंगे। अब तो खुश।

यह क्या हुआ? क्या सचमुच वह यही चाहती थी? एक दिन विशाल न मिले तो दिन काटना कितना मुश्किल है और अब हमेशा उसके बिना रहना...आँसू हैं कि रुकने का नाम नहीं लेते...

(पुनर्नवा, 2009)

इश्क बरिश्ता

स्क्रीन पर सदाशिव अमरापुरकर हीरोइन के आगे लार टपकता रहता है—"रानी बड़ी नमकीन मालूम पड़ती हो।"

कि 'खिशांउ' खिलौना गन हाथ में लिये तीन साल का बच्चा अपनी माँ पर गन तान देता है—"रानी आज तो क्या लग रही हो मेरी जान।"

माँ शरमाती है फिर बच्चे को छाती से लगा लेती है। उसके लाल की इंटेलीजेंस तो देखो, स्क्रीन पर जैसा होते देखता है, बिल्कुल वैसा ही करने लगता है। वह सड़क पर दौड़ती कारों के नाम बता सकता है, उसे पढ़ना नहीं आता। मारुति 800, सेन्ट्रो, फोर्ड, आइकन...ओफ ये आजकल के बच्चे! सड़क पर बस के साथ क्या-क्या जा रहा है? धूल जा रही है, धुआँ, मक्खी-मच्छर, साइकिलें, पेड़-पौधे, खेत। दिल्ली में रहकर लगता है जैसे दुनिया में कहीं खेत बचे ही नहीं हैं। मौसमों का खात्मा हो चुका है। बच्चा अपनी मारुति में बैठा जा रहा है। इस कार को खरीदे तो अभी चार ही साल हुए हैं, मगर लगता है जैसे युग बीत गये।

बच्चे के साथ बैठी माँ देखती है दूर ट्यूबवेल से बहता मोटी धार या चाँदी-सा जल। कभी कोयले जैसे काली पड़ी यमुना को देखा है।

माँ बच्चे के साथ दौड़ती मारुति—अभी-अभी मारुति का मन किया है कि वह भी खुली हवा में साँस ले। वह भी बताए कि किसी से कम नहीं है। बड़ी गाड़ियाँ अपने आप में इतराती हैं तो इतराएँ...फर्राटे से तो मैं दौड़ती हूँ। घमण्ड से सोचती है।

बच्चे की माँ को शादी में जाना है। ढेरों काम हैं। लेन-देन है। बुराई-भलाई है। दूसरों की कमियाँ हैं। उन पर हँसना है। मुँह पर मिठास है। पीठ पीछे निन्दा है। एक बेचारी मारुति, इन सबकी गवाह है। वह रात-दिन दौड़ती है। बस पेट्रोल से उसका पेट भरा नहीं कि वह दौड़ने लगती है। दौड़ो-दौड़ो। वह तो बँधुआ मजदूर से भी बड़ी गुलाम है और शादी-ब्याह हो तो चैन कहाँ? न रात न दिन। मिठाई के टोकरे, फलों के टोकरे, नकली जेवर, जूते-चप्पल क्या-क्या तो नहीं लाद दिया जाता। कोई तो ऐसा नहीं कि प्यार से हाथ भी फेर दे। सजी-सजाई दुल्हन

को देख बेचारी कार को रोना आता है। उसे भी तो आराम और अकेलापन चाहिए। पर जिसके माता-पिता नहीं होते, जो अपने घर से दूर चले जाते हैं, उन्हें दुनिया कूड़े की तरह ट्रीट करती है। मारुति के भी माता-पिता कहाँ हैं? कहाँ बनी थी, कहाँ चली आयी, लड़कियों की तरह। किससे कहे? सहते जाओ! खामोशी—सारी दुनिया के स्त्रीलिंगों को खामोश रहने की सलाह दी जाती है।

2

अब सुबह की ही बात है—मारुति सुन रही थी। भाषा समझ में आये न आये, वह लोगों के एक्शन जान सकती है। अब उसमें बहुत कोशिश करके बैठो तो पाँच लोग बैठ सकते हैं। लेकिन उसे देखकर तो बारह लोग दाँत मिसमिसा रहे थे। वे सबके सब उसमें बैठकर यात्रा करना चाहते थे। तभी ड्राइवर ने कहा—"इसमें इतने लोग कहाँ से आ सकते हैं। यह तो छोटी गाड़ी है।"

तभी गहरी लिपस्टिक लगाए उस मोटी भैंस ने कहा—"यह भी कोई गाड़ी है? यह तो डिब्बा है डिब्बा। एक साइकिल भी टकरा जाये तो चकनाचूर हो जाये। हम तो जब खरीदेंगे, तब 'अम्बेसडर' ही खरीदेंगे। क्या हाथी जैसी गाड़ी है। जो टकराए उसी का नुकसान और जगह इतनी कि डिक्की में भी बैठ जाओ।"

मोटी भैंस इसलिए चिढ़ी थी कि बाकी ग्यारह ने उसकी कद-काठी का मजाक उड़ाते हुए कहा था कि इस गाड़ी में तो अकेली तुम ही जा पाओगी। अपना काम न हो तो सारी दुनिया बुराइयाँ ढूँढ़ लेती है। जैसे कि ये बारह लोग मारुति में नहीं समा पा रहे, तो बुराइयाँ ढूँढ रहे हैं।

पीपनी-सी आवाज वाला मसखरा सलाह देता है—"ऐसा करो, दरवज्जे खोलकर चलो। एक-एक जनौ दरवज्जेन पै लटक ले गो। कमते कम पाँच अन्दर वारे, चार दरवज्जेन पै, कुल नौ तौ चले ही जांगे।"

उसकी बात पर ध्यान न देकर बुद्धिजीवीनुमा व्यक्ति अफसोस करता है—"उसकी तो छत पर भी कुछ नहीं बना। वरना एक-आध वहाँ बैठ लेता।"

हाँ, जो एक-आध बैठता, उसके वजन से छत नीचे आ जाती और अन्दर बैठों का कचूमर निकल जाता। सब एक-दूसरे से कहकर हँस रहे हैं।

मारुति का मन करता है वह दुलत्ती झाड़ती हुई भाग जाये। लेकिन कैसे, वह तो घोड़े से भी ज्यादा लाचार है। अपने आप तो एक कदम नहीं चल सकती। दूसरों पर आश्रित है। एकदम लाचार। सब कहने की बातें हैं कि वह फर्र-फर्र उड़ती है। बिना सहारे के एक कदम नहीं चल सकती। आश्रित है, इसलिए तो

सबकी सुन रही है।

"सबसे अच्छा तो यह रहेगा कि एक ट्राली बाँध लो। गाड़ी में सिर्फ ड्राइवर बैठा होगा और ट्राली में बाकी लोग। न गाड़ी के पिचकने का खतरा, न छत नीचे आने का, न टायर पंक्चर का।" सब पहुँच भी जाएँगे किसी को कोई तकलीफ भी नहीं होगी। सब हँस रहे हैं हो...हो...हो...हो...

शादी में हो-हल्ला हँसी न हो तो फायदा क्या? टाइगर भी सबकी हँसी में शामिल हो अपने आगे के छोटे-छोटे दाँत दिखा रहा है। टाइगर बच्चे के साथ-साथ रहता है। जब वह गाड़ियों को पहचानता है, टाइगर खुशबू पहचानने की कोशिश करता है जिससे कि गाड़ियों को खुशबू से पहचान सके। वह यहाँ की बहुत-सी कहानियों का नायक है। वह हच के कुत्ते की तरह हरदम बच्चे के साथ रहता है। उसके संग होता है और मुँह पर काट चुका है।

3

वह हर कठिनाई से विजेता बनकर निकलता है। इसके बारे में महानायक के किस्से मशहूर हैं कि उसने साँप खा लिया था, बस पूँछ बची थी जिसे किसी ने खींचकर मुँह से निकाला। उसके पूरे शरीर में घाव हो गये थे। जो इस वक्त दुल्हन बनी है, वह उसे नाली में से निकाल कर लायी थी। एक महीने एनस्थीसिया पर रहा। अगर कुण्डली बनाई जाये तो पता चल सकता है कि इस समय उसकी कौन-सी महादशा चल रही थी और कुछ न हो कुत्तों के बीच में वह राजयोग वाला कुत्ता तो कहलाएगा ही।

दुल्हन जिद पर अड़ी है, वह न केवल टाइगर को अपने साथ ले जायेगी बल्कि अपने साथ सुलाया करेगी। सब मुँह दबाकर हँस रहे हैं। सोचो तो, लड़की इतनी बड़ी हो गयी, जरा-सी भी अक्ल नहीं, इसका दूल्हा क्या सोचेगा?

"क्या सोचेगा?" दुल्हन मेहँदी लगे हाथों को छुरियों की तरह पैना रही है। सोचेगा तो अपना ही नुकसान करेगा? एक बार उस घर में तो जाने दो। दूसरे ही दिन सारी 'ननदों' को गेट आउट। अपना सारा जेवर लॉकर में। और उस उल्लू के पट्ठे से कहूँगी कि रहना है तो ठीक से रह वरना...

सब दाँतो तले उँगली दबा रहे हैं। लड़के के भविष्य की चिन्ता हो रही है—"पता नहीं उस बेचारे का क्या होगा?"

"अगर तू ऐसा करेगी तो कैसे निभेगी। तू उसकी इज्जत उतारेगी वह तेरी उतारेगा।"—बूढ़ी चाची धीमे सुर में कहती हैं।

"अच्छा क्या वह सदाशिव अमरापुरकर है। जाने दो, जाने दो। अभी जब तक फेरे नहीं हुए हैं लड़की वाले दब रहे हैं। फेरों के बाद देखना क्या ताण्डव नृत्य करती हूँ उनके सिर पर।" सबकी कल्पना में ताण्डव नृत्य घूम रहा है।

यह नया जमाना है। हर लड़की खुद को मल्लिका शेरावत समझकर तलवार चला रही है।

दुल्हन की बड़ी बहन ससुराल वालों की तरफ से भेजी गयी तीसरी लिस्ट के बारे में बता रही है।

दुनिया का सबसे हसीन दूल्हा, दुनिया की सबसे लड़ाकी लड़की के सामने खड़ा है। उसे चार दोस्त बमुश्किल तमाम ऊपर उठा लेते हैं जिससे लड़की आराम से जयमाला न डाल सके। लड़की कूदती है और जयमाला डाल देती है। लड़की वाले भरपूर तालियाँ बजाते हैं। विजय हो चुकी है।

4

एक स्त्री जिसे अपने दामाद पर बहुत घमण्ड है, उसे सुनाकर दूसरी स्त्री कहती है—"भाई, दूल्हा तो यह है। खूबसूरत पढ़ा-लिखा, सरकारी नौकरी वाला। यह लड़की उससे उन्नीस तो क्या दस नम्बर भी नहीं पा सकती।"

जिस औरत को सुनाया गया है उसके होठ झुकी हुई मूँछों की तरह लटक जाते हैं।

बरातियों ने शैम्पेन खोलकर सब पर छिड़की है। दूल्हे को भी दो घूँट पिलाई गयी है। डान्सिंग फ्लोर पर डान्स शुरू हो गया है।

घर की पहली शादी है फाइव स्टार में। वाह क्या इन्तजाम है! इतना अच्छा खाना! कितने सारे बुक हुए कमरे खाली पड़े हैं।

"साले लड़के वालों ने कहा था कि उनके बाहर से आये बरातियों का इन्तजाम फाइव स्टार में किया जाये। हमने तो मना कर दिया। कोई कारूँ का खजाना दबा पड़ा है।"—दुल्हन जोर से कहती है।

डाइनिंग टेबल पर फलों, मिठाइयों के अम्बार लगे हैं। जो जितना खाना चाहे खाए। कोई दुराव-छिपाव नहीं। एक-एक कप चाय के लिए खिच-खिच नहीं। चारों तरफ औरतों का साम्राज्य है। यह रीत, वह रीत, यह करो, वह मत करो। जब भी कोई खुशी का मौका आता है, 'रीत' को सही तरीके से न कर पाने के डर चमगादड़ों की तरह चारों ओर लटक जाते हैं।

डरों को पुख्ता करने में औरतें सबसे आगे रहती हैं। वे ही इन डरों को माला

की तरह पिरोकर दूसरी औरतों के गले में डालती है, जिन्हें वे कभी नहीं उतार पातीं।

इश्क की किसी कथा का समापन कैसे होता है, उसे देखने के लिए लोग इकट्ठे हो रहे हैं। कोई गलत बात न भी हो तो भी चार लात ऊपर से लगाएँ और लड़के-लड़कियों के बिगड़ जाने पर भाषण दें।

डान्सिंग फ्लोर पर दूल्हा-दुल्हन नाच रहे हैं, घर में मोतिया की लम्बी सतरें थिरक रही हैं। टाइगर दाँत निकालकर पूछ रहा है—'ये क्या हो रहा है भाई ये क्या हो रहा है।'

मंच के सामने बैठे रिश्तेदार कह नहीं रहे। उनकी आँखों में यही भाव—'दूल्हा-दुल्हन को इस तरह पागल होकर नाचते किसी ने देखा था...देखा था क्या! क्या देखा था...'

हाँ, इस देखने-दिखाने के चक्कर में प्रथम, द्वितीय और तृतीय लिस्ट की बात तो रही ही जा रही है। लड़के वालों ने सामान और कपड़ों की पहली लिस्ट थमाई थी उसे खुशी-खुशी पूरा किया गया। आखिर लड़की की शादी है। कुछ फर्ज भी हैं। कुछ देना भी पड़ता है। सेंत-मेंत कौन लड़की ब्याह ले जाता है।

5

फिर दूसरी लिस्ट आयी तो उसे बिना किसी खुशी या गम के पूरा कर दिया गया। और जब तीसरी लिस्ट आयी तो सबके होश उड़ गये। यह शादी से ठीक दो रात पहले की बात है। उस समय रात के ग्यारह बजे थे और लड़के की बहन फोन पर सामान डिक्टेट कर रही थी।

उन्हें फ्लैट चाहिए था। वे कैश चाहते थे। फाइव स्टार में शादी करने की हैसियत हमारी कहाँ थी, मगर सब उनकी डिमाण्ड पर किया गया।

तो फिर यह लव मैरिज कहाँ हुई? यह सब तो उनकी डिमाण्ड पर किया गया। यह तो अरेंज से भी ज्यादा अरेंज हुई।

"अजी हमारे जमाने में यह तो था कि जो माँ-बाप ने कह दिया, वही अन्तिम लकीर होती थी। आज तो लड़के-लड़कियाँ गुलछर्रे भी उड़ाते हैं और सब कुछ बटोर भी ले जाते हैं। हम तो माँ-बाप की इज्जत ढकने की कोशिश करते थे। पहले तो लड़के ही लालची हुआ करते थे, आजकल तो लड़कियाँ सब कुछ ले जाना चाहती हैं। पढ़ाओ-लिखाओ फिर दहेज भी दो। अगर दहेज ही देना है तो पढ़ाई-लिखाई में पैसा क्यों खर्च करें?"

पुरानी पीढ़ी खुद को नयी पीढ़ी से श्रेष्ठ साबित कर रही है कि उस बूढ़ी औरत से चिढ़ी दूसरी औरत कहती है—"पढ़ी-लिखी होती तो कम से कम खसम के मरने के बाद जिन्दगी भर दूसरों के बरतन तो न माँजती।" दूसरी बुढ़िया को पहली के मुकाबले लड़की वालों से कम महत्त्व मिला है। उसका बदला है जैसे।

वातावरण तन गया है। डान्सिंग फ्लोर पर भी डान्स बन्द हो गया है। थोड़ी देर की शान्ति है। पता नहीं इस जबान की तेज लड़की का निर्वाह कैसे होगा? ऊपर चिन्ता है, अन्दर से खुशी है कि भगवान करे निर्वाह न हो। तब देखना क्या मजा आता है? अभी तो बहुत समझ रही है कि खूबसूरत लड़का पटा लिया।

एक प्रेमकथा जो इस वक्त मंच पर घटित होते हुए अपने अवसान की तरफ जा रही है। उसके इर्द-गिर्द भी बहुत-सी प्रेमकथाएँ बन-बिगड़ रही हैं। आजकल बालीवुड घर-घर में उतर आया है। ऐश का सिर काटकर हर लड़की ने अपने सिर पर लगा लिया है। लड़के ऋतिक रोशन या शाहरूख के डान्स की नकल में अपने हाथ-पाँव तोड़ रहे हैं।

तो दूसरी प्रेम कथा कहाँ हैं। यही, इर्द-गिर्द...बड़ी आँखों वाली लड़की के आँसू रुक नहीं रहे हैं—"बोलिए, मैं किसी के साथ भाग जाऊँ। क्या करूँ? शादी घर वाले नहीं कर पा रहे। दोष मुझ पर लगा रहे हैं? मेरी उमर निकल गयी तो उसमें गलती किसकी है?" कस्बे में पति परमेश्वर के इन्तजार में बैठीं लाखों लड़कियों की अभिव्यक्ति आँसुओं में—ओह, क्या इसीलिए इतनी पढ़ी-लिखी थीं।

हर घर में उपस्थित कथाएँ—अवान्तर कथाएँ...

6

लड़की के भाई को गुस्सा है। उसके गाल पिचक गये हैं। पहले स्क्रीन पर मीना कुमारी रोती-धोती थी अब आज का मीना कुमार आँसू बहा रहा है। वह गुहार कर रहा है। बालीवुड छोड़कर प्रेम ने कस्बे के घरों में जगह बनाई है। तब से लड़के मनपसन्द लड़कियों को जबरिया ब्याह रहे हैं, या फिर उन्हें जान से मार रहे हैं।

बदला हुआ जमाना!

मीना कुमारी के इश्क में लड़के-लड़की के माता-पिता आड़े नहीं आ रहे हैं, बल्कि अविवाहित बहन रोड़े अटका रही है।

हा दैव यह क्या हुआ?

तूने इस धरती पर एक लड़का और एक लड़की क्यों बनाई?

तूने अगर लड़के की बहन बनाई तो प्रेम की खातिर पैदा होते ही उसे कुएँ में

क्यों नहीं झोंक दिया?

लड़का नाराज है। जिससे प्रेम करता है उसकी माँ ने कहा है या तो शादी कर या हम अपनी लड़की की शादी कहीं और कर देंगे? तो लड़के ने भी पट्ठे ठोके हैं—कर दो। बहन की शादी के बाद अगर यह कुँवारी रही तो कर लूँगा नहीं तो कोई बात नहीं।

सुना है, लड़की वाले लड़का ढूँढ रहे हैं। लड़का मजनूँ बना पुकार रहा है? बेवफा-बेवफा चिल्ला रहा है। ये किसकी चीखें हैं, जो किसी बगीचे या नदी के किनारे या पहाड़ियों की वादियों के मुकाबले दाढ़ी बढ़ाए दिल्ली की गलियों में घूम रही हैं।

बहन चीख रही है—"तू मेरे ऊपर अहसान मत कर। जा के कोर्ट में कर ले। मेरी होनी होगी तो हो जायेगी। नहीं तो मैं अपनी माँ की सेवा कर लूँगी।"

माँ की सेवा—उसके पैदा होने पर दूसरी मुसीबत कहकर माँ खूब रोई थी। वह कह रही है—"मैं सेवा करूँगी।" कौन-सा शास्त्र इस बात का उल्लेख करेगा?

लड़का तमंचा दिखा रहा है—"अगर वह मेरी नहीं हुई तो दुनिया को आग लगा दूँगा। तोड़-फोड़ कर दूँगा। घर से भाग जाऊँगा। एक-एक को मार डालूँगा।"

बाहर बँधी गाय उसकी बात पर रंभा रही है—"देखी हैं तुझ जैसी औलाद। अभी कोई हरे-हरे नोट दिखाएगा तो तू पूछेगा कौन-सी लड़की किस-किसकी लड़की।"

प्रेम!! छि...छि...हमारी भारतीय संस्कृति तो शादी से पहले लड़की का मुँह देखने की इजाजत नहीं देती।

यह प्रेम कहानी अपने अन्त की तरफ बढ़ती नजर नहीं आती। अभी इसमें बहुत-से झोल हैं। रोना-धोना है कि आसमान से उतरती एक तीसरी कहानी मंच के बीच में कूदती है।

7

धम्म...धम्म...दूल्हा-दुल्हन को न कुछ सुनाई देता है न दिखाई। उन पर इतने फूल फेंके गये हैं कि वहाँ फूलों की सेज बन गयी है। शादी के बाद का बालीवुड का दृश्य! यहीं कुछ हो जाये...कि ढोल बजने लगता हैं। बराती भांगड़ा करने लगते हैं। डान्स के नाम पर एकमात्र भांगड़ा बचा है। पंजाब की अद्‌भुत देन। हिन्दी फिल्मों के गीत और भांगड़ा कश्मीर से कन्याकुमारी तक भारतीय संस्कृति को परोसते हैं। तीसरी कहानी उतर रही है। भांगड़े में धीरे-धीरे...

मिट्टी की गन्ध...किसी महँगे परफ्यूम से बेहतर।

पीली सरसों और गेहूँ से लहलहाते खेत! यहाँ समृद्धि पलती है। और जन्म से पहले लड़कियाँ मारने में यहाँ कई गाँव अव्वल आ चुके हैं।

गाँव के उस स्कूल में दसवीं कक्षा में पन्द्रह लड़के हैं, पन्द्रह लड़कियाँ हैं और अनन्त कथाएँ हैं। सुभाष घइयों, चोपड़ाओं, रामुओं की नजरों और कल्पनाओं से दूर! फिल्में और टी. वी. के मायाजाल और मोहजाल की पीढ़ी। जेनरेशन एक्स.। इन्टरनेट सर्फिंग, चैटिंग और मोबाइल का जमाना है।

है न, एम. टी. वी. बकरा।

हर लड़का सायरस बरूचा—गाँव के बच्चे कच्चे धूल भरे रास्तों पर टी.वी. के पर्दे पर कूदने का सपना देख रहे हैं?

पन्द्रह लड़के, पन्द्रह लड़कियाँ!

मेरी, तेरी, तेरी मेरी—जैसे कोई गीत बजता है। लगातार।

लड़का पढ़ने बाहर चला गया है तो 'अपनी' उसका क्या करे? मगर फोन तो है। भगवान भला करके उस ग्राहम वैल का, जिसने टेलीफोन बनाया।

दो दिल मिल रहे हैं, मगर चुपके-चुपके। अफसोस, जितने प्रेम करने वाले बढ़ते हैं, उतने ही प्रेम में अड़ंगे डालने वाले भी बढ़ते जाते हैं।

तू छिपी है कहाँ...कि लड़की की माँ फोन उठाती है और धाराप्रवाह शुरू हो जाती है—'हरामजादे तेरी इतनी हिम्मत कि मेरी लड़की को घर पर फोन करे। अगली बार यह हिम्मत की तो तेरी दाढ़ में गट्टा ठुकवा दूँगी।'

फोन कट गया है। लड़की की माँ बेचैन है।

एक हद पर आकर सभी माताएँ एक जैसी हो जाती हैं। सिवाय इसके कि अक्सर लड़के की माँ का पलड़ा भारी होता है। क्योंकि लड़के की माँओं के अनुसार प्रेम के मामले में लड़कियाँ पहल करती हैं, उनके अच्छे-खासे लड़कों को फँसाने के लिए।

लेकिन फिर भी लड़की की माँ लड़के की माँ को फोन करती है।

8

लड़के की माँ मीठी भाषा बोलती है—"अजी आपकी लड़की मेरी लड़की। उसे घर आने दीजिए...और इस बार फोन आये तो आप जो चाहें वैसा करें।"

ओह! लेकिन एक बार फिर सीन में लड़के की बहन का प्रवेश होता है। वह कोने में खड़ी सब सुन रही है।

उसका चेहरा दहकने लगता है—"अब मैं देखूँगी कि तुम क्या करती हो? मुझे

तो मार-मारकर नीला कर दिया था। फोन पर ताले लगा दिये थे। वह छोटा था, मगर लड़का था, इसलिए उसने मुझे मारा था। अब मैं देखूँगी कि उसे इतना ही मारोगी और तुमने नहीं मारा तो मैं मारूँगी।"

ढम्म...ढम्म...ढम्म-धमधमाधम...

मुण्डा पंजाबी...नैन शराबी...आई लव यू...लव यू बोल दा...

प्रेम की सारी अवान्तर कथाएँ मुख्य कथा में शामिल होने भागी जा रही हैं।

कोड़ा जमाल शाही पीछे देखो, आफत आयी।

पीछे कौन भाग रहा है। लड़के-लड़कियों के माता-पिता! नहीं धूल है, धुआँ हैं। प्रदूषण है, फिर भी चमचमाती दुकानें हैं, तकनीक है, मोबाइल है, कारें हैं, अट्टालिकाएँ हैं, कई साल पहले खरीदी खटारा मारुति है और चौदहवीं सदी का दिमाग है।

स्टेज खाली हो गया है। कुर्सियाँ उठा दी गयी हैं।

सब कुछ उजाड़ है। डान्सिंग फ्लोर खाली है। जलती-बुझती लाइट्स ऑफ हो चुकी हैं।

प्रेम कथाओं की शुरुआत और अवसान का समय हो रहा है।

फेरों का समय...कन्यादान! लड़की अपनी पड़दादी के जूतों में हँसते-हँसते घुसी चली जा रही है।

(आउटलुक, साहित्य विशेषांक 2006)

उड़ान

उसके चले जाने के बाद भी जैसे घर की हर चीज में वह उपस्थित है। पलंग के नीचे खाली पड़ी थिरकती पानी की बोतलें जिनको पानी खत्म होने के बाद उसने कभी नहीं उठाया। उल्टी पड़ी टी-शर्ट जिसमें से मुझे देखकर वह मुँह पर हाथ रखकर मुस्करा रही है, इस इन्तजार में कि अब इस लापरवाही पर उसे कब डाँट पड़ती है। उसके जूते-चप्पलें कमरे के दो कोनों में पड़ी हैं। शैम्पू की बोतल खुले मुँह औंधी है। पेन का ढक्कन कहीं पड़ा है। पेन कहीं और रिफल कहीं। किताब जिस तरह से खुली होगी वैसे ही है। अलमारी से एक कपड़ा निकालते वक्त दस कपड़े नीचे गिरे हैं तो गिरे ही हैं। सन्तरे छीलकर छिलके और बीज एक के ऊपर एक रखे कूड़ेदान में जाने के इन्तजार में हैं। टेलीफोन के दस गुने आये बिल इस बात की गवाही दे रहे हैं कि वह रात-दिन यहीं थी। हाँ, उसके कानों पर टेलीफोन पर जरूर लगा था।

खेतों में बादल रुई के बड़े-बड़े ढेरों की तरह छितराए हुए थे। ऐसा लगता था कि धरती पर कुछ था ही नहीं सिवाय कुछ मामूली धब्बों के। दूर से देखो तो चीजें ऐसी ही वीरान लगती हैं बिल्कुल गतिहीन। ऊँचाई से देखने पर दूसरों की गति क्यों रुकी हुई लगती है। वह बार-बार मुझे अपने कन्धे से टहोका मारती और नीचे देखने के लिए कहती। चूँकि खिड़की उसकी जद में आती थी इसलिए वह थोड़ी सी टेढ़ी हो जाती। फिर बार-बार पूछती, दिख रहा है न। मैं देखती और कहीं खो जाती। मन था कि कहीं ठहर ही नहीं रहा था। लगता था कि जैसे सामने विराट शून्य हो कुछ सोचने-समझने देखने की शक्ति ही नहीं रही हो। मुझे चुपचाप देख उसने पूछा, क्या सोच रही हो?

कुछ नहीं।—मैंने कहा। मैं कोई बात उससे नहीं करना चाहती थी। वह बार-बार मेरी ओर देखती और वापस मुँह फेर लेती। कितनी सारी चीजें थीं चित्र थे। उसके पास कोई विकल्प नहीं था सिवाय जाने के और मेरे पास उसे भेजने

के। मन को समझाने के कितने तर्क भी थे—अगर यह जायेगी नहीं तो आगे कैसी बढ़ेगी? दुनिया में किस माँ-बाप के बच्चे उससे बँधकर बैठे रहते हैं? जब वह नन्ही सी थी। शायद एक ही महीने की। इस उम्र के सारे बच्चे कितना लम्बा सोते हैं। मगर वह थी कि जब देखो तब बिना ठहरी आँखों से इधर-उधर ताकती रहती थी। सब उसे देखकर चकित होते। उसकी नानी कहती—पिछले जनम में क्या सोते-सोते मरी थी जो उसकी कमी अब जागकर पूरी कर रही है। जब से पैदा हुई है सोती ही नहीं है। उसकी नानी उसे तेल लगाते वक्त उसके हल्के टेढ़े पैरों को दिखाकर कहती थी—देख तो मर जाय के कैसे टेढ़े-टेढ़े पैर हैं मल्लन जैसे। सुबह के वक्त जब उसे भूख लगती तो भी वह न रोती। आँखें खोले पड़ी रहती लेकिन जैसे ही मैं जगती और उसकी आँखों से आँखें मिलतीं तो उसके सब्र का बाँध टूट जाता और वह जोर-जोर से रोने लगती।

तब मैं हड़बड़ाकर उसे गोद में उठाती तो वह काल्पनिक दूध की चुस्कियाँ लेने लगती। तब उसके पिता मुदित होते हुए कहते—अरे देखो तो, मर गयी मेरी बच्ची भूखी मर गयी। दूध पीते वक्त वह पसीने-पसीने हो उठती। डॉक्टर इसे बच्चे के सन्तोष और आनन्द से जोड़ते।

वह गोल-मटोल, गोरी-चिट्टी जिसकी आँखों में हमेशा मोटा काजल सजा रहता, अपने भाई का स्कूल से लौटने का इन्तजार करती। वह आकर कमरे में जहाँ-जहाँ जाता उसकी आँखें चकफेरा लेकर उसके साथ-साथ घूमतीं। कुछ बड़ी हुई तो अपने मुँह से तरह-तरह की आवाजें निकालकर भाई का ध्यान अपनी ओर आकर्षित करने की कोशिश करती। मेरे मन में कितनी बातें आ-जा रही थीं कि तभी एयर होस्टेस की आवाज गूँजी—मौसम खराब है। अभी अपनी सीट पर ही बैठे रहें और सीट बेल्ट को कसकर बाँध लें।

सभी ने एयर होस्टेस की बात को माना था। एक आदमी फिर भी खड़ा रहा था। शायद उसे वाशरूम की तरफ जाना था। एयर होस्टेस ने चेहरे पर कठोरता लाते हुए मगर मुस्कराते हुए उससे वहीं खाली सीट पर बैठ जाने की प्रार्थना की थी। बादल बिल्कुल खिड़कियों के पास से गुजर रहे थे और निर्जनता का अहसास कराते थे। आस-पास, न कोई पेड़, न चिड़िया, न मनुष्य। चाँद पर जब आदमी उतरा होगा तब उसे ऐसा ही लगा होगा। उस निर्जनता नये उसके अन्दर कितना डर पैदा किया होगा? सूरज की किरणें सफेद बादलों पर पड़कर कई-कई इन्द्रधनुष बना रही थीं। इतना नीला आसमान तो इससे पहले मैंने कभी नहीं देखा था। आसमान आसमान न होकर दूर तक फैला विशाल समुद्र मालूम पड़ता था। उड़ते बादलों के टुकड़े समुद्र से किनारे पर पछाड़ खाली लहरों की मानिन्द दिखते थे।

तभी फिर से एयर होस्टेस की आवाज सुनाई दी थी—सीट बेल्ट का साइन अब बन्द कर दिया गया है। आप आराम से बैठें। फिलहाल हम चौंतीस हजार फीट ऊपर उड़ रहे हैं। बाहर का तापमान है माइनस सैंतीस डिग्री सेल्शियस। जब हम जयपुर के ऊपर से गुजर रहे थे तब मौसम खराब था। कुछ ही देर में हम लैण्ड करेंगे। उम्मीद है कि आपको हमारी सेवाएँ पसन्द आयेंगी और भविष्य में भी हम आपका स्वागत कर सकेंगे। सन्नाटे को चीरता हल्का संगीत बज रहा था। दो व्यापारीनुमा लोग तेज-तेज बातें कर रहे थे। वे बातें कानों के आस-पास से जरूर गुजर रही थीं मगर कुछ सुनाई नहीं दे रहा था। एक बच्चा चीख-पुकार मचा रहा था। जाते-जाते एयर होस्टेस ने बच्चे के गालों पर हल्की चपत लगाई थी। एयर होस्टेस ने कैंडी की ट्रे आगे बढ़ाई तो उसने चुनकर इमली की खट्टी-मीठी टॉफी लेकर मेरे हाथ में पकड़ा दी। फिर दृढ़ता से कहा—खाओ।

तब तक नाश्ते की ट्राली आ पहुँची। वह मेरे कान में फुसफुसाई—नाश्ते के लिए मना मत करना। ले लेना।

लेकिन मुझे तो खाना ही नहीं है।

यह कैसा एटीट्यूड है? वह नाराज हो गयी—ठीक है तुम मत खाना मेरे लिए तो ले लेना।

मैं कुछ नहीं बोली फिर कहा—तू कितना खाएगी?

जितना मन करेगा खा लूँगी। कम से कम वेस्ट तो नहीं होगा। एयर लाइन कोई फ्री में तो दे नहीं रही। सब चीजों के पैसे दिये हैं हमने। मैंने उसकी प्रैक्टिकैलिटी को चकित होकर देखा। मैं फिर उसके उस बचपन में लौट गयी जहाँ वह बस कुछ ही महीनों की थी...

एक रात उसके पिता जोर-जोर-से सिसक रहे थे। मैं चौंककर उठी। समझ नहीं पायी कि आस-पास क्या हो रहा है? फिर एकाएक समझ में आया कि ये सिसकियाँ तो उसके पिता की हैं। मैंने उन्हें झकझोरकर उठाया। वह आँखें मलते उठे और भौंचक्के से इधर-उधर देखने लगे। थोड़ी देर बाद गहरी साँस लेते हुए बोले—ओफ ओह, तो मैं सपना देख रहा था। यह तो देखो कितने मजे से सो रही है। उन्होंने सोती हुई बच्ची की तरफ इशारा करते हुए कहा।

हुआ क्या? —मैंने रात के दो बजे उन्हें पानी लाकर दिया।

अरे मैंने कितना बुरा सपना देखा था। मैंने देखा उन्होंने सोती हुई इसकी तरफ इशारा करते हुए कहा—यह मर रही है। इसकी साँस टूट रही है। फिर उन्होंने आश्वस्ति के लिए अपनी उस चार महीने की बच्ची पर हाथ रखा था। जो मजे से सो रही थी। जिसे पिता के दुःस्वप्न के बारे में कुछ नहीं मालूम था।

ऐसा ही तो तब हुआ था जब मुन्नी बहन जी ने इसे रख लिया था...

नाश्ता सर्व किया जा रहा था। वेज होने पर सामने इडली, सांभर, कटे हुए फल और चाय के लिए खाली कप रखे हुए ट्रे आ गयी। चाय बाद में सप्लाई होने वाली थी। उसने मुझे कन्धा मारकर खाने का इशारा किया लेकिन जब मुझे चुप देखा तो धीरे से बोली—पापा ठीक कहते हैं तुम कितनी जिद्दी हो। इसमें कुछ भी तो नॉनवेज नहीं है।

नॉनवेज की बात नहीं है। तुम्हें पता है न मेरा व्रत है।—मैंने कहा। तो क्या हुआ आज के लिए व्रत तोड़ नहीं सकतीं। भगवान जी को क्या पता नहीं चल जायेगा कि आज तुम कितनी बिजी हो। वैसे भी अगर तबीयत खराब हो गयी तो भगवान जी नहीं कर देंगे ठीक। और अब तो मैं भी वहाँ नहीं हूँ।—उसकी नाराजगी भरी चिन्ता सैंडविच चबाने में भी झलक रही थी।

उस व्रत का क्या फायदा कि जब मर्जी आयी तोड़ दिया और जब मर्जी आये तो कर लिया जाये।—मैं बात पूरी करती उससे पहले ही एक हाथ में चाय की केतली और दूसरे में कॉफी की केतली पकड़े एयर होस्टेस आयी तो मैंने चाय जरूर ले ली।

थोड़ी देर तक वह मुँह फुलाए खाती रही। इसके बाद कहने लगी—आज तुम किस सोच-विचार में डूबी हो। कुछ बोलती क्यों नहीं? फिर कुछ देर बाद ही बोली—तुम यह भी चाहती हो कि मैं खूब सक्सेसफुल होऊँ और तुमसे कहीं दूर भी न जाऊँ। सोचो यहाँ तो तुम जब चाहो तब दो घण्टे में मेरे पास पहुँच सकती हो अगर मैं इंग्लैण्ड चली जाती तो...

उसके गले में हल्का-सा कम्पन था। वह खिड़की से बाहर देखने लगी। मैंने आँखें बन्द कर ली थीं। मैं वर्षों पुरानी बातों में डूब गयी थी।

इसके पैदा होने से पहले ही मेरी तबीयत कितनी खराब थी। गाल ब्लैडर की पथरी का पहली बार ही दर्द जब उठा था, जब सातवाँ महीना चल रहा था। उस समय ऐसा ही लगा था कि शायद बच्चा समय से पहले आना चाहता है। मगर ऐसा नहीं हुआ था। डॉक्टर ने पथरी का शक किया था। साथ में अपनी यह असमर्थता भी प्रकट कर दी थी कि जब तक बच्चे का जन्म नहीं हो जाता कुछ नहीं किया जा सकता। वह समय कितना मुश्किल भरा था। बच्चे का आना एक बोझ जैसा लगने लगा था। जबकि आज यह घर का कितना अनिवार्य हिस्सा है। इसके बिना घर घर नहीं लगता है। मुश्किल भरा समय कट जाता है और याद भी नहीं रहता। इसके जनम के समय भी कैसी आफत आयी थी। डॉक्टर को पता चला था कि मेरा तो ब्लड फैक्टर आर एच माइनस है। लैब ने गलत टेस्ट करके

आर एच पॉजिटिव लिख रखा था। ऐसे में यदि बच्चे का ब्लड फैक्टर आर एच पॉजिटिव हुआ तो वह बच्चा जन्मना विकलांग होगा। इसलिए इसके पैदा होते ही फौरन इसका ब्लड टेस्ट किया गया था। डॉक्टरों और हम सबने राहत की साँस ली थी कि इसका भी ब्लड फैक्टर आर एच माइनस है। एक डॉक्टर ने लगभग आह भरते हुए कहा था अपने सीनियर डॉक्टर से—अरे डॉक्टर देखिए, फीमेल विद आर एच माइनस। आर एच माइनस यानी कि जिन्दगी भर की मुसीबत। उसका जन्म और एकाएक सब पर छा जाना। तभी एक बार छोटे भाई साहब के यहाँ जाना हुआ था। लेकिन अगली रात तबीयत खराब होने की वजह से दौड़ना पड़ा था। यह सोचकर कि मेरी तो तबीयत खराब है इस नन्ही बच्ची की देखभाल कौन करेगा, बहन जो अपनी जचगी के लिए आयी हुई थी, उसने इसे रख लिया था। वह पूरी रात इसके पिता को काटनी भारी पड़ गयी थी। उन्हें बार-बार अपनी बेटी याद आ रही थी। जैसे ही मेरी तबीयत कुछ ठीक हुई वह फौरन अपनी बेटी को लेने जा पहुँचे। अफसोस, उन्हें उस शाम खाली हाथ ही लौटना पड़ा था। बहन ने उसे तब तक लौटाने से मना कर दिया था जब तक कि मेरी तबीयत पूरी तरह से ठीक नहीं हो जाती। लेकिन पिता अपनी बेटी की याद और भाई अपनी बहन की याद में परेशान था। इसलिए अगले दिन भी वे वहाँ जा पहुँचे थे। अपनी लड़की माँगने। बहन और सबने मिलकर उनका मजाक भी उड़ाया था कि आप तो ऐसे दिखा रहे हैं जैसे कि हम आप की लड़की को छीने ले रहे हैं। अन्ततः सबको एक व्याकुल पिता की पुकार के आगे झुकना पड़ा था। जब पिता अपनी बेटी को उठाए घर पहुँचे तो उनकी आँखों में बेतरह चमक थी। जैसे कोई मोर्चा फतह करके लौटे हों।

बस इस घटना के कुछ ही दिन बाद मुझे अस्पताल में भर्ती होना पड़ा था। पथरी के दर्द के कारण मैं रात-रात भर परेशान रहती थी। एक बार तो बेहोश तक हो गयी थी। तब डॉक्टर को लगा था कि अब ऑपरेशन के अलावा कोई रास्ता नहीं है। डॉक्टर को लगता था कि शायद गाल ब्लैडर में इन्फैक्शन हो गया है। वे दस दिन अजीब दुश्चिन्ताओं में बीते थे। न जाने मुझे कितने दिन ठीक होने में लग जायेंगे। दर्द से परेशान होते हुए भी डॉक्टर से मैंने यही कहा था—डॉक्टर साहब मुझे जल्दी से दर्द से छुटकारा दिलाइए। मेरे बच्चे छोटे हैं। मेरे बिना उनकी कौन देखभाल करेगा? बच्ची तो अभी सिर्फ चार महीने की है। उन दस दिनों में वह बड़ी भाभी के कन्धे से बन्दर के बच्चे की तरह चिपक कर रहती थी। उनके आस-पास वाले उससे पूछने भी लगे थे कि वह कब पैदा हुई? उसके पिता को लगता था कि घर में लड़कियाँ जरूर होनी चाहिए। उनके होने से घर भर में

उजाला हो जाता है। घर के सारे पुरुष अनुशासन में रहना सीख जाते हैं। वक्त गुजरने लगा। वह घर में एक अनिवार्य इकाई की तरह शामिल हो गयी। उसका नन्हा भाई उस पर जान छिड़कता। अपने हिस्से की हर टॉफी, चाकलेट, फल यानी कि सब कुछ वह उसे खिलाने की कोशिश करता। उसने सचमुच अपने को अपनी बहन से बहुत बड़ा मान लिया था। वह भी उसके आस-पास होने भर से फूल की तरह खिल उठती।

घर की बहुत सी किताबों पर उसकी खींची हुई आड़ी-तिरछी रेखाएँ। कहीं कोई फूल, पत्ती। ऐसे कुत्ते-बिल्ली जिन्हें देखकर कोई नहीं पहचान सकता था कि वे वास्तव में कुत्ता या बिल्ली ही हैं। लेकिन उसकी दुनिया में ऐसी चीजों की बहुत सारी जगह थी जिन्हें बस वही जानती थी। हर वक्त उनके साथ हिल-मिल सकती थी। कोई और होता तो शायद किताबों के गन्दा होने पर नाराज होता लेकिन उसके पिता का कहना था कि बच्चे जब बचपन से किताबों के स्पर्श को पहचानेंगे तभी तो उन्हें पढ़ना सीखेंगे।

उसका प्रिय शौक था लोगों की हू-ब-हू नकल उतारना। किसी भी बात के लिए अड़ जाना। अब भी जब दीवारों को पुताई के लिए खुरचा जाता है तो उसके बनाये चित्रों की छायाएँ नजर आती हैं। वक्त ने उन्हें फेड कर दिया है। उन चित्रों में उसके भविष्य के संकेत छिपे हुए हैं कितनी स्मृतियाँ और नटखटपन। यही नहीं घर की हर किताब पर आड़ी-तिरछी रेखाओं के रूप में उसका बचपन मौजूद है। इस साल पढ़ने के लिए उसने जितने रजिस्टर भरे उनसे उसकी अलमारी पूरी भर गयी है। इन्हीं रजिस्टरों में उसके पिता का अभिमान छिपा है। वह नहीं चाहते कि उनमें से एक भी रजिस्टर इधर-उधर हो।

हालाँकि घर में जगह नहीं है। तीन अलमारियाँ भर गयी हैं। वह उन रजिस्टरों को गर्व से देखकर कहते हैं कि कोई देखे तो सही कि मेरे बच्चे ने कितनी मेहनत की है।

आज से कुछ साल बाद क्या उसे याद भी रहेगा कि कौन से रजिस्टर में क्या लिखा है? वक्त की मोटी परत सब कुछ को किस कदर मिटा देती है? किस कदर ढक देती है? कुछ भी तो याद नहीं रहता। बच्चे अतीत को पीछे छोड़ आगे दौड़ते चले जाते हैं। न जायें तो हो भी क्या? परिवर्तन जीवन का नियम। सिर्फ माता-पिता ही हैं जो पुराने दिन लौट आने के इन्तजार में पुरानी यादों के सहारे वक्त को पकड़े रखना चाहते हैं। वे भी जानते तो हैं कि कोई किसी के लिए नहीं रुकता वे भी तो नहीं रुके थे...वह चली जायेगी इस पर जब मैं उदास हो रही थी तो उसके पिता ने कहा था कि मान ले इसका एडमीशन किसी अच्छी जगह न

होता और यह यहीं बनी रहती तो क्या तुम्हें अच्छा लगता? कैसे भला? किस माता-पिता को अपने बच्चे की असफलता अच्छी लगती है? लेकिन स्मृतियाँ हैं कि पीछा नहीं छोड़तीं। समय के साथ कदम-ताल करने का यह एक अच्छा तरीका भी है।

जहाज अब पहाड़ों के ऊपर से उड़ रहा है। चट्टानें लगती हैं जैसे धरती लाल हो गयी हा या किसी ने बेतरतीबी से कहीं लाल कहीं पेड़ों का हरा और कहीं पानी का नीला रंग लुढ़का दिया हो। जो इमारतें धरती पर अपनी ऊँचाई के कारण इतराती हैं उन्हें यहाँ से देखो तो वे पेंसिल बराबर दिखाई देती हैं। ऊँचाई का क्या अन्त है भला? बच्चे जिनके बारे में माता-पिता हमेशा उनके आगे बढ़ने की सोचते हैं और हमेशा अनहोनी की आशंका से परेशान रहते हैं। पिछले साल की उस रात की शंका से मैं आज भी काँप जाती हूँ। उस शाम दफ्तर से लौटकर मैं दूध लेकर आ रही थी कि मैंने देखा वह रिक्शे में बैठी चली आ रही है। उसने वहीं से आवाज देकर कहा—मम्मी, तुम्हारे पास चाबी तो है न, मैं जा रही हूँ। रिक्शा जैसे उसे लिये उड़ा चला जा रहा था।

रात के नौ बज रहे थे। वह अभी तक नहीं लौटी थी। उसके पिता ने फोन किया तो उसने वह भी नहीं उठाया, कि तभी एकाएक फोन की घण्टी बजी। उधर से उसकी सहेली ने उसका नाम लेकर पूछा, कि उसे आज आना था वह आयी क्यों नहीं? आयी नहीं, मगर वह तो तभी चली गयी। घबराहट के मारे सिर चकराने लगा। क्या हुआ? रास्ते में कोई एक्सीडेंट, कोई पकड़ ले गया। अपहरण, बलात्कार...इस इतने बड़े शहर में अगर कोई उसे उठा ले गया होगा तो कहाँ ढूँढेंगे?

आशंकाएँ मन में घर बसा रही थीं। लगता था कि लड़की अब कभी नहीं मिलेगी। उसके मोबाइल को भी तो किसी ने अपने कब्जे में ले लिया है तभी तो स्विच ऑफ आ रहा है। मोबाइल न मिले तो डर सौ गुना बढ़ जाता है। ऐसा लग रहा था कि न कुछ सुनाई दे रहा है न दिखाई। बस लड़की की लाश ही चारों ओर दिखाई दे रही थी। ऐसे में उसके भाई ने भी न जाने कितने फोन उसे किये थे। भाभी अलग से परेशान थी। वे लोग तय कर रहे थे कि कौन किस दिशा में जाकर ढूँढेगा।

उसकी आखिरी आवाज—मम्मी, चाबी है बार-बार कानों में बज रही थी। क्या अब उसकी आवाज कभी सुनाई नहीं देगी। यह दिल्ली शहर किसी बीहड़ से भी ज्यादा भयानक है। यहाँ किसी को कभी नहीं ढूँढा जा सकता। आपके पड़ोस में ही कौन रहता है आप नहीं जानते। हे ईश्वर, मेरी बच्ची की रक्षा करना। मेरे पास तो

सिवाय अपने बच्चों के कोई पूँजी नहीं, धन-सम्पदा नहीं। मैं उसे कहाँ खोजूँगी। उसके बिना हम सब एक-एक करके तिल-तिल खत्म होंगे। मेरा भतीजा जो संयोग से ही आया है, दिलासा देता है—बुआ, घबराओ मत। उसे कुछ नहीं होगा। मैं कुछ नहीं कह पाती हूँ। सिर घूम रहा है।

तभी उसका भाई चिल्लाता है—आ गयी।

सीढ़ियों पर पदचाप सुनाई दे रही है। वह उसे पहचानता है।

वह खुले दरवाजे से अन्दर घुसी है। और सबके अवाक् और घबराए हुए चेहरे देखकर रुककर पूछती है—क्या हो गया। सब मुझे ऐसे क्यों घूर रहे हैं।

उसका भाई कुछ नाराज होते हुए पूछता है—तू अपना फोन क्यों नहीं उठा रही थी।

उसमें तो बैटरी ही नहीं थी। उसने कहा तो आशंकाओं के बीच यह बात तो दिमाग में ही नहीं आयी कि किसी तकनीकी खराबी के कारण भी मोबाइल नहीं मिल सकता है।

गरिमा का फोन आया था। तू वहाँ नहीं गयी—उसके पिता ने पूछा।

वह तो पागल है। मैं बताकर तो गयी थी कि अपने टीचर के यहाँ जा रही हूँ। उसके पिता को याद आया कि सचमुच उसने बताया था। लेकिन गरिमा के फोन और उसके मोबाइल के न मिलने से सब कुछ गड़बड़ कर दिया था। फिर आखिरी वक्तव्य उसी ने दिया था—मुझे पता था कि यहाँ सब गड़बड़ हो रहा होगा। सबके सब इतना पैनिक करने लगते हैं।

उस दिन डर के मारे पाँव से जान निकल गयी थी। आज भी पाँवों ने काम करना बन्द कर दिया था। जहाज नीचे उतर रहा था। सड़कों पर आवाजाही दिखाई देने लगी थी। नीचे आते ही इमारतें अपने बड़े होने का अहसास कराने लगी थी।

जहाज रुका तो सब तरफ ब्लू लाइन बस की तरफ अफरातफरी मच गयी। लोग जल्दी से जल्दी ऊपर रखा सामान निकालकर बाहर जाने के चक्कर में थे। एयर होस्टेस और जहाज का क्रू सबको बॉय-बॉय कहकर दोबारा आने का निमन्त्रण दे रहे थे।

कल शाम इसे यहाँ अकेली छोड़कर मुझे अकेले ही लौटना होगा इस कल्पना से मन थर्रा रहा था। अपना बच्चा अपने शरीर का अंग ही...कभी घर से अलग रहा नहीं उसे यों छोड़कर चले जाना...घोंसले में अपने बच्चे को दाना खिलाती चिड़िया...बच्चे का बड़े से बड़ा मुँह फाड़ना...और अधिक और अधिक माँगना फिर धीरे-धीरे पीठ पर दो छोटे-छोटे सींग की तरह पंख उग आते हैं। तब वे माँ के साथ धीरे-धीरे पृथ्वी पर उतरकर दाना, कीड़े चुगते हैं...उछल-उछलकर चलते हैं। शत्रु-मित्र की पहचान करते हैं। छोटे पेड़ों तक उड़कर बैठते हैं। वे काँपते हुए

उड़ते हैं। चिड़िया किसी रक्षक की तरह उनके आस-पास मँडराती रहती है। फिर एक दिन वे लम्बी उड़ान पर निकल जाते हैं, कभी न लौटने के लिए। वे अपने माता-पिता को भूल जाते हैं। पक्षी विशेषज्ञ कहते हैं कि इस तरह से भूल जाने का वैज्ञानिक आधार है। उनमें याददाश्त के सैल मर जाते हैं। लेकिन हम जैसे माता-पिता याददाश्त के सहारे अतीत में गोते लगाते रहते हैं। भविष्य उनके लिए ठहर जाता है। बच्चे आयेंगे कब आयेंगे और उनके आते ही वापस जाने और फिर अकेलेपन की चिन्ता कभी खत्म नहीं होती!

बाहर टैक्सी में बैठकर उसके हॉस्टल की ओर जाते हुए लगता है कि यह भी उड़ान पर निकल पड़ी है। उसके पंख अभी-अभी खुले हैं। पता नहीं उसे कहाँ से कहाँ तक पहुँचना है। मेरे आँसुओं से अगर उसके पंख भीग गये तो वह उड़ नहीं सकेगी। मेरे हिस्से की धरती पर वह कब तक रहेगी। मेरी बढ़ती उम्र के साथ मेरे हिस्से की धरती भी कम होती जा रही है। अच्छा है वह इतनी दूर निकल जाये कि कभी न लड़खड़ाए।

मैं उससे वापस जाने के लिए बॉय कहती हूँ। वह क्लास में बैठे हल्के से सिर हिलाती है और मुँह फेर लेती है। वह मुझे नहीं दिखाना चाहती कि रो रही है।

(बी.बी.सी., 2007)

नगाड़ा बजा

गुनगुनी धूप किसी लग्जरी से कम नहीं थी। वरना तो पूरा दिन ऐसी घुटन भरे कमरे में बीत जाता था। गोल चक्कर पर भागते शहर की रफ्तार दिखाई देती थी।

कोने की मेज के किनारे पर लड़की, लड़की नहीं महिला बैठी थी...ध्यान से देखा...अब इतनी थोड़ी सी दूर की चीजें भी इतनी साफ दिखाई नहीं देतीं। आज कितने दिनों बाद यहाँ आना हुआ। पास गयी तो देखा श्यामला ही थी। उसके एक हाथ में कॉफी का मग था। मगर वह आँखें बन्द करके धूप का आनन्द ले रही थी।

"मैं बैठ सकती हूँ।"

अचानक उसकी आँखें खुलीं फिर एक चिढ़ भरी मुस्कान उभरी—"अरे आप, बड़े दिन बाद मिलीं...बैठिए न।"

मैं उस कुर्सी पर बैठी जहाँ से श्यामला, सामने लगे पेड़ और चौराहा साफ दिख सके। गति के बिना जीवन का अहसास तक नहीं होता।

कुछ देर हम यों ही बैठे रहे। कॉफी का सिप लेते उसने पूछा—"क्या पियेंगी, चाय, कॉफी, कोल्ड ड्रिंक..."

"नहीं अभी नहीं..."

"क्यों, किसी का इन्तजार है?"

"नहीं, मेम्बरशिप रिन्यू कराने आयी थी..."

"थोड़ी देर पहले ही तो नाश्ता किया—फालतू कैलोरी खाओ फिर बर्न करो।"

"आप सचमुच ग्रेट हैं।" ग्रेट कहते-कहते उसकी आँखों से नफरत, ईर्ष्या और प्रतिद्वन्द्विता का भाव मेज पर कूदा फिर आसमान में गायब हो गया।

'हम एक-दूसरे से बिना ईर्ष्या किये क्यों नहीं रह सकते। इससे तो शायद वर्षों बाद मिली हूँ।' सोचते हुए मैंने उसकी जारी बातचीत को सुना—"कितना कुछ कर लेती हैं।"

घर...बच्चे...नौकरी...क्रिएटिव एक्टिविटी...समझ में नहीं आता, कैसे इतना

सब कुछ हो जाता है...मैं तो कुछ भी नहीं कर पायी...एकाएक ईर्ष्या आत्मदया और हीनता में बदल गयी।

"ऐसा क्यों कह रही हो?" मैंने उसे आत्मदया और हीनता से उबारने और ईर्ष्या की लपटों पर पानी डालने की कोशिश की—"तुम भी तो क्या नहीं कर लेती हो? सब तो...नौकरी करती हो, बच्ची और पति को देखती हो। घर सँभालती हो...आखिर एक आदमी और क्या-क्या करेगा?"

"आदमी नहीं औरत।" उसने मुझे करेक्ट किया। आप काफी पॉजिटिवली सोचती हैं वरना तो लोग किसी के किये को किया कहाँ कहते हैं। आजकल तो मैं...मैं...की प्रतियोगिता हो रही है। मैंने ये किया वो किया, ये किया, इतना-उतना किया, पहाड़ उठाया, समुद्र बाँधा, आसमान नापा...मैं...मैं...मैं...अपनी बात खत्म करके वह तो हँसी ही मैं भी जोर से हँसने लगी।

"चलो छोड़ो...क्या लेकर बैठ गये। निगेटिव बात सोचो तो सोचते ही जाओ। किसकी जिन्दगी में कितने दुख हैं क्या पता...बताओ और क्या हाल है। विमल जी ठीक हैं..."

"हाँ...ठी...क...ही होंगे।"

उसकी शब्दों की खींचतान जरूरत से ज्यादा थी कि मैंने विषय बदलना उचित समझा और "प्रिया।"

प्रिया का नाम लेते ही उसकी आँखें चमक उठीं। ब्राउन लिपस्टिक के बीच उसके सफेद दाँत चमके। काले रंगे बाल कुछ अधिक काले हो उठे। उसने नींबू के गुच्छों के बीच फुदकती बुलबुल की ओर इशारा किया—"देखा।"

बुलबुल इधर से उधर झपाक-झपाक उड़ रही थी। बाजू में लगे फूलों से लदे कचनार के पेड़ को देख रही थी। पास दौड़ती एक गिलहरी से उसकी प्रतियोगिता चल रही थी।

"इस साल नाइंटी परसेंट मार्क्स आये हैं।"

"अरे वाह! कितनी अच्छी बात है। बच्ची सचमुच कितनी होशियार है।"

"हाँ...परेशान होती हूँ तो मुझे भी समझाती है। जरूरत पड़े तो घर का काम भी कर लेती है। मार्क्स तो मैंने आपको बताए ही।"—श्यामला। बच्ची की बात से दिपदिपाता चेहरा—"मैं तो कहती हूँ, बेटा जितना तेरी माँ में दम है तेरे लिए कर सकती है करेगी।"

"और क्या...विमल भी तो उसे कितना प्यार करते हैं।" मैंने कहा। तभी मैंने दो चाय का ऑर्डर किया एक अपने लिए एक उसके लिए। वह मना करती रही कि अभी तो कॉफी पी है...लेकिन मैं नहीं मानी तो उसने कहा—"विदाउट शुगर।"

मैं भी क्यों ज्यादा कैलोरी लूँ। आप खाना खाएँ। आज तो यहाँ सांभर बना होगा। बहुत अच्छा बनता है।"

"नहीं, बस खाना तो ऑफिस में है। चाय पीकर निकलूँगी...और सुनाओ।"

"कुछ नहीं सब ठीक ही है।"

समझ में नहीं आ रहा था कि और क्या बात हो? हर बातचीत की एक सीमा होती है...एक हद के बाद सब ठहर-सा ज़ाता है। बन्धन लगता है। फिर चलती बातचीत से भाग जाने का मन करता है।

चाय पीते-पीते श्यामला अचानक जोर-जोर से गाने लगी—धूम मचा दे धूम। दूर-दूर बैठे लोग उसे देखने लगे। फिर वह बोली—"आप डान्स करेंगी मेरे साथ।"

"अरे भाई नहीं, मेरे तो पाँव में दर्द है।"

"आप कितनी बड़ी बोर हैं। यह भी कोई जिन्दगी हुई। घर से दफ्तर, दफ्तर और घर।"

थोड़ी देर पहले ही उसने मुझे इन्हीं सब बातों के लिए ग्रेट कहा था और मैं अन्दर ही अन्दर फूलकर कुप्पा हो रही थी। कचनार और नींबू का फूलना और गिलहरी का फुदकना देख रही थी कि फूला हुआ गुब्बारा फिस्स हो गया।

"बहुत ज्यादा समझती हो अपने को मिडिल क्लास बिच। अपने मियाँ, बच्चों और सक्सेज का रुतबा दिखा रही हो। जिस कब्र में गड़ी हो वहीं दफन हो जाओगी, कभी नहीं निकलोगी वहाँ से।"

उसके वाक्य हवा में तैरने लगे। वह उठी और बैठी। मेरी तरफ दाँत किटकिटाए और जोरों से रोने लगी—"दीदी, ये मैंने क्या किया...ओह जिससे ये बातें कहनी चाहिए थी उससे तो कही नहीं...हरामी...उल्लू के पट्ठे...देख लूँगी।"

क्या हो गया इसे...इतनी हाइपर...लेकिन अब चलना चाहिए। मैंने चाय के पैसे दिये और जल्दी से कदम उठाती गेट की तरफ चल दी कि वह पीछे दौड़ी—"दीदी, नाराज हो गयीं। आपकी छोटी बहन हूँ। इतनी छोटी नहीं हूँ कि गोद में खिलाया हो, मगर इतनी छोटी तो हूँ कि सिर पर हाथ फेर सको। मुझे मारो... मारो लो मारो।" कहकर उसने मेरे दोनों हाथ पकड़ और अपने गालों पर तड़ातड़ मारने लगी।

"क्या कर रही हो छोड़ो मुझे।"—मैंने गुस्से से कहा।

"क्या कर रही हूँ मना रही हूँ तुम्हें।" कहती हुई वह मेरा हाथ खींच ले गयी और कुर्सी पर पटक दिया।

"क्या कर रही हो गिर जाऊँगी। पाँव में दर्द वैसे है।"

"कोई बात नहीं मैं दबा दूँगी लेकिन तुम्हें रूठकर नहीं जाने दूँगी।"

मेरा इससे क्या वास्ता है। थोड़ी-बहुत जान-पहचान इसके अलावा क्या? फालतू। पता नहीं अब और क्या नाटक करेगी?

वह दौड़ी गयी। नींबू तोड़ने के लिए नींबू के पेड़ पर लटक गयी। क्लब के देखभाल करने वालों ने आकर उसे रोका तो वह उन्हीं से भिड़ गयी—"तुम कौन होते हो मुझे रोकने वाले। हम पैसे न दें तो तुम्हें तनख्वाह तक न मिले। भूखे मरोगे बेटा भूखे। एक नींबू ही तो अपनी दीदी के लिए तोड़ा है कौन सा डाका डाल लिया या जागीर चली गयी तुम्हारी।"

फिर दौड़ी हुई मेरे पास आयी—"लो दीदी, मुझे पता है तुम्हें पेड़ पर लगे हुए नींबू बहुत अच्छे लगते हैं।"

"लगे हुए तोड़े हुए नहीं।"—मैंने चिढ़कर कहा।

"लो एक तो तुम्हारे लिए नींबू तोड़ा। उन लोगों से पंगा लिया और तुम नखरे दिखा रही हो। ऐसा ही होता है, कोई किसी का अहसान नहीं मानता। सब हरामजादे हैं।"

अब मुझे सचमुच गुस्सा आ रहा था—"क्या हुआ है तुम्हें तबसे इतनी जली-कटी क्यों सुना रही हो। इतनी गालियाँ बक रही हो, क्या फ्रस्ट्रेशन है?"

"क्यों गालियाँ क्या साले आदमियों की बाप की लुगाई हैं। अब तक वो हमें गालियाँ देते आये हैं अब मैं उन्हें दे रही हूँ।"

"तुम तो मुझे सुनाए जा रही हो। गलती हुई जो तुम्हारे पास आकर बैठ गयी। कहीं और भी बैठ सकती थी।"

"ठीक कह रही हो। तुम कहीं भी बैठ सकती थीं। मेरे पास क्यों बैठतीं? मेरे पास कोई नहीं बैठता। मेरे घर वाले और माँ-बाप तक नहीं। पता है मेरी सगी भाभी ने मुझे छिनाल और रण्डी कहा था। जानती हो क्यों, इसलिए कि मैंने दूसरी शादी कर ली। उन लोगों के कहने पर उस खूँटे से नहीं बँधी रही जिससे उन्होंने मुझे बाँधा था।" कहकर वह जोर-जोर से रोने लगी।

समझ में नहीं आया क्या करूँ। जल्दी से गिलास में पानी उँडेलकर उसके मुँह से लगाया। अपने रूमाल से उसके आँसू पोंछे। सिर थपथपाया। दिलासा दी—"रोती क्यों हो? सब ठीक हो जायेगा।"

"क्या ठीक हो जायेगा, अब तक इतनी उम्र तक कुछ ठीक नहीं हुआ तो क्या ठीक होगा?"—श्यामला सिसकी।

"तुम लोगों की परवाह क्यों करती हो?"

"लोग नहीं मगर अपने घर वालों की तो करनी पड़ती है। जब वे ही रण्डी, छिनाल, करप्ट कह रहे हैं तो बाहर के क्या नहीं कहेंगे?"

अब तक उसका रोना थम चुका था। मैं जाना चाहती थी। इसीलिए अन्तिम वाक्य बोला—"सब बोल-बोलकर चुप हो जायेंगे। मुख्य बात तो तुम्हारी और विमल की खुशी है। फिर देखो प्रिया को भी वह अपनी बच्ची की तरह प्यार करते हैं।"

मेरी बात सुनकर वह हँसी। बोली—"कब से नहीं मिली हैं विमल से आप।"

"विमल से...मैंने याद करने की कोशिश की—मैं तो मिली ही दो बार हूँ उनसे।"

"तो आपको कैसे मालूम कि वह प्रिया को बहुत प्यार करते हैं।"

"तुम्हीं ने बताया था।"

"बताया होगा। कभी-कभी जो कुछ हम बताते हैं, वह पूरा का पूरा सच नहीं होता।"

पहले...एक-दो-तीन-चार उनके हल—श्यामला खुद उलझाती खुद सुलझाती।

"ठीक है मैं चलती हूँ।" मैं उठ खड़ी हुई तो वह बोली—"मैं भी चलती हूँ तुम मुझे आधे रास्ते तो ड्राप कर ही दोगी।"

गाड़ी दौड़ने लगी तो स्टीरियो उसने तेज कर दिया—नगाड़ा बजा...नगाड़ा बजा।

गाने के स्वर में स्वर मिलाया—"नगाड़ा बजा...नगाड़ा बजा...विमल के सिर पर बजा।"

कुछ दिन पहले तक विमल की खींची गयी तसवीर और आज के श्यामला उवाच में कोई समानता तो नहीं थी। विमल इसके सपनों का पुरुष मगर आज...

"तुमने बताया नहीं विमल कैसे हैं?"

—इस बार मैंने जान-बूझकर उसे चिढ़ाने के लिए पूछा।

"ठीक ही होगा।" उसने कहा।

"मैं देख रही हूँ तुम उनके बारे में ठीक से नहीं बता रही हो। एवाइड क्यों कर रही हो।"

"बताऊँ तो तब जब मुझे मालूम हो।"—उसने कल्पना में विमल को मुक्का दिखाते हुए कहा।

"मैं समझी नहीं। बातें ठीक वे होती हैं जिन्हें घुमाकर नहीं सीधे-सीधे किया जाये।"

"इसमें मैंने क्या घुमाया? मुझे सचमुच मालूम नहीं। वह पन्द्रह दिनों से घर नहीं आया।"

अचानक तेज रफ्तार गाड़ी पर ब्रेक लगा और आवाज गूँजी चीं...चीं...चीं... चीं...सामने साइकिल वाला आ गया था।

"पन्द्रह दिन से घर नहीं आया क्यों...?"

"क्यों क्या? उस समय तो आदर्श सवार था। लेकिन अब कहता है कि उसका इस घर में है क्या? एक बच्चा तक तो है नहीं..."

"मगर इस उम्र में बच्चा..."

"पूछे उससे कोई। हालाँकि अभी मीनोपॉज नहीं हुआ। बच्चा पैदा कर सकती हूँ। मगर क्यों करूँ। मेरे हाई बी. पी. और अस्थमा को कौन सँभालेगा।"—उसने खाँसते हुए कहा।

"मगर प्रिया है तो..."

"प्रिया...उसे तो फूटी आँखों नहीं देख सकता। उससे जेलस है। कहता है कि तुम अपनी औलाद को ज्यादा टाइम देती हो। पूछे कोई इससे मैं उस अपनी बड़ी होती बच्ची को टाइम दूँ या इस बुड्ढे को। हाँ नहीं तो।"

वह हँसी तो मैं भी हँसने लगी।

"पहले तो विमल ऐसे नहीं लगते थे।"

"पहले किसके बारे में पता चलता है। बरतन को बरतो तभी मालूम पड़ता है कि कितना खड़कता है।"

थोड़ी चुप्पी के बाद उसने कहा—"ये सब किताबी बातें हैं कि एक शादी सफल नहीं हुई तो दूसरी से औरत के भाग्य के दरवाजे खुल जाते हैं। कभी-कभी कुएँ से निकलकर ऐसी खाई में गिरते हैं कि भाग्य तो क्या हाथ-पाँव बचाना मुश्किल हो जाता है।"

आगे रेड लाइट को देख वह वहीं उतर गयी। "यहाँ से कम चलना पड़ेगा। मुझे बस मिल जायेगी।"

वह दौड़ी जा रही थी, मेरे बाजू में कितने सवाल अनुत्तरित पड़े थे।

(कादम्बिनी, 2009)

अन्त में शरण

मेज पर दही भल्ले, फिंगर चिप्स, राजमा, सलाद और अचार रख दिये गये थे। बस शेखर के आने का इन्तजार था। आज उसकी मैरेज एनीवरसिरी है। पिछले पचीस सालों से यही होता है, हमारी मैरेज एनीवरसिरी पर शेखर पार्टी देता है और उसकी पर हम। वह और उसकी पत्नी आयेंगे तो रोटियाँ सेंक ली जायेंगी। कोई भी बात रस्म बन जाये तो भारी पड़ने लगती है। कई बार तो ऐसा हुआ है कि बहुत जरूरी काम छोड़ने पड़े इस परम्परा का निर्वाह करने के लिए। दो साल पहले जब शेखर अमेरिका जा रहा था तो लगा था कि इतने सालों से चला आता यह रिवाज इस बार तो टूटकर ही रहेगा। मगर ऐसा नहीं हुआ। शेखर ठीक एक दिन पहले वापस आ गया। इसी तरह हमारे साथ होता रहता है। चाहे घर में कोई बीमार है, कोई बहुत जरूरी काम है मगर इस दिन की दावत नहीं रुक सकती। दावत भी ऐसी कि एक हफ्ते पहले मेन्यू बता दिया जाता है। आज के मेन्यू की तरह। बल्कि शेखर के मुँह से राजमा की बात सुनकर आश्चर्य हुआ था क्योंकि उसे राजमा रत्तीभर भी पसन्द नहीं है। मगर उसने बहुत लड़ियाते हुए कहा कि न सही उसे पसन्द मगर विमला को तो पसन्द है। विमला उसकी पत्नी जिसे फैशनेबुल दिखाने के लिए शादी के बाद के दिनों में वह विम्मी कहकर पुकारता था। उन दिनों हमराज फिल्म में काम करने वाली फिल्म एक्ट्रेस विम्मी के बहुत चर्चे थे। इस बात पर अधिक जोर था कि विम्मी शादीशुदा है मगर उसके पति ने उसे फिल्मों में काम करने के लिए एनकरेज किया है। बहुत दिनों तक शेखर विम्मी के एक फोटो को अपने पर्स में भी रखता था। इसीलिए शादी के वक्त जब उसे पता चला कि उसकी पत्नी का नाम विमला है तो उसे अपनी प्रिय एक्ट्रेस को याद करने का जैसे बहाना मिल गया।

शायद ही उसने कभी उसका पूरा नाम लिखा हो। अमेरिका से जो पत्र उसने लिखे उनमें भी वह उसे प्यारी विम्मी कहकर ही सम्बोधित करता। उसकी इस बात से मीतू कई बार नाराज होकर कहती—तुम्हें कैसा लगेगा अगर कोई तुम्हारे

आधे-अधूरे नाम से पुकारे।

जैसे—वह पूछता।

मान लो मैं तुम्हें मुगले आजम के पृथ्वीराज कपूर की तरह शेखू कहकर पुकारूँ। —मीता कहती। वह खूब चटखारे लेकर कहता—वाह भाभी अगर कोई मुझे सलीम के नाम से पुकारेगा तो एक न एक अनारकली भी अपने हवाले करेगा।

और अपनी विम्मी को तो तुम अनारकली पुकारने से रहे।—मीता उसे चिढ़ाती तो अपने मसखरे अन्दाज में कहता—अरे भाभी, कोई एक अनारकली इसका मुकाबला क्या करेगी? यह अकेली तो सौ के बराबर है।

मीता और शेखर की बातचीत में विमला बिल्कुल खामोश बैठी रहती। मीता उसे टोकती भी—कुछ बोला भी करो। यह कोई पुराना जमाना नहीं है कि तुम्हारे पतिदेव जिस तरह से बिठा देंगे, उसी तरह से मिट्टी के माधो की तरह बैठी रहोगी।

विमला मुस्कराकर कहती—अब क्या बुरा मानूँगी। जिन्दगी तो गुजर गयी।

यह सुनकर शेखर चिल्लाता—विम्मी डार्लिंग यह क्या कह रही हो। जिन्दगी कहाँ गुजर गयी। अभी तो शुरू हुई है। सुना नहीं साठा तो पाठा।

शेखर के लिए मीता और मैं एक ऐसा कन्धा थे कि वह जब चाहे तब उन पर सिर रखकर रो सकता था, सो सकता था। कई बार तो रात के ग्यारह बजे उसका फोन आता—यार एक नयी कविता लिखी है। अभी सुनाना चाहता हूँ।

उसे लाख समझाने की कोशिश करो कि सवेरे दफ्तर जाना है। बच्चे भी डिस्टर्ब होंगे। मगर वह न मानता। जब तक हम एक पूरी साँस भर लेते कि वह अपने स्कूटर पर सवार होकर आ धमकता। यही नहीं आते ही गरमागरम कॉफी या चाय की फरमाइश करता।

मीता रसोई में जाकर कुड़कुड़ाती। कभी उसके मुँह पर भी कह देती—शेखर भइया आपको कविता की पड़ी है। मुझे तो नींद आ रही है।

कोई बात नहीं भाभी तुम सो जाओ। मेरी कविता लोरी का काम करेगी।

लोरी नहीं, ऐसे भयानक सपने आयेंगे कि एक हफ्ते तक काँपती रहूँगी तुम्हारी कविता सुनकर।—मीता उसे चिढ़ाने की कोशिश करती मगर उस पर कोई असर न पड़ता।

वह सिर्फ कविताएँ ही न सुनाता, अपने हर लिखे शब्द पर वाह-वाह की उम्मीद करता। यदि वाह-वाह न मिले तो खुद ही कह उठता—यार कुछ कहो तभी तो अगली सुनाऊँगा। या कि कभी किसी ने लिखी है इतनी अच्छी कविता।

जब वह चला जाता तो मीता झगड़ने लगती—कितना स्वार्थी है तुम्हारा दोस्त। हम सोएँ या इसकी कविताई सुनें। आगे से यह आया तो बस...

ठीक है, इस वक्त मत लड़ो। सोने की कोशिश करो। आगे जब कभी इसका फोन आये तो तुम मना कर देना।

दोस्त तुम्हारा है या मेरा। जब देखो तब मुँह उठाकर चला आता है, न रात देखता है न दिन।

लेकिन अगली बार जब भी शेखर का फोन आता तो मीता कभी मना न कर पाती। शेखर हमारी मुसीबत भी था और हमारी जरूरत भी। उसकी सनकों से हम परेशान रहते थे। एक बार ऐसा हुआ कि उसे हर रोज नये इश्क करने का भूत सवार हो गया। वह अपने को रोमियो-जूलियट की श्रेणी में रखने लगा। लम्बी-लम्बी विरह की कविता लिखने लगा। विमला को विम्मी कहना भी भूल गया। अब जब देखो, तब मजनूँ बने चले आ रहे हैं। हर आती-जाती को अपने सपनों की मलिका बनाये घूम रहे हैं। और सपनों की मलिका है कि लिफ्ट नहीं दे रही है। उसकी वे कविताएँ जो फरसा और कुल्हाड़े से नीचे बात नहीं करती थीं और जिनमें अन्त तक आते-आते क्रान्ति होकर रहती थी, वे प्रेम में ऐसी डूबीं कि शेखर भाई को याद ही नहीं रहा कि घर में एक पत्नी भी है। जिसे वह अंग्रेजियत का सुबूत देने के लिए विम्मी नाम से पुकारते थे और शुरुआती दिनों में कहते थे कि हर चाँदनी रात उनकी प्रेयसी विम्मी के लिए एक कविता लेकर आती है। दुनिया में आखिर नवरंग फिल्म का ही पति तो ऐसा नहीं होता कि अपनी पत्नी को प्रेमिका की तरह देखे। दुनिया में और भी पति ऐसे हैं जो अपनी पत्नी के लिए एक से एक कविताओं का तोहफा लाते हैं। हमारी आफत तो तब आयी जब शेखर के साथ काम करने वाली उसकी एक सहयोगी ने मैनेजमेंट से शिकायत कर दी कि शेखर उसे प्रेरणा, मेरी प्रेरणा कहकर तंग करता है। हर रोज उसे कविता सुनाता है जो उसके पल्ले नहीं पड़ती। साथ में यह भी कहता जाता है कि अगर वह न होती तो यह कविता लिखी ही न जाती। मैनेजमेंट ने फौरन उसे वार्निंग लेटर जारी किया था। प्रेम के चक्कर में उसकी नौकरी जाने से बची थी। इसलिए उसने कसम खा ली थी कि अब भूल से भी कभी दफ्तर में प्रेम नहीं करेगा और न ही दफ्तर की किसी लड़की को कविता सुनाएगा। दफ्तर से बाहर भी उसकी स्थिति अच्छी नहीं थी। पार्क में या बाजार में जैसे ही वह किसी अकेली लड़की या स्त्री को देखता उसके अन्दर बैठा कवि, कवि ही नहीं प्रेम कवि अचानक कुलाँचें भरने लगता। तब उन लड़कियों के भाई, कजन, पिता, दोस्त, रिश्तेदार या ब्वॉयफ्रेंड कवि की सारी कविताई को समझने और शाब्दिक अर्थ निकालकर बदला लेने पर उतारू हो

जाते तो वहाँ भी जब-तब उसके पिटने की नौबत आ जाती।

कई बार लगता कि क्या शेखर जान-बूझकर अटेंशन पाने के लिए यह सब करता है या कि सचमुच वह कविता को ही ओढ़ता-बिछाता है। मीता से जब भी कभी यह बात होती वह बहुत चिढ़ती—तुम्हारा दोस्त है इसलिए उसकी कोई कमियाँ नहीं दिखतीं। कवि है तो क्या हुआ स्वर्ग से उतरा है। बस कविता में दुख लिख दिये और दुनिया के दुख खत्म हुए। उसे पैग चढ़ाने का और मौका मिल गया। सारे संसार की स्त्रियों के दुख में दुबला हुआ जा रहा है बेचारी विमला से किसी ने पूछा है। अगर कोई पूछे और वह कह सके तो यही कहेगी न कि जरूर पिछले जन्म में भयंकर पाप किये थे, जो इस धूर्त से पाला पड़ा।

मीता की सारी बातें सुनकर मैं हँसकर कहता—तुम्हारा तो प्रिय टॉपिक है शेखर। चाहो तो उस पर एक किताब लिख सकती हो।

वही रह गया है किताब लिखने को। ऐसा क्या कोई अमिताभ बच्चन है। किताब लिखनी हो तो किसी सेलिब्रिटी पर लिखूँगी, जो हॉट केक की तरह बिकेगी।

जैसा हमेशा होता आया था वैसा ही हो रहा था। घड़ी किसी तेज घोड़े की तरह अपनी दो सुइयों पर सवार होकर भाग रही थी। मगर शेखर का कहीं पता नहीं था। उसकी मैरेज एनीवरसिरी जो थी। अभी घुसेगा। फसट्टा मारकर बैठेगा। चाहे जितना अच्छा कुछ खिला दो बीयर की माँग जरूर करेगा। बीयर न होने पर घर सिर पर उठा लेगा—तो क्या मेरी शादी के दिन भी तुम मुझे बकरी की तरह घास-पत्ता खिलाओगे। आज तो कम से कम अपने मन की कर लेने दो।

जैसे कि और दिन वह किसी और के मन की करता है।

मीता तो गुड़ी-मुड़ी होकर सोफे में ही एक तरफ लुढ़क गयी थी। मुझे भी उबासियाँ आ रही थीं कि तभी काल बैल थरथरा के रुक-रुककर बजने लगी थी। जरूर शेखर आया होगा और उसने कालबेल को इतनी बुरी तरह से भींचा होगा कि उसका दम ही निकल गया होगा। दरवाजा खोला तो वही था—अरे यार माफ करना। मुझे पता है भाभी तो आज मेरा सिर ही तोड़ देगी। क्या करूँ पहले तो चालीस मिनट बस नहीं आयी। फिर चालीस मिनट तक ऑटो नहीं मिला। विमला आगे बढ़कर एक तरफ बैठ गयी।

विमला से जब भी कभी दो-चार बार मुलाकात होती तो कई बार उसकी चुप्पी खराब लगती। उसे दुख था कि वह माँ न बन सकी। माँ बनती तो कम से कम बच्चे पालती। पढ़ी-लिखी थी मगर शेखर ने कभी उसे नौकरी करने के लिए एनकरेज नहीं किया।

उससे कुछ कहो तो दस तर्क गढ़ता था—अरे भाभी ले-देकर हम दो ही तो जने हैं। किसके लिए बहुत सारा पैसा चाहिए। मेरे माता-पिता ने तो मुझसे जिन्दगी में एक पैसा नहीं लिया।

औरत की नौकरी का मतलब सिर्फ पैसा ही नहीं उसकी आत्मनिर्भरता और उसका आत्मविश्वास भी होता है।—मीता कहती।

मैंने कब इससे मना किया है कि आत्मविश्वास न बढ़ाए। खूब फिल्में देखे। इन दिनों टी. वी. पर फिल्में ही फिल्में आती हैं, साले सास-बहू सीरियल भी किसी फिल्म से कम नहीं हैं। और घर में इतनी मैगजीन्स आती हैं। इतना साहित्य है क्यों नहीं पढ़ती। अब आत्मविश्वास कोई विटामिन का कैप्सूल तो है नहीं कि पानी के साथ खिलाया जा सके। वैसे भी शादी के इतने दिनों बाद उम्र के इस चौथेपन में यह क्या करेगी...और जिन्दगी भर मैं चाहे जितना इधर-उधर घूमा हूँ, अन्त में तो इसके पास ही आ गया।

मैंने देखा मीता के नथुने एकदम फूल गये—तुम आदमियों के पास अहसान लादने के कितने अच्छे तरीके हैं। अब बुढ़ापे में जब सबने लात मार दी और पत्नी के अलावा कोई नहीं बचा तो यह भी अहसान हुआ कि तुम अन्त में इसके पास आ गये। अगर यह ऐसा करती तो...तो क्या कर लेती...क्या होता वह तो तब देखा जाता...नहीं किया तो इसकी गलती...और अब जितना बूढ़ा मैं हुआ हूँ उतनी ही तो यह...अगर कोई औरत मुझे नहीं देखती है तो कोई आदमी तो इस बुढ़िया को देखने से रहा। कहकर वह जोर से हँसा। इस पूरी बातचीत में विमला एक शब्द नहीं बोली थी। मैंने देखा मीता लगभग खा जाने वाली नजरों से शेखर को देख रही थी। अगर उसका वश चलता तो...

(संडे पोस्ट, 2009)

एक उम्र इस तरह

उस शाम कुछ अधिक ही ठण्ड थी। हवा सूँ-सूँ करके आती और सुइयों की तरह गालों में घुस जाती। अँधेरा भी धीरे-धीरे बढ़ता जा रहा था। जब अँधेरे पर भागती गाड़ियों की लाइट पड़ती तो धुआँ आड़ी-तिरछी रेखाओं में नीचे उतरता दिखाई देता। ठण्ड से पेड़ भी अपने आप में सिमट गये थे। ठण्ड से बचने के लिए भागते आदमियों-औरतों के कन्धे कुछ अधिक झुके नजर आते थे। चीखती-पुकारती गाड़ियों के बीच जाड़ा दो इमारतों के बीच और अधिक तेजी से अटैक करता था। दो लोग अपने-अपने बैगों को कन्धों पर लटकाए कह रहे थे—कौन कहता है कि दिल्ली में सरदी कम पड़ती है। हाथ ऐसे ठिरे जा रहे हैं कि बर्फ के पानी में डुबो दिये हों।

बर्फ की आँधी चल रही थी।

कल सवेरे क्या यहाँ की सड़क सफेद हो जायेगी बर्फ से—ऐसा पहली बार होगा। यह बात इतिहास में दर्ज हो जायेगी कि दिल्ली में भी कभी बर्फ पड़ी थी। बर्फ से सड़कें, आदमी, पेड़-पौधे, पशु-पक्षी सब सफेद हो गये थे। जैसा कि अभी पिछले साल हुआ था। रेगिस्तानी इलाकों में बर्फ पड़ी थी। सहारा के रेगिस्तान में बर्फ, शिमला और अमेरिका में गरमी, है न अजूबा। ग्लोबल वार्मिंग रे भइया... ग्लोबल वार्मिंग...यानी कि उल्टा-पुल्टा...तभी तो इस बार दिसम्बर तक लोग छाती उघाड़े ऐसे घूमते रहे जैसे कि भारी गरमी पड़ रही हो। वैसे भी आजकल मर्दों का छाती उघाड़ रिवाज चल पड़ा है। वे अपने को सेक्सी दिखाने के चक्कर में मल्लिका शेरावत बने घूम रहे हैं। अभी-अभी फरहा खान ने बताया ही था कि ओम शान्ति ओम शान्ति शाहरूख के शर्ट उतारू कारनामों के कारण विशेष हिट हो गयी। शाहरूख की सेक्सी इमेज और सिक्स एब्स को दिखाना देश की लड़कियों और औरतों के लिए विशेष ट्रीट थी।

वक्त बदल गया। आजकल फिल्मों में कोई अच्छी बात का मैसेज हो न हो, कुछ देह उघाड़ू लटके-झटके भर हों और फिल्म एक सप्ताह चल गयी तो समझो

इतिहास बन गया। डायरेक्टर से लेकर एक्टर तक सब अपनी पीठ खुद ही थपथपाकर कहते हैं न भूतो न भविष्यति। बेचो...बेचो माल बेचो, गाल बेचो, आइडियोलॉजी, विचार साहित्य कुछ भी बेचो नामा अपनी जेब में गया कि मानवता का भूत कुदन्ने मारता इधर से उधर दौड़ा नहीं। क्योंकि यह जो भारत यानी कि इण्डिया है, इन दिनों यहाँ युवा वर्ग को क्या चाहिए मीडिया की समझ से फास्ट बक और एक से एक लड़कियाँ, सेक्स...मेट्रो से कस्बे तक छान मारो सब जगह एक ही आवाज सुनाई देती है, बस ध्यान रखो तुम्हारी नजर इस युवा लड़के-लड़की की जेब पर होनी चाहिए। 24 गुणा सात के नाम पर कमाएँ और वो मुनाफा तुम्हारी जेब में जाये, ब्राण्ड और स्टेटस के नाम पर...वह फिर जवानी में मरा करे तो मरे...उसकी जगह दूसरा खरीदार, उपभोक्ता, कंज्यूमर आ जायेगा तुम्हारा खजाना तो भरा ही रहेगा ओ...वाउ...लाइटें बुझ रही हैं...जल रही हैं। हवा की सिसकियाँ और पत्तों की थरथराहट है चारों ओर...बूढ़े अपने जोड़ों के दर्द से परेशान झुके-झुके, हाथ-पाँव बाँधे चल रहे हैं, वहीं युवा, कूदते, फाँदते, उड़ते आसमान से बातें करते, गिरते एक दूसरे की कमर में हाथ डाले...अपनी दुनिया में खोए...सबसे बेपरवाह...

मेट्रो स्टेशन तो कम से कम इन सारी बातों का गवाह हैं ही।

एक छबीले हाथी की तरह मेट्रो आ पहुँची है। जंगलों में हाथी जिस तरह से एक कतार में चलते हैं मेट्रो भी तो बिल्कुल उसी तरह स्टेशन और यात्रियों की तरफ बढ़ती है। मेट्रो में चढ़ते ही खुशी का अहसास हुआ चलो कुछ देर के लिए तो सरदी से राहत मिलेगी। खैरियत थी कि अगले ही स्टेशन पर एक लड़की उठ गयी थी और बैठने की जगह मिल गयी थी। अब एक घण्टे का सफर आसानी से तय किया जा सकता है। आँख मूँदी ही थीं कि याद आया कि ओफ ओह, घर में दूध तो है ही नहीं। घर पहुँचते-पहुँचते दुकानें भी बन्द हो जायेंगी। चलो सवेरे देखा जायेगा। अक्सर सुबह से शाम तक की भाग-दौड़ में कुछ छूट जाता है। कभी दूध, कभी नाश्ता, कभी कोई जरूरी टेलीफोन, प्रेस के कपड़े, बिना मँजे बरतन, बिना खुली चिट्ठियाँ, काम वाली के न आने पर झाड़ू पोंछा, साबुन में भिगो देने पर भी बिना धुले कपड़े। एक दिन में बारह नहीं अड़तालीस घण्टे होने चाहिए। काम काम...घर में काम, दफ्तर में काम, बाजार में काम...खाते वक्त काम, सोते वक्त काम...ऑफिस में मीठी नींद के बारे में सोचना, सोते वक्त ऑफिस के बचे हुए काम...और बॉस की झिड़की के बारे में याद करके रात भर की नींद का गायब हो जाना। इन फ्लैटों की छत से तो तारे भी नहीं दिखते जो तारे गिनकर रात काटी जा सके। ले-देकर एक इतवार और उसमें इतने काम कि कभी-कभी तो

सवेरे उठकर समझ में नहीं आता है कि काम कहाँ से शुरू किया जाये। हफ्तेभर के कपड़े धोना, सफाई, हफ्तेभर के सामान की खरीदारी, जिनसे हफ्ते भर बात नहीं की उन्हें टेलीफोन करना...उस पर भी लोग कहते हैं कि एक सण्डे की छुट्टी होती तो है पूरे दिन घर में पड़ी-पड़ी क्या करती हो? यही फर्क है किसी चीज को पास से और दूर से देखने में। सण्डे की शाम तक लगने लगता है कि किसी कामकाजी औरत की जिन्दगी में सण्डे नहीं आना चाहिए। कहने को तो छुट्टी है मगर इतने काम होते हैं कि शाम तक आते-आते साँस उखड़ने लगती है। और दूसरों को लगता है कि सण्डे माने एक भरा-पूरा खाली दिन। शाम होते-होते डिप्रेशन होने लगता है कि जब सण्डे की छुट्टी बनी होगी तब कोई कामकाजी औरत नहीं रही होगी। ऊपर से शाम तक आते-आते सामने मुँह बाये खड़े एक लम्बे-चौड़े हफ्ते का अहसास और डराता है। शाम से रात हो गयी है।

मेट्रो बस्तियों के बीच से गुजर रही है मगर लगता है कि निर्जन से जा रही हो। जहाँ कोई न रहता हो। दूर तक डर का साम्राज्य हो। और एकाएक जैसे धक्का-सा लगा। ओह, यह क्या गजब हुआ। गीता का बर्थडे था और उसे फोन तक नहीं किया।

उसे फोन करने की कोशिश की मगर फोन आउट ऑफ रीच था। जब तक घर पहुँचूँगी, वह सो चुकी होगी। वह जल्दी सो जाती है। टी.वी. देखने का भी उसे शौक नहीं है। ज्यादा से ज्यादा देखेगी तो न्यूज। सास-बहू सीरियल्स को वह टाइम का वेस्टेज मानती है।

उसके परिचित उसे बिग बोर मानते हैं। और उसे मीना कुमारी की दादी के रोल में हमेशा फिट करते रहते हैं। उसके बाल, उसके कपड़े, उसकी बातचीत का ढंग सबको बहुत पुराना और बाबा आदम के जमाने का लगता है। अक्सर उसके परिचित इस बात पर शर्त बदते हैं कि कोई अगर यह पता कर ले सौ फीसदी कि गीता को शौक किस चीज का है तो सौ, दो सौ या हजार रुपये देने को तैयार हैं। पिक्चर देखना, टाइम नहीं है। कपड़े-लत्ते जितनी जरूरत हो उतने ही लेने चाहिए, घूमना-फिरना—बाद की थकान को कैसे झेलेंगे। अपनी अच्छी से अच्छी चीज किसी को देने में वह दो पल नहीं लगाती। वह चिढ़ाने की हद तक सेल्फलेस है। तब फिर उसके साथ ऐसा कैसे हो गया। संसार में हर फोर्स को बैलेंस करने के लिए दूसरा फोर्स मौजूद है, गीता के साथ भी शायद ऐसा ही कुछ हुआ होगा।

कानों में कुछ गूँज रहा है। आवाज तेज होती जा रही है। शायद यह शहनाई की आवाज है। फूलों की खुशबू चारों ओर फैली हुई है। आतिशबाजियाँ आसमान में चमकते तारों से होड़ कर रही हैं। हवा में भइया राजा बजाएगा बाजा की सुर

लहरी दूर-दूर तक गूँज रही है। ढोल-नगाड़े, बम-पटाखे सब बज रहे हैं। औरतें सजी-धजी मंगलाचार गा रही हैं। माँ आरती की थाली सजाए खड़ी हैं। उनकी इकलौती बेटी के ब्याह में कुछ कमी न रह जाये। और गीता है कि अपने गले-कान में लटके सब नकली जेवरों को फेंकने की फिराक में है। बस एक छोटी-सी चेन गले में, दो पतली-सी चूड़ियाँ और कानों में टॉप्स काफी हैं।

माँ अक्सर अपनी लाडली को उलाहना देती कहती—न जाने इस लड़की को क्या हुआ है? दुनिया की लड़कियाँ पहन-ओढ़कर रहती हैं लेकिन इसे किसी चीज का शौक ही नहीं है। यह तो इसी उमर में हमारी-तुम्हारी तरह बूढ़ी हो गयी।

लेकिन शान्त स्वभाव की गीता जब ससुराल जाने लगी तो वह इतना गला फाड़कर रोयी कि हैरान रह गये सब। आजकल भला कोई लड़की ऐसे रोती है। आखिर ऐसी क्या बात हुई कि गीता इतना रोयी कि आसमान फट पड़ा। कहीं ऐसा तो नहीं कि शादी उसकी मर्जी के खिलाफ हुई हो। अगर उसे कोई पसन्द भी था, तो उसने कहा क्यों नहीं? घर में तो कोई रोक-टोक थी नहीं...फिर क्या बात हुई? वह किसी से तो कह ही सकती थी—अपनी माँ से, भाभी से...भाई से...किसी सहेली से...वह चुप क्यों रही? वह कोई पचास के दशक की फिल्मी नायिका तो है नहीं कि किसी को मन ही मन चाहती और किसी से कुछ न कहती। माँ-बाप जिस खूँटे से बाँधते उसी से बँधी रहती। न ही कोई ऐसी बात थी कि पसन्द का लड़का अपनी जात का न होता तो कोई उसे जात बाहर कर देता। माँ के दिल में न जाने क्या-क्या बातें आ रही थीं मगर लड़की तो विदा हो चुकी थी...अब वह जाने उसका भाग्य या ईश्वर...

उधर गीता के ससुराल में उसके स्मार्ट हाई-फाई हस्बैण्ड ने भी वही सवाल पूछा था, कुछ घुमा-फिराकर कि क्या वह उसके सपनों का राजकुमार नहीं है। याकि उसे किसी प्रिंस चार्मिंग की तलाश थी...अब गीता लाख कहे कि नहीं ऐसी कोई बात नहीं मगर वह भला क्यों माने? विदा होती लड़की का रोना ऐसी क्या बड़ी बात है...अब गीता चाहे जितनी मिठास से बोले...अपने श्रीमान पतिदेव का ख्याल रखे मगर वह हँसते-बोलते, प्रेम करते, खाना खाते, घूमते...हनीमून पर इसी बात को सामने ले आते...लगता है तुम्हारे दिल में कोई और था...मैं तो बस बीच में टपक पड़ा...दूसरी बार जब गीता ससुराल गयी तो उसने तय कर रखा था कि घर से दूर होते वक्त रोना तो दूर उफ भी नहीं निकालेगी। उसी शाम पतिदेव ने कहा—लगता है, अपने प्रियतम से खूब मिली हो इन दिनों। तभी इस बार बिल्कुल नहीं रोयी। वरना पिछली बार तो आसमान सिर पर उठा लिया था। जरा हमें भी बताओ ऐसी क्या बात है उनमें जो हममें नहीं।

दूसरी बार जब वह ससुराल से मायके आयी, तो दो दिन के लिए ही। मगर दो दिन बीते...चार फिर छह...फिर महीना...जैसे-जैसे दिन का हिसाब बढ़ता गया...गीता की और साथ में उसके माता-पिता की बेचैनी बढ़ती गयी। फोन, मेल, चिट्ठी...किसी का जवाब नहीं आया।

लोगों से ये ताने और सुनने को मिलते...इसीलिए कहते हैं कि लड़की को अपने पाँव पर जरूर खड़ी करना चाहिए...कोरे पढ़ाने-लिखाने से क्या होता है, अगर कोई एक धेला न कमा सके। ऊपर से यह भी कि आखिर लड़की में ऐसी क्या कमी थी कि लड़के ने भेजा तो पीछे मुड़कर ही नहीं देखा। औरतें अपनी योग्यता का परिचय देते हुए कहतीं—आखिर ताली कोई एक हाथ से बजती नहीं। और फिर भइया अपने की कमी किसी को दिखती भी नहीं है। इशारा गीता के घर वालों की तरफ होता।

वक्त था कि कटता नहीं था। गीता कितना खाना पकाती, कितना सोती? कितनी सहेलियों से बात करती, कितनी बार बाजार जाती। कितनी बार पुराने स्वेटर उधेड़ती। कपड़ों में टाँके लगाती। उसे लगता उसके अलावा सभी को बहुत से काम हैं। तब उसकी मौसी ने उसे उसी कम्पनी में लगवा दिया था, जहाँ वह काम करती थीं। मौसी ने उसे समझाया—अपने को कुछ आज की तरह बनाओ। जैसे तुम्हारी उम्र की बाकी लड़कियाँ रहती हैं वैसे ही रहा करो। बिना किसी चख-चख के रहना है तो बुजुर्गों की इस बात पर अमल करो जैसा देस वैसा भेष।

नौकरी करने से दिन अच्छा कटने लगा। शाम को घर लौटती तो खाते-पकाते इतना समय ही न बचता कि कुछ किया जा सके। कुछ सोचा जा सके। हफ्ता इतनी जल्दी बीतता कि लगता इतवार कल गया था फिर आज आ गया।

और जिसकी उम्मीद थी उस शाम लौटने पर नोटिस एक बुरी खबर की तरह गिरा था। हस्बैण्ड को तलाक चाहिए था। घर वालों को बहुत बुरा लगा भाई, तो देख लेने की धमकी देने लगे।

मगर गीता को लगता कि अब वह कभी वहाँ नहीं जायेगी। कभी-कभी तो उसे लगने लगता कि जैसे सब कुछ सपने में हुआ है। उसकी शादी कभी हुई नहीं थी। पति नाम के किसी आदमी से कभी कोई वास्ता नहीं पड़ा था।

जब तक तलाक हुआ काले बालों में सफेदी छा गयी। कोर्ट-कचहरी के चक्कर लगाते-लगाते यह भी भूलने लगी कि आखिर इतनी उम्र किस आफत में बीत गयी। कैसे बीत गयी। माँ भी नहीं रही? माँ के जाते ही सब कुछ बदल गया। घर वालों पर कमाते-धमाते, घर में पैसे देते, दिन-रात काम करते वह बोझ बन गयी। दस कमरों का घर उसके अकेले रहने के कारण छोटा पड़ गया। अक्सर

उसे सुनाई देता कि बच्चे बड़े हो गये हैं। घर में जगह कम पड़ गयी है। हालाँकि यह मकान उसके पिता का भी था। वह भी बराबर की हिस्सेदार थी। पर कौन कोर्ट-कचहरी के फिर से चक्कर काटता। कौन उसकी मदद करता। प्रॉपर्टी में हिस्सा माँगते ही वह घर से बाहर पहले निकाल दी जाती, हिस्सा मिलता न मिलता। सौ लांछन अलग से लगते।

क्या करे, उसने अपनी उन्हीं मौसी से पूछा। जो खुद बहुत अशक्त हो चुकी थीं। अपने बच्चों से वैसे ही परेशान थीं जैसे अधिकतर माता-पिता होते हैं। गीता के पूछने पर बोलीं—क्या करूँ बेटी? मैं तो खुद दूसरों के भरोसे हूँ। यह भी तो नहीं कह सकती कि मेरे ही घर आ जाओ।

गीता ने धीरे-धीरे घर ढूँढना शुरू किया। जहाँ जाती दस सवालों का सामना करना पड़ता—अकेली क्यों रहोगी? घर वाले कहाँ हैं। इस उमर तक शादी क्यों नहीं की? तलाक क्यों हुआ? पति से क्यों नहीं बनी। क्या दोबारा शादी करोगी। तुमसे मिलने आदमी तो नहीं आया करेंगे। घर में नॉनवेज तो नहीं पकेगा? वह अपनी करुण कथा सुनाते-सुनाते, बातों को दोहराते-दोहराते तंग आ गयी थी मगर पूछने वाले नहीं थके थे।

भला हो उसके साथ काम करने वाली शैली का। एक दिन लंच में कहा था कि यदि वह चाहे तो अपने घर का एक कमरा उसे दे सकती है। बस उस सुबह जो वह घर से निकली तो फिर कभी वापस घर नहीं गयी। हालाँकि घर बचा ही कितना था? माता-पिता के जाते ही वह तो पहले ही पराया हो चुका था।

शैली की बसी हुई गृहस्थी देखती तो मन में हूक-सी उठती। आखिर उसने ऐसा क्या किया था कि जीवन ऐसा मिला जहाँ कोई ऐसा नहीं कि अपना कहा जा सके। जो अपने कहलाते थे वे घर से बाहर निकलने के बाद एक बार भी तो पूछने नहीं आये कि जीती है कि मरती है। आते भी क्यों? माँ-बाप रहे नहीं। सारी डोर टूट गयी...लाख राखियाँ बाँधते रहो पर जैसे ही जिम्मेदारी का बोझ सामने दिखाई देता है उसी दिन, उसी शाम उस रंगीन धागे का अर्थ खत्म हो जाता है।

सुबह...शाम... दोपहर रात...कि एक दिन रात के वक्त शैली ने उससे कहा था—कब तक इस तरह अकेली रहेगी?

—जब तक जिन्दगी है।

—अगर बीमार पड़ गयीं तो...

—पड़ गयी तो देखा जायेगा। जितने भी लोग बीमार पड़ते हैं उन सभी के तो देखने वाले नहीं होते।

—खैर, बहस नहीं दोबारा कुछ क्यों नहीं सोचती?

—क्या, क्या सोचूँ?

—दोबारा सैटल होने के बारे में।

—अब इस उम्र में...

उस दिन तो शैली यों ही चली गयी। उसके पाँव की धमक-धमक दूर तक सुनाई देती रही।

गीता की समझ में नहीं आया कि वह ऐसा क्यों करे? एक बार बची है क्या पता दोबारा न बचे। अभी अकेली है तो अपनी नींद सोती है, अपनी नींद जागती है। मन करे तो खाती है नहीं करता तो नहीं खाती, छुट्टी के दिन जब तक चाहे सोती है।

एक रविवार जब गीता घर पर थी, शैली अपने साथ एक सुदर्शन आदमी को लेकर आयी—ये मेरा ममेरा भाई। इस बेचारे के साथ बड़ी ट्रेजेडी हुई। पत्नी की रोड एक्सीडेंट में डेथ हो गयी। बच्चे भी हैं दो। गीता को दुख हुआ। हे ईश्वर, तू किस बात का ईश्वर है जो जीवन देता है और साथ में इतने सारे दुख भी।

शैली के भाई से एक-दो बार मुलाकात हुई ही थी।

बाहर तेज तूफान चल रहा था। लंच के वक्त शैली ने साफ शब्दों में पूछ लिया था—क्या तू मेरे भाई से शादी करेगी?

गीता हकबका गयी। यह शादी की बात कहाँ से आ गयी?

—क्योंकि तू उसे बहुत पसन्द है।

—उसकी पसन्द से क्या हो सकता है?

—क्यों वह तुझे नापसन्द है।

गीता की समझ में कुछ नहीं आ रहा था। जिन्दगी ठीक-ठाक कट तो रही है, अब किसी और की जरूरत कहाँ? वह खुद से पूछती...चिड़ियों, जानवरों, मजदूरों, किसानों से उसका पूछने का मन करता, एक अकेली स्त्री का रहना क्या अपराध है। उसे चैन से क्यों नहीं रहने देते? इस उम्र में शादी क्यों करूँ?

लेकिन अगर कर लूँ तो...

और एक शाम जब वह शैली के भाई बलजीत के घर उसकी पत्नी बनकर पहुँची तो वहाँ दो मुँह फुलाए बच्चों से उसका सामना हुआ। वह बच्चों को मनाने की बहुत कोशिश करती। उनकी पसन्द का खाना बनाती। उनके साथ घूमने का प्रोग्राम बनाती, उनके दोस्तों से प्यार करती मगर बच्चे...एक दिन उसने घर में रखा पुराना बक्सा खोला था। उसमें बहुत से कपड़े रखे हुए थे। उसने उनमें से निकालकर एक साड़ी पहन ली थी। शायद बच्चे अपनी माँ के कपड़े देख उसे अपनी माँ समझ सकें। बड़ी लड़की जो स्कूल जाने के लिए बाहर जा रही थी

उसने अपना बस्ता दीवार पर उठाकर दे मारा...गुलदस्ते के टुकड़े-टुकड़े कर दिये। वहीं से उसकी तरफ लपकी—तूने हमारे पापा छीन लिए...अब हमारी माँ की यादों को भी हमसे छीनना चाहती है...धक्के से वह गिरी तो होश नहीं रहा...चोट से कहीं ज्यादा चोट उसे उस बच्ची के शब्दों से लगी थी। एक दोपहर जब अस्पताल में कोई नहीं था वह निकल पड़ी...

दूसरी शादी करके बस साथी तलाश करने निकली थी मगर सब कुछ खो गया और पता नहीं चला।

(आजकल, 2009)

तुम्हारी बेटी

बाजार में अच्छी-खासी गहमागहमी थी। जगह-जगह चाँदी जैसी पन्नियों से तोरण बनाये गये थे। हालाँकि दो दिन पहले ही भीड़-भाड़ भरे इलाकों में बम फटे थे, शोक की रस्म अदायगी भी हुई थी मगर शोक में भी लोग अपने त्योहार को काला क्यों करते।

आशिमा की माँ को भी चिन्ता थी कि कहीं वह इस भीड़ में बिछड़ न जाये हालाँकि न तो यहाँ से घर इतना दूर था, न ही वह इतनी छोटी थी कि अकेले घर ही न लौट सके। मगर माँ थी कि उसके लिए वह उतनी छोटी आशा थी जो उसकी मदद के बिना चल ही नहीं सकती थी। बाजार में सब माता-पिता अपने-अपने बच्चों के साथ आये थे। तभी आशिमा की नजर सूदर पीते एक बच्चे पर पड़ी। बच्चा बड़े मजे से प्रेम में लेटा था और हाथ-पाँव मारता हुआ सूदर का आनन्द ले रहा था।

क्या मैं भी ऐसे ही प्रेम में लेटी रहती थी, जब मैं छोटी थी?

वह लगातार उस बच्चे को घूरती हुई सवाल दर सवाल किये जा रही थी।

मैं भी ऐसे ही सूदर पीती थी। मैं कहाँ पैदा हुई थी?

अस्पताल में।

अस्पताल में कैसे पैदा होते हैं? घर में क्यों नहीं?

उसके पूछे गये सारे सवालों का उत्तर देना कितना मुश्किल था?

एक बार तो तू भरे बाजार में जमीन पर लेट गयी थी। सामने से रिक्शा आ रहा था, वह तो एक आदमी ने दौड़कर तुझे उठाया था। भला हो उस आदमी का पता नहीं कौन था? वरना तो तू आज जिन्दा न होती।

लेकिन मैं क्यों लेट गयी थी? जरूर तुमने डाँटा होगा। तुम तो हमेशा से ही मुझे डाँटती रहती हो। शायद जब मैं पैदा हुई थी तब तुम्हें लड़की का पैदा होना अच्छा नहीं लगा होगा।

हाँ, अच्छा नहीं लगा था तभी तो तू आज गज भर की जबान चला रही

है।...लड़का-लड़की का फर्क सीखकर उसे वहाँ भी लागू करने की कोशिश करते हो जहाँ वह हुआ ही नहीं होता। –मैंने गुस्से से कहा तो वह बात बदलते हुए बोली।

अच्छा मगर बताओ तो मैं सड़क पर क्यों लेट गयी थी?

क्योंकि एक बच्चे के पास जैसी पानी की बोतल थी तू वैसी ही बोतल माँग रही थी। उस दिन न जाने कितनी दुकानों में ढूँढा, मगर वैसी बोतल नहीं मिली। तू थी कि उसी बोतल के पीछे पड़ी थी। जब कहीं बोतल नहीं मिली तो बस तू जमीन पर लेट गयी। पाँव पटक-पटककर जिद करने लगी कि मुझे तो वैसी ही बोतल चाहिए।

यह बात सुनकर वह इतनी जोर से हँसी कि हँसती ही रह गयी। आदत थी उसकी एक बार हँसना शुरू करती तो हँसती ही जाती...हँसते-हँसते पेट पकड़ लेती...आँसू बहने लगते मगर वह न मानती...त्योहार की शॉपिंग करके घर लौटे तो पैर दर्द कर रहे थे। वहाँ ले-देकर एक ढाबा था, जिसमें पैर रखने तक की जगह नहीं थी। खाना खाना तो दूर की बात थी। घर पहुँचकर जैसे-तैसे खिचड़ी बनायी। अचार के साथ वह खिचड़ी खाती जाती और मजे करती जाती। फिर उसने टीवी ऑन किया और देर तक उस पर आते सीरियल्स को देखती रही। मैं बार-बार उसे टोकती कि सवेरे उसे स्कूल जाना है सो जाओ।

जैसे-तैसे खाकर सोए...जब चिड़ियाँ चहकने लगीं तो आँखें खुलीं। उठने का मन नहीं कर रहा था। मगर नहीं उठी तो इसके स्कूल जाने में देर हो जायेगी। उठकर फौरन चाय बनायी। रात को खिचड़ी खाई थी इसलिए इस वक्त कुछ हैवी चाहिए था इसलिए परांठा सेंकने लगी। उसकी प्रिय आलू-प्याज की सब्जी बनायी। सैंडविच भी बनाया। दो परांठे अपने लिए पैक किये। काम वाली आकर झाड़ू लगा रही थी कि मैंने जाकर उसे उठाने की कोशिश की। वह जोर से चिल्लाई–मुझे नहीं जाना है स्कूल।

क्यों नहीं जाना है?

क्यों का क्या मतलब है। बस नहीं जाना है।

इस तरह की जिद नहीं करते। चलो उठो जल्दी।

जिद नहीं बस मुझे नहीं जाना। --कहते हुए उसने तकिया उठाकर जमीन पर दे मारा। चद्दर एक तरफ फेंकी। बस्ते में से निकालकर सारी किताबें चारों ओर फैला दीं। सवेरे-सवेरे उसकी इस हरकत पर गुस्सा तो बहुत आया मगर इस वक्त नाराजगी का मतलब था अपना पूरा दिन खराब करना। शायद वह चाहती भी यही थी कि उसकी हरकतों से तंग आकर मैं नाराजगी दिखाऊँ और वह रूठ जाये

जिससे कि उसे स्कूल न जाना पड़े। हुआ भी यही। जब मैंने उसकी बात पर ध्यान नहीं दिया तो वह आँ ऊँ करने लगी...कहने लगी कि आज वह नहीं जायेगी तो क्या हो जायेगा?...मगर अगर एक दिन वह स्कूल जाने का बहाना बनाने लगे तो हर रोज वह यही करेगी। आज पेट में दर्द है। आज मुझे ठीक से नींद नहीं आयी। आज मूड खराब था। मैंने जबर्दस्ती उसे उठाया। वह बहुत देर तक बिस्तर पर ऐंठती रही। चीखती रही। मुझे नहीं जाना स्कूल, मुझे नहीं पढ़ना मुझे कुछ भी नहीं करना। फिर उसने दोबारा दूसरा तकिया उठाकर दीवार पर दे मारा।

उसे छोड़कर मैं खाना पैक करने चली गयी थी। घड़ी की सूई पर आखिर उसकी जिद से कोई फर्क नहीं पड़ रहा था। वह देर कराने पर आमादा थी। अगर बस निकल जाये तो कितनी भारी मुसीबत का सामना करना पड़ता है इसे न तो वह जानती थी न उसकी उम्र ही थी, उसे जानने की। मैंने उसका टिफिन पैक करके मेज पर रख दिया उसके जूते निकाले उसमें मोजे रख दिये। बस्ते से बाहर जो किताबें रखी थीं उन्हें बस्ते में ठूँसा। ऐसा करने में मुझे कुछ ही समय लगा। वह करती तो एक काम के करने में इतनी देर लगा देती कि स्कूल जाती ही नहीं। उसके पिता होते तो शायद इसके आँसुओं और जिद को देखकर पिघल भी जाते। मुझे ये दोनों मिलकर मजाक में आयरन लेडी कहते हैं।

मैंने तकिए को वहीं रख दिया जहाँ से उसे फेंका था। किताबें बटोरकर बस्ते में रख दीं। जूते पॉलिश किये। क्या पता यह बहाना बना दे कि मेरे तो जूते ही पॉलिश नहीं हैं। स्कूल कैसे जाऊँ। अपने बिस्तर पर लेटी वह देख रही थी कि मैं उसके स्कूल जाने की तैयारी में ही लगी हूँ और उसकी किसी हरकत का मेरे ऊपर कोई प्रभाव ही नहीं पड़ रहा है। कुछ देर उसने करवट बदली...फिर उठकर बैठी। फिर पाँव घसीटती हुई बाथरूम में गयी। वह बाथरूप से निकली तो उसके नकुए फूले हुए थे। नाश्ते की प्लेट को उसने हिकारत से देखा। फिर लानत भेजते हुए बोली—यह कोई सैंडविच बनाया है। न मक्खन ठीक से लगाया है न खीरा, टमाटर, प्याज ही। और परांठा कैसे खाऊँ सब्जी में तो नमक ही नहीं है। मुझे पता था कि वह बात को बढ़ाने के फिराक में है जिससे कि उसे स्कूल न जाना पड़े। उसकी बात का बिना कोई जवाब दिये मैंने उसे स्कूल जाने के लिए लगभग मजबूर किया। वह चूहे की तरह कुतर-कुतर कर खाने लगी। लेकिन उसकी नाक अभी तक फूली हुई थी। बाहर निकले तो वह पैर घसीट-घसीटकर आगे-आगे चलने लगी।

उसे बस में बैठाया तो चैन की साँस आयी। इन बच्चों को पालने की

मुसीबत माता-पिता क्यों लेते हैं? इन दिनों इन्हें माँ-बाप के एक्सपेंस पर सब कुछ चाहिए।

भगवान का शुक्र है कि आज इसके पिता वापस आ जायेंगे। तब अकेले ही इसकी आफत नहीं उठानी पड़ेगी। आजकल दो माता-पिता मिलकर एक बच्चे को नहीं पाल पाते।

शाम को उसका मूड कुछ ठीक था। वह कभी जोर से गाना गाती कभी टीवी जोर से चलाती, मुझे देखकर तरह-तरह के मुँह बनाती। कभी धम-धम करके चलती।

फिर एकाएक वह मेरे सामने आ खड़ी हुई। उसके हाथ कमर पर रखे हुए थे। फूली हुई नाक की जगह अब जलती हुई आँखों ने ले ली थी। बोली—मुझे पता है कि आजकल तुम मुझे प्यार क्यों नहीं करती हो?

क्या मतलब?

आज सुबह मैं स्कूल नहीं जाना चाहती थी फिर भी तुमने मुझे भेजा।

तो...स्कूल भेजने में प्यार न करना कहाँ से आ गया? जब तक बीमारी-हारी न हो स्कूल से छुट्टी क्यों करनी चाहिए।

तो क्या अगर एक दिन मैं न जाती तो क्या हो जाता? मेरी फ्रेंड्स की मम्मियाँ तो स्कूल न आने पर उनसे कुछ नहीं कहती हैं। एक तुम ही हो जो मेरे पीछे पड़ी रहती हो।

उसकी बात का मैंने कोई जवाब नहीं दिया तो वह मुझे झिंझोड़ने लगी। —बोलो, बोलती क्यों नहीं?

क्यों फालतू की बातों में लगी हो। आराम से बैठती क्यों नहीं? पता नहीं कभी-कभी तुम्हें क्या हो जाता है?

क्या आराम से नहीं बैठतीं? मुझे मालूम है कि तुम ऐसा क्यों करती हो?

मैंने उसकी तरफ देखा—क्यों करती हूँ?

उसकी आँखें बरसने को हो रही थीं—मेरी मम्मी नहीं हो। मैं तुम्हारी एडाप्टेड डॉटर हूँ। मुझे बता दो, मेरे बायोलॉजिकल पेरेंट्स कहाँ हैं? मैं उनके पास चली जाऊँगी।

इरो...इसे यह सब कैसे पता चला...हमने तो कभी नहीं बताया...कौन... किसने...ऐसा लगा कि पूरा कमरा घूम रहा है...साँस घुट रही है। घबराहट में दिल जोर से धड़कने लगा।

तुमसे यह सब किसने कहा?

यह क्यों पूछ रही हो? मुझे तो यह बताओ कि यह सच है कि नहीं...

सच-झूठ के पीछे क्यों पड़ी हो? मैं ही तुम्हारी माँ हूँ। सच क्या झूठ किसे क्या बताऊँ...क्या कहूँ...कभी तो इसे कोई कमी नहीं रहने दी है। ये सब बातें इसके दिमाग में कहाँ से आ गयी हैं। हे ईश्वर कौन दुश्मन है जो इसे पट्टी पढ़ा रहा है। इसके दिल में कौन है जो जहर भर रहा है। ऐसा क्या किया जो इसे लगा...अभी इतनी बड़ी भी तो नहीं हुई है कि सब बातों के अर्थ समझ सके।

मैं कुछ नहीं बोली। रसोई में आकर काम समेटने लगी। आँसू आ रहे थे। मगर उन्हें रोकना पड़ रहा था।

पूरे दिन ऑफिस में मन भी नहीं लगा था इसी बात का ख्याल आता रहा। घर से टिफिन ले तो गयी थी मगर खाया भी होगा कि नहीं, कहीं रो तो नहीं रही होगी। इन दिनों ज्यादा जिद्दी भी होती जा रही है। उसे लगता है कि दूसरों के माता-पिता अपने बच्चों को ज्यादा प्यार करते हैं। मैं और उसके पिता मजाक में कहते भी कि तू अपने मम्मी-पापा बदल ले न। यह सुनकर वह खिसिया जाती और कहती, कितनी अजीब बातें करती हो।

इसने सामान फैलाने में जितनी देर लगाई होगी, उससे चौगुनी देर मुझे सामान बटोरने में लगेगी मगर इसे इससे क्या, इसका तो सारा काम बैठे-बिठाए हो जाता है।

गुस्से से सिर भन्नाने लगा फिर रोना भी आने लगा। समझ में नहीं आया कि चाहती क्या है? कुछ दिनों से इसे क्या हो गया है? कोई बात नहीं मानती है। बस अपनी हर बात मनवानी ही है। जो बच्चों के लिए करे वे उसी पर सबसे ज्यादा गुस्सा निकालते हैं ऐसा क्यों है?

मैं नहीं चाहती थी कि उससे ऐसा कुछ बोलूँ कि वह और जिद करे। समझ में नहीं आ रहा था कि क्या करूँ? अभी से इसका यह हाल है तो आगे क्या होगा? खाना बनाने का मन भी नहीं कर रहा था। रात-दिन एक चक्की जिसमें लगे रहो...लगे रहो...कितनी रातें कितने दिन, सुबह-दोपहार-शाम किसी का भी तो ख्याल नहीं...कोल्हू के बैल को भी थोड़ा आराम मिल जाता होगा मगर माँ की किस्मत में तो वह भी नहीं लिखा...अच्छा है जो आज की लड़कियाँ-लड़के छोटी उमर में जिन्दगी को जी लेना चाहते हैं...वे भविष्य के बारे में नहीं सोचते। वे तो बच्चे भी पैदा नहीं करना चाहते। कम से कम उम्र बीतने के बाद यह पछतावा तो नहीं रहता होगा कि जीवन में जिम्मेदारियाँ निभाने के अलावा और कुछ किया ही नहीं। हमारी जेनरेशन की औरतें क्या मिला सिवाय घर, बाहर, बाजार, दफ्तर सब जगह सिवाय पिसने के।

मैं कुछ सोचती उससे पहले ही कमर पर हाथ रखकर वह वहीं आ खड़ी हुई

जहाँ मैं बठी थी। मैंने उसकी तरफ देखा नहीं तो वह चीखकर बोली—ऐसे मुँह क्यों फुला रखा है। बोलती क्यों नहीं? उससे उलझना न पड़े इसलिए मैं दूसरे कमरे में चली गयी।

थोड़ी देर में वह भी वहीं आ पहुँची और कमर पर हाथ रखकर मुझे देखने लगी। फिर धमधम करती रसोई में पहुँची और चाय बनाने लगी। मैं वहाँ से आकर टीवी देखने लगी। हालाँकि उसमें भी मेरा मन नहीं लग रहा था।

थोड़ी ही देर में वह चाय लिये आ पहुँची और चिल्लाते हुए बोली—लो चाय पियो।

मन नहीं था मगर फिर भी कप पकड़ लिया। इसका क्या भरोसा मना करूँ तो कप को दीवार से दे मारे। क्या हो गया आजकल के बच्चों को, किससे इतने नाराज हैं और क्यों? कुछ भी तो अच्छा नहीं लग रहा था। समझ में नहीं आ रहा था कि किसने इससे ये सारी बातें कही थीं...इसके पापा से पूछूँ...लेकिन पता नहीं कहाँ होंगे। ऐसी बातें पूछने से कहीं नाराज न हो जायें। ब्लडप्रेशर न बढ़ जाये। बच्चे तो कुछ भी कह गुजरते हैं कभी नहीं सोचते कि माता-पिता पर इन बातों का क्या असर पड़ेगा। उन्हें तो लगता है कि माता-पिता शायद उस मिट्टी के बने हैं जिस पर किसी बात से कोई फरक नहीं पड़ता है। कुछ भी कह दो...माता-पिता को हमेशा माफ करते रहना चाहिए।

मैं फिर भी कुछ न बोली तो उसने वहाँ रखा म्यूजिक सिस्टम ऑन कर दिया। फिर थोड़ी देर में खुद ही उसे ऑफ कर दिया।

वह फिर कहने लगी—खाना दो।

नहीं बनाया।

क्यों नहीं बनाया?

क्यों यह भगवान ने लिख दिया कि मैं खाना जरूर बनाऊँ।

क्यों नहीं बनाओगी...मम्मी नहीं हो।

मुझसे फालतू बात करने की जरूरत नहीं है।

इसमें फालतू बात क्या है? मुझे भूख लगी है।

अपने आप बना लो।

चाय बना सकती हूँ तो क्या खाना नहीं। कहकर वह रसोई में घुस गयी। थोड़ी ही देर में खीरा-प्याज-टमाटर के सैंडविच बनाकर ले आयी। एक प्लेट मेरे सामने रखी। दूसरी से खुद खाने लगी। अगर तुमने मुझे गोद लिया है तो यह बताओ कि मेरी बायोलॉजिकल मदर कहाँ है...बताओ कहाँ से लायी थी मुझे... सड़क से...

यही समझ लो...मैंने गुस्से से कहा।

समझ क्या लूँ...मान गयीं न कि मैं तुम्हारी बेटी नहीं हूँ अब तक की उसकी गुर्राहट एकाएक अवसाद में घिर गयी। उसका चेहरा मेरे देखते-देखते काला पड़ गया।

यानी कि सचमुच मैं तुम्हारी बेटी नहीं हूँ...नहीं हूँ...क्या तुम झूठ नहीं बोल सकती थीं कि जो मैं कह रही हूँ वह सच नहीं है। मैं तुम्हारी ही बेटी हूँ...अब लाकर दो मेरी असली माँ...मैंने उसकी तरफ देखा और चुपचाप दूसरे कमरे में चली गयी...पता नहीं, अब क्या होने वाला था। सुबह जब मैं उठी तो वह मुझसे पहले उठ गयी थी। आज उसने स्कूल जाने में भी आनाकानी नहीं की। आज और कल में इतना बदलाव कैसे हो गया। जब मैंने ऑफिस जाने के लिए अपना बैग उठाया तो वहाँ एक कागज रखा था, जिसमें लिखा था—मुझे मालूम है, मैं तुम्हारी बेटी नहीं हूँ। तुमने मुझे एडाप्ट किया है। लेकिन तुमने मुझे यह कभी अहसास भी नहीं होने दिया...सच मैंने तुम्हें परेशान किया...माफ कर देना...उसकी भाषा में कितनी औपचारिकता छिपी हुई थी। एक दूरी जो उसके मेरे बीच लगातार बढ़ती जा रही थी। कोई बताए कि इसमें मेरा कसूर क्या था।

(रेडियो, 2009)

माँ

आसमान परत दर परत था। आसमान और धरती के बीच में धूल के परदे खिंचे हुए थे। पेड़ हवा की ताल पर थिरकते हुए गिरने-गिरने को हो रहे थे। उनके पत्तों और डालियों की सर-सर आवाज चारों ओर फैली थी। कहीं कोई डाली टूटकर गिरे और कचूमर निकाल दे। पत्ते पक्षियों की तरह हवा में लहरा रहे थे। और पक्षियों ने अपने पंखों का रुख आसमान की तरफ मोड़ दिया था। जिधर की हवा उधर ही पंख फैलाए वे आसमान में नृत्य कर रहे थे।

नाक-कान ढकने के बावजूद धूल घुसी चली आ रही थी। दाँत किटकिटा रहे थे। आँधी जो थी। घर में किस चीज पर धूल की परत नहीं थी। ऐसे में सबसे पहला काम तो यही था कि बाकी सब काम भूलकर पहले घर की सफाई की जाये। फर्श, सोफा, टीवी, फ्रिज, गिलास-कटोरी सबकी सफाई...ओह पूरे दिन की थकान के बाद इतना काम फैला हुआ था, जैसे दिन अभी शुरू हुआ हो। आखिर यह आँधी आती ही क्यों है? कोई इसका स्वागत नहीं करता फिर भी यह हर घर में घुसी चली आती है। सैकड़ों-हजारों किलोमीटर की यात्रा करती-करती यह धूल सिर्फ घर-घर में किसी स्वागत के लिए बल्कि दुत्कारे जाने के लिए घुसती है।

ओफ पूरे दो घण्टे बीत गये हाथ में झाड़न पकड़े फिर भी लगता है कि कुछ किसकिसाहट अभी बाकी है। खाना भी बनाना है। अरे, मगर फ्रिज में कोई सब्जी तो है ही नहीं, बनाऊँ क्या? खिड़की से बाहर झाँककर देखा तो आँधी का जोर कुछ कम लगा। हल्की बूँदाबाँदी हो रही थी। मिट्टी और पानी की मिली-जुली सोंधी गन्ध हवा में फैली थी। बारिश बस वैसी ही थी जैसी आँधी के बाद आती है। वरना तो घटाटोप के आसार तो कहीं नजर नहीं आ रहे थे।

सीढ़ी उतरकर बाहर निकली तो एक कुत्ता कान फड़फड़ाता हुआ और एक बिल्ली म्याऊँ करती दीवार पर चढ़ी दिखाई दी। क्या इनकी आँखों में आँधी की धूल नहीं पड़ती और क्या इन्हें भी आँधी आने के बाद अपने घर की सफाई नहीं करनी पड़ती है। कैसे-कैसे ख्याल आ रहे थे। बाजार जाकर जल्दी से लौटना था

वरना तो खाना बनाने में देर हो जाती। पेट में चूहे वैसे ही उछल-कूद मचाए थे। सुबह के लिए सब्जी भी काटकर रखनी थी। एक काम में देर हो जाये तो हर काम में देर होती चली जाती है। पूरा शिड्यूल चौपट हो जाता है।

अष्टवाहिनी दुर्गा की बात औरतों से जुड़े हजार काम के कारण ही सोची गयी होगी। सचमुच कई हाथ और पैर चाहिए। काम कभी निपटते नहीं। एक को निबटाओ तो दस और मुँह फैलाए खड़े रहते हैं। दस निपटें तो सौ दिखाई देते हैं। पीठ पर लदा एक कोल्हू जो हमेशा चलता रहता है। कुछ और आगे बढ़ी तो देखा कि तेज आँधी को कदम्ब का पेड़ झेल नहीं सका था और वह जड़ समेत उखड़कर रास्ता रोककर पड़ा था।

अरे यह कैसे उखड़ गया?

आँधी थी ही इतनी तेज कि पूरी दिल्ली में न जाने कितने ऐसे पेड़ उखड़ गये हैं। टीवी पर दिखा तो रहे हैं। ये समझो कि किसी के ऊपर नहीं गिरा वरना जान न बचती। पुराने जमाने में इसीलिए कहते थे कि जब आँधी-तूफान आ रहा हो तो घर से बाहर नहीं निकलना चाहिए। —सामने खड़े खन्ना साहब ने कहा।

पेड़ ऐसे पड़ा था जैसे एक्सीडेंट में घायल कोई नौजवान सड़क पर पड़ा अन्तिम साँसें ले रहा हो। वहाँ आस-पास लोग उसी तरह आ-जा रहे थे, जैसे किसी घायल को किस्मत के हवाले छोड़कर लोग चले जाते हैं। वह मरे या जिए...

अब...पहले तो इसे यहाँ से पार्क में खींचकर दूसरी तरफ करना चाहिए। मगर कैसे। खुद से तो एक डाली भी नहीं खिंचेगी। किसी से कहूँ...मगर सब्जी और खाना...पहले सब्जी ही ले आती हूँ। सब्जी का ठेला बाहर ही मिल गया। लगभग काँपती हुई आवाज में कहा—हाँ भइया, जरा एक किलो प्याज, एक किलो आलू, आधा किलो टमाटर, एक पाव भिंडी, हरी मिर्च, धनिया देना तो...एक साँस में इतनी सारी सब्जियों के नाभ, जैसे गाड़ी छूटी जा रही हो। लेकिन सब्जी वाले ने सुनने में कोई गलती नहीं की। उसने वही और उतनी ही सब्जियों को तोला जितनी उसे बतायी गयी थीं। लौटते हुए फिर कदम्ब दिख गया। वह मर रहा था मगर किसी को इसकी चिन्ता नहीं थी। आसमान आँधी आने के बाद दमक रहा था। वहाँ भी पेड़ की असामयिक मौत पर कोई दुख नहीं मना रहा था।

कल ये सब मिलकर इसके टुकड़े-टुकड़े कर देंगे। लकड़ियाँ कहीं होंगी, पत्ते कहीं, जड़ें कहीं...किसी को पता भी नहीं चलेगा कि कभी कोई कदम्ब भी यहाँ था। वैसे कृष्ण जन्माष्टमी मनाएँगे और वैसे कृष्ण के प्रिय पेड़ की इतनी दुर्दशा ...हे भगवान किससे कहूँ...मेरे बच्चे, मेरे कदम्ब मुझे माफ कर देना...तुम्हारे लिए मनुष्यवादी दुनिया में कोई अस्पताल भी तो नहीं, जहाँ तुम्हारा इलाज करा सकूँ।

सामने आते मनोहर सिंह से कहा तो वह बोले—हाँ, हरा-भरा पेड़ गिर गया। एक पेड़ को ऐसा कद्दावर बनने में दसियों साल लग जाते हैं और देखो, गिरने में जरा-सा समय लगा।

मगर हम चाहें तो इसे बचा भी सकते हैं।—मैंने कहा।

आदमियों को तो कोई बचाता नहीं पेड़ को कौन बचाएगा। किसी से कहना भी मत नहीं तो लोग पागल या सनकी समझेंगे। वैसे भी आदमी की जिन्दगी का पता नहीं, पेड़ की चिन्ता में दुबले हुए जा रहे हैं। —कहते हुए वह आगे चले गये।

कोई मुझे पागल न समझे तो क्या इसके लिए पेड़ को मर जाने दूँ...इसने न जाने कितनी ऑक्सीजन दी...कितने कार्बन को सोखा...पता नहीं कितने पक्षियों का इस पर घर था। कितने तोते इस पर आते-जाते बैठते थे। कितनी गिलहरियाँ इस पर धमा-चौकड़ी मचाती थीं। गिरगिट किसी बूढ़े की तरह अपनी गरदन लम्बी करके हिलाते थे। कितनी बुलबुलें इस पर मीठे राग गाती थीं...कितनी रंग-बिरंगी तितलियाँ इसका हाल-चाल पूछती थीं...और यह आज अकाल मृत्यु तो...तो क्या इसे ऐसे ही खत्म हो जाने दूँ। कोई इसके किये अहसान याद भी रखे तो भी क्या किसी जीते-जागते को हम यों ही मर जाने देंगे।

हवा से पेड़ों के पत्ते हिल रहे थे मगर कदम्ब के चौड़े बड़े पत्तों में जैसे जान ही नहीं थी। उसकी मजबूत जड़ें किसी साधु की लटों की तरह इधर-उधर बिखरी थीं। वह कराह रहा होगा मगर उसकी कराह किसी को सुनाई नहीं दे रही थी। उसे देख बचपन का वह पपीते का पेड़ याद आ गया था...उस बड़े घेर में जहाँ पपीते का पेड़ लगा था, वहाँ बाउण्ड्री बननी थी, इसलिए उस पेड़ को कटना था। देखते-देखते पेड़ पीला पड़ गया था। उस पर लगे फल बिना बड़े हुए ही पीले पड़ गये थे। पेड़ ने इस बात को समझ लिया था कि उसका समय करीब है। अब कुल्हाड़ी से उसे कोई नहीं बचा सकता। मगर कदम्ब को तो इस बात का पता ही नहीं चला होगा कि सूँ-सूँ करती आँधी उसे उड़ा देगी। वह जड़ समेत उखड़कर औंधे मुँह गिर पड़ेगा। रात सपने में लगा गला कितना सूख रहा है। रह-रहकर जमीन पर पड़ा कदम्ब दिखाई देता।

कभी वह घर के बच्चे में बदल जाता, कभी किसी मित्र और रिश्तेदार में ऐसा लगता था कि घर का हर सदस्य कराह रहा था।

सब लोग जैसे कह रहे थे, आँखों-आँखों में हँस रहे थे कि एक पेड़ ही तो है, ऐसी क्या मुसीबत है...इतने जंगल कट गये मगर कहीं कोई रोया उनके लिए। इन आजकल की पढ़ी-लिखी औरतों की मुसीबत ही यह है कि नॉन इश्यू को इश्यू

बनाती फिरती हैं। पेड़ के लिए ऐसे रो रही हैं, जैसे कि बच्चा मर गया हो।

हाँ, बच्चा मरा नहीं है, वह घायल होकर पड़ा है। जिस तरह बच्चे को पालते-पोसते हैं। नहलाते-धुलाते हैं। बीमार पड़ने पर डॉक्टर के पास ले जाते हैं। समय पर दवा देते हैं। उसके ठीक होने पर खुशियाँ मनाते हैं। पेड़ भी तो अपना बच्चा होता है। जब वह नन्हा-सा पौधा है, जब वह थोड़ा बड़ा होता है, जब उस पर पहली कली खिलती है, पहला फल लगता है, पतझर में पत्ते झरते हैं, फिर नयी कोंपलें आती हैं, एक पेड़ हमारे घर का सदस्य ही तो हो जाता है।

सवेरे चिड़िया ने पहली चीं की उससे पहले ही लगा कि सारा काम निबट जाये जिससे कि जब माली आये तो...

नौ बजे ही थे कि नीचे साइकिल खड़ा करता माली दिखाई दिया।

भइया सुनो...

जी

तुम्हें पता है न कदम्ब का पेड़ गिर गया।

जी पता है।

तो अब...क्या करोगे उसका...

अब देखो किसी काटने वाले को बुला लायेंगे...लकड़ी ही काम आएगी।

अरे मगर वह तो जिन्दा पेड़ है...हरा है।

कहाँ हरा है? अब तो जड़-मूल से उखड़ गया...

लेकिन मैंने पढ़ा है कि उखड़े हुए पेड़ को काट-छाँटकर दोबारा लगाया जा सकता है। वह दोबारा जी सकता है।

लेकिन दीदी, क्या करोगी इस पेड़ को जिलाकर? इसकी जगह किसी आम-अमरूद का पेड़ लगाओ तो कुछ फल भी खाने को मिलेंगे। माली मुस्कराते हुए बोला।

हाँ, घर का कोई बच्चा कमाता न हो तो भला वह जिन्दा ही क्यों रहे? इस पेड़ पर फल नहीं लगते तो यह जिन्दा रहने के काबिल ही नहीं है।...अगर यह मर गया तो मैं सपने देखना भूल जाऊँगी।...आज पूरी रात यह वेश बदल-बदलकर मुझे तंग करता रहा है। कभी सुना है कोई पेड़ किसी को तंग करे।

चुप रहकर भी क्या कुछ चल रहा था, यह माली समझ नहीं पा रहा था। शायद वह इसे भरेपेट वालों का कोई मानसिक शगल समझता। जैसे कोई जिद पड़ गयी हो पीछे कि बस इस पेड़ को बचाना ही है। पेड़ कितने रूपों में सामने आ रहा है। वह माँ है, बहन है, स्नेह से भरे पिता हैं, पिंजरे में लटका मिट्ठू है, बात-बात पर मेरे लिए दूसरों से लड़ते बड़े भाई हैं। बाल्टी भर दूध देती गाय है,

गुलाबो। वह इतना कुछ है, तो क्या यों ही मर जाने दूँ। माँ तो अपने नन्हे से तुलसी के बिरवे को इतने प्यार से सींचती थी। सहेजती थी। ज्यादा सरदी पड़ने पर उसे कपड़ा उढ़ाती थी। यह तो इतना बड़ा पेड़ है। नहीं...नहीं...

अगर इस पेड़ को दोबारा उसी जगह लगा दें तो...

बड़ा मुश्किल है दीदी, इतने भारी-भरकम पेड़ को उठाकर खड़ा करना क्या आसान बात है? मेरे अकेले के तो वश का नहीं।

अगर इसे ऊपर से काट दें तो...

बहुत खर्चा आयेगा।

कितना

कोई हजार रुपये

चलो कोई बात नहीं मैं सोच लूँगी कि एक दिन नौकरी नहीं की। ठीक है हजार रुपये मैं दूँगी। तुम इसे दोबारा लगाने का बन्दोबस्त करो। कुछ भी हो जाये दोबारा जिलाना है इस पेड़ को। माली कुछ देर सोचता रहा। फिर उसे लगा कि एक पागल औरत से अगर कुछ पैसे वसूले जा सकें तो क्या बुरा है? बोला—ठीक है मैडम, मैं अभी आरे वाले को बुलाकर लाता हूँ।

माली साइकिल लेकर फुर्र हो गया है।

घर लौटकर बाख थेरेपी की रेसक्यू रेमेडी ढूँढ रही हूँ। पेड़ की जड़ों में डाल दूँ। दर्द से कुछ तो राहत मिलेगी। रघु ने बताया था कि इस थेरेपी से इनसान, जानवर, पेड़-पौधे, पक्षी सब ठीक हो सकते हैं। बाल्टी में पानी भरकर उसमें दवा की कुछ बूँदें डालती हूँ। बाहर ले जाने की कोशिश करती हूँ मगर पिराता घुटना जवाब दे जाता है। सीढ़ियाँ कैसे उतरूँ। अब किसी ने कुण्डली में तो नहीं लिख दिया था कि इस उम्र में भरी बाल्टी लेकर नीचे उतरूँ। अभी गिरकर हाथ-पैर टूट गये तो किसी से कुछ कहने को भी नहीं हूँ। कौन तो देखभाल करेगा? लोग हँसेंगे सो अलग से कि पेड़ को बचाने चली थीं, पैर तोड़ लिया। बाल्टी उठाने भर से हिम्मत जवाब दे जाती है। एक जग भरकर नीचे उतरती हूँ। सबसे पहले पेड़ की जड़ों को भिगोती हूँ। खैरियत है, इस वक्त कोई नहीं है। नहीं तो न जाने कैसी-कैसी गॉसिप होंगी। मान लिया जायेगा कि इसका दिमाग तो गया...हाय बेचारी यह उमर क्या कोई पागल होने की थी। तभी एक बच्ची खेलते-खेलते भागती हुई आती है। कमर पर हाथ रखे ध्यान से देखती है। मैं दोबारा जग लेकर लौटती हूँ तो बच्ची बड़े मजे से पेड़ के तने पर बैठकर मेरा इन्तजार कर रही है। इस बार मैं तने को भिगोती हूँ। पेड़ को जिलाए रखने के लिए भी जरूरी है कि तना और जड़ें दोनों भीगी रहें।

धूप फ्लैटों के ओर-छोर छू रही है। एकाएक साइकिल की घण्टी टनटनाती है। माली लौट आया है। उसके पीछे एक और आदमी बैठा है। जरूर वह आरी वाला है। क्या पेड़ आरी और आरी के फर्क को पहचान लेगा, एक आरी जो उसके टुकड़े-टुकड़े कर देगी। दूसरी जो उसकी जान बचाएगी।

आरी वाला पहले डालियों को काटता है तो जोर से कहती हूँ—अरे यहाँ से नहीं, जड़ों से कुछ ऊपर तने से काटो। वह कुछ नाराजगी से देखता है फिर वहाँ से उठकर जड़ों के पास चला जाता है। वातावरण में खर...खर आरी चलने की आवाज सुनाई देती है। आते-जाते लोग कुतूहल से देख रहे हैं। कुछ को लग रहा है कि शायद इस तरह पेड़ को छोटे-छोटे टुकड़ों में काटकर बाहर ले जाया जा रहा है। इसकी लकड़ी को बेच दिया जायेगा। घड़ी नौ को छू रही है...यानी कि आज ऑफिस की छुट्टी...कोई बात नहीं पेड़ बच जायेगा तो छुट्टी भी भारी नहीं पड़ेगी। वे दोनों, आरी वाला और माली गाँव में छूटी अपनी पत्नियों की बातें अपनी कोड लैंग्वेज में कर रहे हैं। उनके हाथ भी तेजी से चल रहे हैं।

इन्हें एक कप चाय तो पिला दूँ। बेचारे थक गये होंगे? घर से दो कप चाय बनाकर उन्हें पकड़ाती हूँ। वे काम बन्द करके चाय पीने लगते हैं। जहाँ-जहाँ से पेड़ कटा है, वहाँ से वैसा ही द्रव बह रहा है, जैसे चोट लगने पर खून बहता है। मैं एक बार फिर तने और जड़ों को भिगो देती हूँ।

धीरे-धीरे तने का नीचे वाला हिस्सा बाकी पेड़ की शाखाओं से अलग हो जाता है। फिर माली और आरी वाला जड़ समेत तने के छोटे टुकड़े को वहीं खिसकाकर ले जाते हैं, जहाँ से वह उखड़ा था। माली ने दूसरे माली को आवाज लगाई है। वह फावड़ा लेकर आ गया है। वे गड्ढा खोदने लगे हैं, फावड़ा मिट्टी में धँसता है तो खच की आवाज आती है।

दोपहर हो गयी है। वे खाना खाने चले गये हैं। मुझे भी तेज भूख लगी है। मन में यह कैसी उमंग है...उत्साह है...। टी.वी. खोलती हूँ...मगर उसमें भी मन नहीं लगता...अगर मेरे पास हजार रुपये देने को न होते तो क्या यह पेड़ बचता...पेड़ के पास तो मुझे लौटाने को हजार रुपये तो क्या एक रुपया भी नहीं है।

गहरा गड्ढा खुद चुका है। तीनों लोग कटे हुए तने को लुढ़काकर गड्ढे के पास ले गये हैं। जैसे ही वे तने को गड्ढे में रखते हैं, जोर से बोलते हैं—बोल सियावर रामचन्द्र की जय...पवनसुत हनूभान की जय। पेड़ को बचाने की खुशी उनके चेहरों पर भी कोई कम नहीं है। उन्होंने खाद मिली मिट्टी को गड्ढे से भर दिया है। फिर उस पर पानी छिड़का है।

पहली बार ऐसा नहीं लगता कि शाम हो गयी और पूरी छुट्टी के दिन कुछ नहीं किया। माली पैसे लेकर चला गया है।

अब हर रोज का कार्यक्रम हो गया है। रोज उस घायल पेड़ के पास से गुजरना...उसके ऊपर हाथ फेरना...पूछना, बेटा ठीक तो हो। रेसक्यू रेमेडी डालना...उससे आग्रह करना, अरे इतनी देर क्यों कर रहे हो? जल्दी से कोंपलें निकालो। बेटा कितना अच्छा लगेगा जब नन्ही-नन्ही चमकीली पत्तियाँ फिर लहलहाएँगी। और सचमुच एक सुबह तने के चारों ओर हरे-हरे काँटे दिखाई देते हैं। जल्दी ही वे पत्ते बन जाते हैं। हरे पत्ते माने कि पेड़ की तबीयत ठीक है। वह बच गया है। उसका नया नाम मुन्नू है।

इसके पास से गुजरते हुए अहसास होता है, जैसे वह देख रहा है। पास से गुजरते हुए पुकार रहा है। उसके तने पर हाथ फेरते ऐसा लगता है, जैसे अपने बच्चे की पीठ पर हाथ फेर रहे हों। उसके सिर पर हाथ रखा हो—कैसे हो मेरे बच्चे तुम। मुझे पता है कि तुम मौत के मुँह से वापस आये हो। अब अपना ख्याल रखना मुन्नू बेटा। तुम आराम से रहना...अब तुम्हें कोई नहीं मार सकेगा। तुम्हें कभी कुछ न हो। पता नहीं तुम्हें अपनी माँ की याद है या नहीं, मगर मुझे ही अपनी माँ मान लेना।

हल्की हवा से पेड़ की शाखाएँ हिल रही हैं।...उसके पत्ते हवा में लहरा रहे हैं। वह खरगोश की तरह हवा में कुलाँचें भर रहा है। क्या सचमुच किसी ने माँ कहा है।

(समय समावर्तन, 2009)

क्रिकेट

हवा ने पत्तों को डपटकर खामोश होने को कहा। उनका तेज-तेज हिलना और आपस की किचिर-किचिर कुछ सुनने नहीं दे रही थी।

सूरज को और कुछ नहीं सूझा तो वह उतना नीचे उतर आया था कि बिल्कुल सिर के ऊपर उगा लगता था। उसमें एक साँवला अच्छे नाक-नक्श वाला, दूसरा गोरा। एक लड़की, और एक दूसरी लड़की जो साइकिल पर लगातार चक्कर मारती सर्र-सर्र निकल रही थी। जब भी वह पास से गुजरती, उसकी तूफानी गति के सामने वे सब इधर-उधर हो जाते थे।

बच्चों का स्कूल से लौटने का समय था, वे एक-एक करके आ रहे थे। जिस बच्चे के पते पर चिट्ठी आयी होती, चौकीदार उसे थमा देता। और गुलाब थे कि वे बिना खिले मुरझा गये थे। फिर वे अपनी-अपनी माताओं की उँगलियाँ पकड़े लेफ्ट-राइट सेन्टर करते हुए आगे बढ़ गये थे।

पत्ते खिलखिलाकर हँसे, टहनियों पर उन्होंने थाप दी, उन्हें भी अपना बचपन याद आ गया। तब जब वे चमकीले रंगों में डालियों से लटके थे। वे बिल्कुल उसी जगह उगे थे, जहाँ उनसे पहले उनके भाई-बन्धु रहे होंगे, मगर नये के सामने पुराने को कौन पूछता था।

तभी चौकीदार ने जोर से पुकारा—'हे राम, रक्षा कर।'

और साइकिल पर फर-फर करती उस पाँच साल की लड़की ने नकल की—'हे राम, रक्षा कर।' चौकीदार खिसियाई सी हँसी हँसा, और बच्ची सर-सर करती सामने से निकल गयी।

पाकिस्तान ने पेशावर में भारत को नाकों चने चबवा दिये थे। माता-पिता, नौकर-चाकर, दुकानदार, कुत्ते-बिल्ली सभी टी.वी. स्क्रीन से चिपके थे। वे बच्चों को भी खाना खिलाने के बाद खुद से चिपका लेना चाहते थे।

धम्म!

सोसायटी के गेट के सामने एक काला साँड़ खड़ा था। चौकीदार ने उसे

देखकर हँसते हुए कहा—"तू और आ जा। तेरी ही कमी थी।"

तभी साइकिल चलाती लड़की चौकीदार के पास से गुजरती बोली—"अंकल, साँड़ आपको देखकर हँस रहा है।"

"क्यों भला?"

"मुझे क्या पता। शायद चाकलेट माँग रहा है।"

"तो तू दे-दे न चाकलेट।"

"मैं क्यों दूँ? आप दे दो। नहीं तो आपको सींग मारेगा।"

तभी चौकीदार ने सामने से सचिन, सौरभ गांगुली और शोएब अख्तर को आते देखा। उनके बल्ले उनके कद से ज्यादा बड़े थे। वे जमीन को खूँदते हुए, अनुभवी खिल।ड़ियों की तरह टोपी पर एक हाथ लगाए और दूसरे से बल्ला हिलाते चल रहे थे। उनका पिच ठीक गेट के सामने था। जहाँ स्टूल पर अम्पायर की तरह चौकीदार बैठा था।

उनमें से एक जो कभी सौरभ और कभी शोएब बन सकता था, उसने पैरों को क्रॉस किया और अपने बल्ले को जमीन पर ठक-ठक करने लगा। सामने से गेंद हवा में उछलती आ रही थी। सूरज का वश चलता तो वह चमकना भूलकर गेंद को हवा में ही लपक लेता, मगर उसने बच्चों के खेल को बिगाड़ना उचित नहीं समझा।

बच्चे ने शाट लगाया और गेंद गुलाब की क्यारियों में चली गयी। चारों ओर काँटे ही काँटे थे। जब तक बॉलर गेंद को ढूँढकर लाता, तब तक बल्लेबाज चौकीदार के स्टूल को छू-छूकर दौड़ता रहा था।

"यह तो लला तुम्हारा छक्का चला गया।" अम्पायर ने कहा, तो चार साल के सौरभ गांगुली ने कुछ इस तरह से होठ बिचकाए जैसे वह कह रहा हो कि तू क्या बता रहा है, मुझे तो यह सब मालूम है। उन्होंने इस रंग-बिरंगी और काली दुनिया में अभी-अभी आँखें खोली थीं। उसमें उन्होंने अपने माता-पिता, भाई-बहन के अलावा सबसे पहले टी. वी. स्क्रीन और उस पर छाए क्रिकेट को देखा था। उनके सपनों की पहचान ही सौरभ गांगुली, अदनान सामी, चाकलेट, बिस्कुट, कोला, जूते, घड़ियाँ आदि के ब्राण्ड से हुई थी। वे फार्मूला वन देखते थे और अपनी साइकिलों को कार समझ हवा में लहराते थे। ऐसे में टक्कर हो, हाथ-पाँव टूटें, किसी का पाँव कुचले...क्या परवाह?

सोनू के दादा जी सुबह घूमकर लौटे थे कि जेट स्पीड से साइकिल चलाता एक लड़का आया था और उसकी साइकिल दादा जी के पेट से जा भिड़ी थी। दादा जी चारों खाने चित्त गिरे थे। उनके दोनों पाँवों में फ्रैक्चर हुआ था। रीढ़ की हड्डी में

चोटें आयी थीं। साइकिल सवार बच्चा हक्का-बक्का रह गया था। उसे अन्दाजा भी नहीं था, कि जिस साइकिल ने उसमें पंख लगा दिये थे, वह ऐसा कहर भी ढा सकती है। नन्हे सौरभ गांगुलियों की गेंदें और अदनान सामियों की आवाजें भी ऐसा कहर ढाती थीं मगर उधर तो मैच, रन और हार-जीत जारी थी। सूरज को यदि अस्ताचल पर न जाना होता, तो वह भी आकर कम से कम बच्चों के लिए विकेट कीपिंग करता या अपने ताप से उनके शत्रुओं को दूर भगा देता। मगर अस्त होने से पहले वह जी भरकर इन बच्चों का खेल देखना चाहता था। इसलिए वह बिल्कुल इन बच्चों की सोसाइटी के ऊपर टँग गया था।

चौकीदार को भी लगा कि अभी तक तो अच्छी-खासी सरदी थी, मगर एकाएक इतनी गरमी...कि पसीने आने लगे...उसका ध्यान नहीं गया कि सूरज बिल्कुल उसके सर पर टँगा बच्चों का खेल देखकर पुलक रहा था। उसने अपने रथ के घोड़ों को छुट्टा छोड़ दिया था और वे सातों दिशाओं में उछल-कूद मचाते फिर रहे थे।

ये सूरज के ताप से सारे के सारे बैट्समैन यानी कि कुल जमा तीन के छक्के छूट गये। वे अपना ताम-झाम वहीं छोड़कर चौकीदार के केबिन की ओर दौड़े। वहाँ दो-तीन बोतलों में पानी रखा था। कोने में औंधे मुँह पड़ा एक बदरंग घड़ा पुराने दिनों की याद दिलाता था। तीनों बच्चों ने एक-एक करके पानी पिया था कि तभी साइकिल सवार उड़नपरी वहाँ से गुजरी। न जाने उस साँवले बच्चे को क्या सूझा कि उसने बोतल का पानी उस पर फेंका। लड़की उई माँ कहते हुए ऐसे चीखी जैसे कोई भूत देख लिया हो। फिर उसने साइकिल एक तरफ फेंकी और लड़के की तरफ दौड़ पड़ी। जब तक कोई कुछ समझ पाता, तब तक लड़की ने दूसरी बोतल उठाकर उस लड़के पर उँडेल दी। यह देखकर चौकीदार पहले तो हँसा लेकिन अचानक तमकता हुआ खड़ा हो गया। जिस-तिस से माँग-जाँचकर तो पानी इकट्ठा करना पड़ता है और ये बच्चे हैं कि उसे बर्बाद करने पर तुले हैं। चौकीदार ने हल्के से बच्चों की पीठ पर धौल-धप्प की और उन्हें भगाने की कोशिश की मगर बच्चे भागे नहीं। वे मस्ती के मूड में आकर एक-दूसरे से पानी की होली खेलने लगे।

"होली है, भई होली है।"

"अरे होली खेलनी है तो अपने घरों से पानी लाओ। पानी को बर्बाद कर दिया। अब फिर से लाना पड़ेगा। नहीं तो साँझ तक बस प्यासा ही रहना पड़ेगा।" सब बच्चों पर रुतबा झाड़कर साइकिल वाली लड़की दौड़ी और फुर्र हो गई। बाकी बच्चे उसे देखते ही रह गये।

चार साल के सचिन के नथुने फूले उसने गुस्से में अपना बल्ला एक ओर

फेंक दिया। अगर मैदान में उसने ऐसा किया होता तो अम्पायर ने उस पर पैनल्टी लगाई होती मगर यहाँ का अम्पायर तो पानी भरने गया हुआ था और सौरभ गांगुली पानी से भीगा थर-थर काँप रहा था। सूरज ने कुछ नीचे आकर उसे सुखाने की कोशिश की। हवा ने भी पत्तियों को हिलने से मना कर दिया।

"आज यह नहीं बचेगी।" सचिन ने घोषणा की। वह गुस्से से भरा था और खुद को पर्दे का गुलशन ग्रोवर, शक्ति कपूर या मरियल मोहनीश बहल की तरह दिखता, कादर खान के डायलाग बोल रहा था। यह सब उसने अपने घर के अन्दर देखा था—टी. वी. पर।

तभी सामने से उड़नपरी आती दिखाई दी। उसकी टाँगें द्रुत गति से पैडल पर. चल रही थीं। हाथ तने हुए थे। आँखें स्थिर थीं। पीला और लाल फ्राक झंडियों की तरह उड़ रही थी। बाल हवा में लहरा रहे थे कि नन्हे सचिन ने हवा में छलाँग लगाई।

और लड़की साइकिल समेत चारों खाने चित्त गिरी। सचिन का फेंका बल्ला उसकी साइकिल के पहिए के रास्ते में आ गया था—आखिर उसने पहले ही घोषणा की थी कि यह नहीं बचेगी, अब यह नहीं बचेगी।

लड़की चोट से कम अपमान से ज्यादा परेशान हुई और जोर-जोर से रोने लगी।

सचिन ने अपना बल्ला उठाया और एक ओर दौड़ गया। सौरभ गांगुली डर के मारे रोने लगा कि अब तो लड़की और उसके घर वाले उसे जरूर मारेंगे।

तभी रोते हुए सौरभ की पीठ पर एक हाथ रखा गया। सवाल हुआ—"क्यों रो रहे हो?" जवाब की जगह रोना...रोना और रोना।

सामने बरामदे में खड़े तिवारी जी के नौकर ने सवेरे आयी तिवारी जी की बहन से कहा। वे दोनों देर से इन बच्चों के करतब देख रहे थे और हँस रहे थे। नौकर बोला—नन्हे सौरभ को लक्षित करके—"बेचारे की मम्मी नहीं हैं।"

"क्यों क्या हुआ?" तिवारी जी की बहन को लगा कि शायद उसकी माँ गुजर गयी है। उन्होंने फिर पूछा—"क्या हुआ इसकी माँ को।"

"इसकी माँ अमेरिका गयी है नौकरी ढूँढने।"

"इसके पापा।" एक जिज्ञासा से उपजे दोनों सवाल।

"पापा तो नहीं हैं।"

"और ये कौन हैं?"

"यह तो इसके दादाजी है।"

"बताओ दादा-दादी न होते तो इस बच्चे का क्या होता?" कहकर तिवारी जी की बहन ने गहरी साँस ली। नन्हा सौरभ दादा जी के साथ चला गया था। उसका

बल्ला वहीं पड़ा धूल खा रहा था।

और सूरज की न पूछो। वह कब का छिप गया था। शायद बच्चे की माँ का पता पूछता अमेरिका की तरफ चला गया था। हवा फिर से सर-सर चलने लगी थी। सब कह रहे थे, दिन में देखो कितनी सड़ी गरमी पड़ रही थी, अब देखो वह कितनी अच्छी हवा चल रही है।

(राष्ट्रीय सहारा, 2007)

धूप है कि खिल उठी

आम के पेड़ के पास ही अमलतास का पेड़ है, उस पर इतने फूल खिले हैं कि लगता है सोना बरस रहा हो। पीले फूलों के बीच में अमलतास की फलियाँ तलवारों की तरह लटकी हैं, जहाँ सोना हो वहाँ तलवारें खिंचना तो लाजमी। आम के पेड़ पर छोटी-छोटी अमिया लटकी हैं। साथ में एक बिजली का खम्भा है। नीचे गमलों के ढेर से कैक्टस और मनीप्लांट। बिजली के खम्भे पर एक गिलहरी बार-बार चढ़ती-उतरती है।

मोना गाँधी का लगाया यह पेड़ बड़ा हो गया है। उसे गये सालों बीत गये हैं। वह कौन थी, कहाँ से आयी थी, बहुत कम लोगों को पता है।

इस मकान में कोई इतने सालों तक रह सका, इसी पर लोग ताज्जुब करते। सब कहते थे कि जब से यह मकान बना है। इसमें कोई टिक नहीं पाता, एक तो मर्डर भी हो चुका है। हर रोज ट्रक में सामान लदकर जाता था, फिर नये लोग आते थे। नये लोग, नया सामान। कोई कहता यह हांटेड हाउस है। बुद्धिजीवी से लेकर बिजनेसमैन और प्रॉपर्टी डीलर तक इस मकान को खरीद चुके थे और छोड़कर भाग चुके थे। जितनी बार मकान बिकता, ओरिजिनल मालिक के मजे आ जाते। हर बार उसके दस्तखतों की जरूरत पड़ती और हर बार उसे पैसे मिलते। कोई भी बुरी चीज हमेशा सबके लिए बुरी नहीं होती। इसीलिए जब मोना गाँधी इस मकान में रहने आयी तो सब लोगों ने सोचा कि पता चलेगा कितने दिन रह पाती है?

मकान में आने के कुछ दिनों बाद, शायद एक हफ्ते बाद ही सबके घरों में एक निमन्त्रण-पत्र भेजा गया था, मोना गाँधी और उनके पति हाउस वार्मिंग पार्टी दे रहे थे।

मोना गाँधी के पति की सफेद दाढ़ी थी। वह अक्सर इधर-उधर घूमते दिखते, मालूम पड़ा कि वह व्यापारी हैं और कला के क्षेत्र में उनकी गहरी दिलचस्पी है। मोना खूब सज-सँवरकर रहती। मंगलसूत्र, सोने की चूड़ियाँ, सिन्दूर, एक से एक

डिजाइनर साड़ियाँ पहनकर वह घर के सामने से चलने वाली चार्टर्ड बस में चढ़ती तो लोग देखते। एक दिन मोना ने ही बताया तो और भी आश्चर्य हुआ। मालूम पड़ा कि उसकी दो बेटियों की शादी हो चुकी है और यह उसकी दूसरी शादी है।

दूसरी शादी, विवाहित लड़कियाँ और इस सजी-सँवरी स्त्री की उम्र कितनी होगी। वह मंडी हाउस पर उतर जाती और तेज चाल से चलती। शनिवार की शाम वह और उसका पति नाटक देखते या फिल्म। दो-तीन दिन की छुट्टी होती तो कहीं घूमने चले जाते। वह खुद कहती—'जिन्दगी में कुछ नहीं रखा, जितना इन्ज्वाय कर लो।' उसे देखकर आश्चर्य होता, ईर्ष्या होती—कि जिन्दगी तो इनकी है। न कोई काम न धाम। बस घूमने-फिरने के मजे। लेकिन उसे देखते ही बहुत-से सवाल कौंधने लगते। इसने दूसरी शादी क्यों की, इसके पहले पति का क्या हुआ? क्या यह विधवा थी? इसकी शादीशुदा लड़कियों ने क्या सोचा होगा? आखिर इस उम्र में इस स्त्री को शादी करने की क्या पड़ी? कौन सी इच्छा है जो इस उम्र में शेष रह जाती है। माँ की दूसरी शादी पर लड़कियों के ससुराल वालों ने क्या कहा होगा? मगर इसकी उम्र है क्या?

एक रोज जब शाम किसी थके-हारे पक्षी की तरह धीरे-धीरे उतर रही थी उसी ने कहा कि यों तो उसके रिटायरमेंट में छह साल बचे हैं, मगर उसके हस्बैण्ड कहते हैं कि नौकरी छोड़ दे। इस उम्र में पूरे दिन घर में अकेले रहकर उसकी बाट जोहनी पड़े क्या फायदा?

उसके पति की इकलौती सन्तान सुरेखा भी आते-जाते दिखती थी। काफी हँसमुख थी।

एक दिन मोना घर से निकलती हुई रोती दिखाई दी। पता चला कि सुरेखा का कहना है कि मोना ने उसके पिता से शादी ही इसलिए की है कि उसकी जायदाद को हड़प सके। अपने बीमार, बूढ़े पति को छोड़कर यहाँ भाग आयी।

इस उम्र में औरत की क्या इच्छा बचती है? इसे आदमी चाहिए। परवर्ट। मोना ठीक से हिन्दी नहीं बोल पाती थी, लेकिन जो कहती थी उसी से पता चलता था कि सुरेखा को उसका आना जरा पसन्द नहीं आया। उसके पिता ने बचपन से उसे पाला था। पत्नी की मृत्यु के बाद शादी नहीं की। पिता अकेले जीते हैं, मरते हैं, उसने सोचा नहीं। लेकिन अब जब उन्होंने अपने अकेलेपन को दूर करने की कोशिश की है तो उसे यह अच्छा नहीं लग रहा। लालची। दो स्त्रियों ने एक-दूसरे को परवर्ट और लालची कहा। एक-पुरुष के लिए वे दोनों लहू-लुहान होती हुई, खप्पर लेकर खेल रही थीं।

उस शाम मोना ने अपने क्रोध में दूसरों को शामिल करते हुए कहा—"मैं कोई

मि. गाँधी के साथ भागकर नहीं आयी। बाकायदा एडवरटाइजमेंट देकर शादी की थी। अपनी किसी जिम्मेदारी से मुँह मोड़ा पहले अपनी लड़कियों को सैटल किया..."

इसका बेटा, जिसे यह बीच रास्ते छोड़ आयी, पढ़ते हुए उसे कैसा लगा होगा? किसी बच्चे की माँ दूसरी शादी करके चली जाये...ओह...क्या गुजरती है... अकेलेपन का अहसास...आस-पास के बच्चों की खिल्ली, दोयम दर्जे की नागरिकता का अहसास। क्या मोना गाँधी इस बारे में सोचती है। उस दिन जब वह बाजार से लदी-फँदी लौट रही थी, यह पूछने पर कि बहुत दिनों से दिखी नहीं, उसने खुश होते हुए बताया कि वह कुछ दिन के लिए अपने बेटे के पास गयी थी, वह अमेरिका जा रहा है न! फिर धीरे से फुसफुसाई। उसके गले का मंगलसूत्र धीरे से काँपा—"कोई अच्छी लड़की मिले तो बताना।"

"अच्छी से मतलब?"

"जो मेरे बेटे के साथ एडजेस्ट कर सके।"

"कास्ट, क्रीड एंड रिलीजन?"

"कुछ नहीं, सिर्फ अच्छी लड़की।" वह थैले सँभालती हँसती हुई चली गयी।"

एक रात ग्यारह बजे टेलीफोन जोर से बजा। दरअसल बजा तो वह हमेशा की तरह होगा, मगर ग्यारह बजे के बाद के एकान्त में उसकी आवाज जोर से सुनाई दी।

उधर से एक भारी-भरकम आवाज सुनाई दी—"मोना गाँधी।"

"लेकिन यह तो उसका नम्बर नहीं है?"

"मुझे मालूम है। मैं बहुत देर से कोशिश कर रहा हूँ, नम्बर नहीं लग रहा..."

इस वक्त उसे बुलाना...लोग कभी किसी दूसरे की सुविधा का ख्याल नहीं करते...हो सकता है कोई ऐसी बात हो...सूचना देना जरूरी...कोई दुर्घटना...

बारह बजे जब उसकी बात खत्म हुई तो वह मुस्कराई भर...उसकी वैष्णो देवी जाने की टिकट बुक हो चुकी थी। और यह फोन उसी के लिए था।

लेकिन इसने बिना पूछे यह नम्बर दुनिया को कैसे बाँट दिया। आगे से तो मना ही करना पड़ेगा। भलमनसाहत में पूरी रात की नींद उड़ गयी।

सोसायटी में दीवाली मेला। तरह-तरह की चाट-पकौड़ी, आइसक्रीम, छोले-भठूरे, गुब्बारे, तम्बोला, निशानेबाजी, डी.जे., वी.जे. सब हो रहा था। मोना भी सज-सँवरकर एक स्टाल पर खड़ी थी। उसने आंध्र के व्यंजन बनाये थे। सारी भीड़ गोलगप्पे के स्टॉल पर टूट पड़ रही थी, आंध्र के व्यंजन खाने के लिए कानी चिड़िया भी नहीं

आयी...लेकिन वह खुश थी। बाहर निकलकर आइसक्रीम खाते हुए हँस रही थी।

छोटे कद के मि. अग्रवाल जिनकी बात करते-करते एक आँख बन्द हो जाती है। उन्हें शौक है, जहाँ दो लोग बातें कर रहे हों, वहाँ चुपके-चुपके पहुँच जाने और अपनी बात कहने का।

उन्होंने एक दिन दफ्तर में सूचना दी।

"मोना गाँधी ने नौकरी छोड़ दी है। आपने देखा नहीं, कैसे वह और मि.गाँधी रोज शाम को टहलते नजर आते हैं।"

मि. गाँधी...यू नो बहुत अधिक पढ़ते-लिखते हैं, नाटक, आर्ट सब में गहरी दिलचस्पी है।

कह ही रही थी कि एक दिन मोना गाँधी कि हस्बैण्ड कहते हैं कि नौकरी छोड़ दो। अब वह क्या करेगी? लोग कहते हैं जो औरतें नौकरी करती हैं, उनका घर में मन नहीं लगता मगर...

एक शाम डाक से कार्ड मिला है, मोना गाँधी ने भेजा था। चाहती तो आकर भी दे सकती थी। वह बेरी जान के साथ एक नाटक में काम कर रही है। अगले हफ्ते तीन दिन उसका शो है। जरूर आना जी।

मि. अग्रवाल फोन करके पूछ रहे हैं जाना है कि नहीं क्योंकि वह तो जा रहे हैं।

आसमान मोना गाँधी के कवर्ड बरामदों के काले शीशों में उतर आता है। पीछे लगा आम भी पीला पड़ जाता है। आसमान की तरह। सोसायटी में शोरगुल होते हुए भी नहीं है।

कल शाम मोना और उसके पति गाड़ी होते हुए भी बस में बैठकर नाटक देखने जा रहे थे...कि एकाएक सब खत्म हो गया...कई महीने बाद मोना नम आँखों से बताती है, सारी बस देखती रही। किसी ने डेडबॉडी उतरवाने में मेरी मदद नहीं की। कोई ऑटो वाला तक अस्पताल जाने को तैयार नहीं हुआ। बड़ी मुश्किल से पुलिस की जीप अस्पताल छोड़कर आयी...बट ही वाज ब्रॉट डैड। उसने कोई तेरहवीं नहीं की कुछ और संस्कार नहीं। बस पास की झोंपड़ियों से गरीब बच्चे बुलाकर उन्हें खिलाया-पिलाया और बस...

"बस क्या, कौन-सी ब्याहता थी। भागकर आयी थी।" सोसायटी की कुछ औरतें धीमे बोलते हुए भी दूसरों को सुनाने के लिए कहतीं है।

एक जिन्दगी के साथ कितना कुछ खत्म हो जाता है किसी का भाई, किसी का पिता, किसी का बेटा और किसी का दोस्त। साथ में नाम, पता, टेलीफोन, मोबाइल नम्बर, मेल, आई डी। कुछ दिन तक पत्र आते हैं और फिर सब खत्म।

मि. गाँधी की बेटी और मोना ने अलग-अलग शोक मनाया है। शोक की इंटेसिटी आखिर मैरीटियल गेन से झलकती है। बेटी की नजर में बुढ़ापे में पिता ने उसके लिए एक आफत खड़ी कर दी। क्या जरूरत थी, गौना करने की। हर युवा अक्सर बुढ़ापे की इच्छाओं से सवाल करता है, अपने साधनों को बचाए रखने के लिए।

और आजकल सोसाइटी के बहुत-से लोगों की आँखें तिरछी हो गयी हैं। आजकल देखो तो क्या हो रहा है? अभी मि. गाँधी को गये दो महीने भी नहीं हुए और मोना मि. अग्रवाल के साथ देखी जा रही हैं।

साठ वर्ष की उम्र का इश्क! मि. अग्रवाल भी बात-बेबात उसका जिक्र ले आते हुए कोई बात है, कोई बात है कि लज्जा के साथ। कोई किशोर भी क्या शरमाएगा। एक दिन मि.अग्रवाल ने प्रस्ताव रखा कि यदि मोना गाँधी चाहें तो उनके फ्लैट, छोटे फ्लैट से अपना फ्लैट बदल लें। उनका काम तो छोटे फ्लैट में चल जायेगा। अकेली हैं न! आपका कौन-सा धनी धोरी है। वह फ्लैट के बदलाव पर होने वाले खर्चे को चुकाने को तैयार थे।

मगर मोना ने जैसे उसे शोले वाली बसंती की तरह कोड़े फटकारते हुए हवा में उड़ा दिया।

"मेरा आम का पेड़...दूसरे पौधे, म्यूजिक, इतना फर्नीचर...कहाँ जायेगा।"

मि.अग्रवाल ने सुना तो खिसियाई हुई हँसी हँसते बोले—"वह चाहें तो अपना आम का पेड़ उखाड़कर भी मेरे फ्लैट में ला सकती हैं?"

कहाँ से आयेगा आम का पेड़, उस तीसरी मंजिल के फ्लैट में...यह तो उसकी मृत्यु की घोषणा है।

कुछ दिनों बाद एक शाम वह तेज-तेज टहलते मिलीं—"एक बात पूछूँ?" शर्म कानों तक खिंच गयी—"मैं मि.अग्रवाल के साथ घूमने जाऊँ, फ्रेंडशिप करूँ...कैसा आदमी है...ठीक है न! साथ के लिए कोई तो चाहिए..."

आम स्त्री के जीवन में आने वाले आम सवाल...आचार संहिताओं के कोड़े...आवाजें अन्तरिक्ष, पूरे यूनीवर्स से आती हैं—'यह अपने बेटे के पास क्यों नहीं चली जाती...इस उम्र में आदमी भगवान का नाम लेता है, इसे आदमी का साथ चाहिए...ऐसी नकटी माँ को पाकर बच्चे भी क्या सोचते होंगे? देखो तो कैसी बनी-ठनी रहती है, लगती है बासठ साल की, कैसे तनकर चलती है?

यहाँ तो तीस साल की उम्र में घुटने घिसने लगे हैं, कपड़ों में मसालों की गन्ध भर गयी है और इसे देखो एक से एक महँगे कपड़े और परफ्यूम...अरे भाई पैसा हो तो कुतिया भी राजरानी दीखा करे...

और मोना गाँधी के साथ घूमने के प्रस्ताव पर लज्जा से लाल होते मि. अग्रवाल पके बालों पर जैसे किशोरावस्था लौटकर आयी है। आँवले के तेल की खुशबू कुछ अधिक बढ़ गयी है। कपड़ों के हल्के रंग गहरों में बदल गये हैं। आखिर प्यार की भी कोई उम्र होती है? बागबां देख लो न! एक दोपहर जब सव सूरज के ताप से परेशान हैं, गुलमोहर हरहरा रहा है। अपनी चमक और खूबसूरती से खुश है। देखो न, देखो न, जब सारे झाड़-झंखाड़ तक सूख गये हैं, सब पेड़-पौधे बुढ़ा गये हैं, या पीले पड़ गये हैं, तब मेरा रंग देखो, मेरी चमक, मेरे फूल, मेरे पत्ते। वह तोतों को सुनाता रहता है। गौरैया फुदक रही हैं। वह उनसे कह रहा है–"जीव विज्ञानी कहते हैं, जब तक मैं हूँ ना, तब तक तुम्हें खत्म नहीं होने दूँगा।"

अमेरिका में बेटे के यहाँ से बुलावा आया है। मोना गाँधी खुश हैं। अपनी चैक बुक, पता, ई मेल, सब पकड़ा रही है। प्लीज मेरी चिट्ठियाँ सँभाल कर रख लेना। चैक जमा करवा देना। इससे पहले भी जब वह बनारस गयी थीं तो अपने बेटे का फोन और पता देकर। अगर मुझे कुछ हो जाये, तो प्लीज उसे इनफार्म कर देना। भारत में ही रहने वाली बेटियों को इनफार्म करने की बात उन्होंने नहीं कही थी।

अड़ोसी-पड़ोसियों पर उन्हें भरोसा नहीं। बात-बात पर लड़ते हैं। देख लेने, फ्लैट पर कब्जा करने की धमकी देते हैं! अकेली हैं न! सितार भी बजाएँ तो उन्हें एतराज है। कहते हैं बहुत शोर होता है।

मोना के अमेरिका चले जाने पर नाराज हैं मि.अग्रवाल। अरे कोई बात हुई। वैसे दोस्ती का दावा और वैसे बताकर नहीं गयीं।

"अजीब किस्म की औरत है?" मि. अग्रवाल अपना क्रोध दिखा रहे हैं चाहती भी हैं और नहीं भी चाहतीं। अरे भाई घूमना-फिरना है तो सबके सामने घूमने में क्या हर्ज है? लोग क्या कर लेंगे? छिपकर घूमने पर भी लोग वही सब कहेंगे, जो खुलेआम घूमने पर। अब इस उम्र में भी यह सब ना...मि. अग्रवाल के मुँह से नाटक शब्द निकलने से बचता है। डेरोगेटरी है न? औरतों के बारे में सबके सामने घटिया बातें नहीं बोलनी चाहिए, इससे विचारों का पिछड़ापन नजर आता है, मध्यवर्ग के मि.अग्रवाल को यह पता है। और क्यों पता न हो? अपने आप को हाई इलीट का मेम्बर जो समझते हैं।

फिर अतीत में से खोदकर लाते हैं–"यह तो ठीक हुआ कि मि. गाँधी ने यह फ्लैट इनके नाम कर दिया था...वरना...वरना क्या बहुत से सवाल सिर्फ सवाल हो सकते हैं, उनके एक जैसे उत्तर...मोना का उत्तर, मि. गाँधी का उत्तर, मि. अग्रवाल और सोसायटी की महिलाओं का उत्तर...सबकी राय अलग है, इसलिए उत्तर भी।"

मि. गाँधी की मृत्यु पर मोना के पिता ने उन्हें लानतें भेजते हुए सारे रिश्तेदारों के सामने कहा था—"क्या जरूरत थी तुझे बुढ़ापे में विधवा होने की।"

"विधवा कहाँ, तुमने जिससे ब्याहा था, वह तो जिन्दा है। और जरूरत हुई तो तीसरी शादी करूँगी।" कहते हुए उसने लाल रंग से भरा ब्रश दीवार पर दे मारा था। आज भी वह निशान मोना गाँधी के फ्लैट की लॉबी की दीवार पर मौजूद है। जिसे वह प्रतिरोध का निशान कहती है और उसे मिटाने की कोई कोशिश भी नहीं है।

मोना के बारे में उनकी सौतेली लड़की की भी जिज्ञासाएँ खत्म नहीं होतीं। मोना के पिता को जो शिकायत उनसे है कि भला बुढ़ापे में वह गौना करने क्यों बैठी, वही शिकायत मि. गाँधी की लड़की को है—"ठीक-ठाक रह रहे थे, पता नहीं क्या सूझा? बूढ़ापे में गुमनाम मौत, दूसरी शादी किये बिना ही मिल सकती है। कौन कोर्ट-कचहरी के चक्कर में पड़े?" वह चुपके से जमीन-जायदाद का हिसाब कर रही है। मोना से कोई कम्युनिकेशन भी नहीं। जबकि वह इस लड़की को 'लालची' कहकर नवाजती हैं।

"मुझे पैसे, जेवर किसी का लालच नहीं था...मैंने उनसे कह दिया था कि सब दे दो...उन्होंने ही कहा था कि सब उसे दे दूँगा तो तुम्हें क्यों लाया हूँ।"

वह हर रोज आती और कोई न कोई चीज माँगती—"लड़कियों का हर रोज का माँग पत्र। तब मैंने ही कहा, जो ले जाना है, एक दिन ले जाओ। यह हर रोज की माँग-जाँच।"

मोना की यह बात सुनकर लड़की बिफर उठी थी। आप से तुम पर नहीं तू पर आ पहुँची—"तू कौन होती है मुझे रोकने वाली। अपनी औकात में रह...लड़की ने जो-जो बोला था उसे तो मोना दोहरा भी नहीं सकतीं, ऐसा वह कहती हैं। लेकिन उनकी भाव-भंगिमा बता रही है कि वह कितनी-कितनी नाराज हैं। आखिर बुढ़ापे में उन्होंने शादी ही तो की थी...पाप किया कोई! अपनी जिन्दगी को अपनी शर्तों पर जीने की ही तो कोशिश की। चोरी-छिपे सब करती रहतीं तो सब ठीक था।"

आजकल वह हल्के पीले रंग की कार चलाती नजर आ रही हैं। अब उनकी मोपेड कोने में बिसूरती नजर आती है। शाम के वक्त जब वह फिल्म देखने या नाटक देखने अकेली निकल पड़ती थीं तो एक टैक्सी वाले ने उनसे कहा था कि कभी वह उसके साथ ही फिल्म देखने चलें। रात का वक्त था, वह घबरा गयीं। उसकी बात का जवाब नहीं दिया। नीचे उतरीं तो कसम खायी कि अब कभी अकेली टैक्सी में नहीं बैठेंगी। खुद ही गाड़ी चलाना सीखेंगी।

ऐसी बातें होने पर वह अमेरिका को बहुत याद करती हैं। कितना अच्छा है वहाँ। कोई किसी की जिन्दगी में नहीं बोलता। सब को अपनी तरह से जिन्दा रहने की आजादी यहाँ भी होनी चाहिए।

मोना गाँधी के घर के सामने छोटा टेम्पो खड़ा है। सामान उतारा जा रहा है अलमारी, फ्रिज, टी.वी., पलंग...मगर यह सब तो उनके यहाँ था...शायद कुछ नया खरीदा है। चौकीदार बताता है वह तो इस फ्लैट को सामान सहित बेचकर कलकत्ता उड़ गयीं। आपको नहीं पता। वह आश्चर्य दिखाता है। आखिर मोना गाँधी हर छोटी-मोटी बात और जरूरत के लिए दौड़ी चली आती थीं, उन्होंने जाते वक्त बताना जरूरी नहीं समझा।

रातों-रात आम के पेड़ का मालिक बदल गया है, पेड़ को तो पता ही होगा। वे बिना कहे सब कुछ समझ जाते हैं। आकाश में बादल झूम रहे हैं, पेड़ उन्हें बुला रहा है।

पक्षी दौड़-दौड़कर अपना स्थान तलाश रहे हैं, नहाना है, नहाना है, फिर उड़ना है, हो सकता है ये भी माइग्रेट करके मोना गाँधी के पास चले जायें। लेकिन क्या वे इन्हें पहचान लेंगी?

लेकिन आम के पेड़ से नीचे उतरती खिली धूप वह जहाँ भी होंगी, उन्हें पहचान लेगी।

(वनिता, 2007)

एक है सुमन

सूरज बादलों के पार जा चुका था, मगर उसके होने का अहसास, उजाले से भरी शाम में बाकी था। इतनी दूरी के बावजूद उसकी उपस्थिति महसूस की जा सकती थी।

रेत से भरी सड़क के दाहिनी तरफ नये बने घर थे। दूसरी तरफ कुछ खपरैल के कच्चे घर। जिनके मुख्य दरवाजों के आस-पास बहुत-सी रंगोलियाँ बनी हुई थीं। कई भूरी-सफेद बकरियाँ जमीन पर बैठी पगुरा रही थीं। उनके सिर पर लगा बरगद लहर-लहर उठता था।

"अरे तुम!" दरवाजा खोलते ही सुमन की आँखें कौंध उठी थीं और वह दोनों हाथ फैलाए गरदन से चिपक गयी थी—"कब पहुँचीं। पता तो था तुम आओगी...मगर इतनी जल्दी...अरे, ठहरो, देखो पानी तक नहीं पिलाया।" और वह रसोई में चली गयी।

बड़ा-सा साफ-सुथरा घर। भव्य ड्राइंगरूम जिसमें एक दीवान, दो कुर्सियाँ और एक दीवार पर मधुबनी पेंटिंग। कोने में गणेश जी। दूसरे कोने में डाइनिंग टेबिल। वह पानी लायी तो उसकी चोटी आगे तक झूल आयी। लगा कोई काला नाग ट्रे में रखे गिलासों से पानी पीना चाहता हो।

मुझे मुस्कराते देख बोली—"क्यों हँस रही हो।"

"हँसी कहाँ! मुस्कराई भर।"

"क्यों?"

"तेरे बालों को देख मुझे वह विभु याद आ गया।" विभु का नाम सुन वह जोर से हँसी और गिलास गिरने से बचे।

"तुम्हें भी क्या-क्या चीजें याद आती हैं।"

"तेरे लम्बे बाल इतने दिनों बाद देखे तो बताओ विभु के अलावा और कौन याद आता जो तेरे बालों की छाँव में पूरी जिन्दगी बिताना चाहता था।"

"पता नहीं कहाँ है? जिन्दगी तो उसके बिना भी बीती ही जा रही है। होगा

कहीं चलो पानी लो। मैं तब तक चाय रखती हूँ।"

मैं भी उसके पीछे-पीछे रसोई के दरवाजे पर जाकर खड़ी हो गयी।

"चीनी कितनी।"

"चीनी नहीं।"

"क्यों आप डॉयबेटिक हो।"

"हूँ नहीं, यह पहले से सावधानियाँ बरतने में क्या हर्ज है?"

गरम चाय की चुस्कियों में ढेर-सी बातें थीं, अपनी, नौकरी, वे सपने जो कभी पूरे नहीं हुए और वे सपने जो कभी देखे नहीं गये या जिन्हें देखने की कभी फुरसत ही नहीं मिली।

उसका खाना बनाने का मन नहीं था। हमने खाना बाहर से मँगवा लिया।

"चलो तुम्हें घर दिखाऊँ।" तीन खुले कमरों का घर। बालकनी जिससे दौड़ता-भागता हाईवे दिखता था। एक छोटा-सा पूजा का कमरा।

"तू पूजा कब से करने लगी।"

"मजबूरी।"

"कैसे?"

"जब सब तरफ से अवमानना मिले तो कहीं तो कोई सहारा ढूँढना पड़ता है।" उसकी आवाज दूर देखते खो गयी।

"तू देख रही है न हाईवे, देख कितनी भीड़-भाड़ है। सब एक-दूसरे से बचते हुए भी एक लीक पर चल रहे हैं। जो लीक पर चलते हैं गुम हो जाते हैं। जो दौड़ती सड़क से दूर हटकर कोई पगडंडी चुनते हैं, वे अक्सर अकेले दिखते हैं। उन पर पत्थर फेंकना बहुत आसान है। लेकिन जो पगडंडी पर चलते हैं, वे ही लीक तोड़ते हैं। लीक पर चलना भी कोई चलना है।"

उसकी आँखों में आर्द्रता भर गयी। "आप पहली हैं जिन्होंने मुझे कुछ आश्वस्ति दी है।"

"आखिर हम आश्वस्ति तलाशें भी क्यों? किसी के कुछ कहने-सुनने से फर्क भी क्या पड़ता है। इन दिनों जब निन्दा तक अपने अर्थ खो बैठी हो तब तारीफ का ही क्या मायने है? तुम अपनी तारीफ किसी से क्यों सुनना चाहती हो।"

उसके होठ हल्के-से काँपे फिर उसने सिर झुक लिया—"और चाय पिएँगी।"

"नहीं।"

मैंने देखा, कोई बात उसके गले से बाहर नहीं आ पा रही थी। उसकी आँखों का सूनापन छत से जा चिपका था—"आपको पता है पिछले चार सालों में मैंने किसी शादी, कोई तीज-त्योहार या रिश्तेदारी में नहीं गयी।"

"क्यों भला? अपनी नजरों में खुद को अपराधी मान रही हो। तब फिर दूसरे ऐसा मानें तो क्या! पहले खुद पर भरोसा करना सीखो।"—मैंने लगभग उसे डाँटा।

"जानती हैं, आज लग रहा है, वर्षों से शायद किसी ने मुझे डाँटा ही नहीं है। और आप इतने दिनों बाद क्यों आयीं...बताइए न! वह बच्चों की तरह ठुनकने लगी—"आप चाहे जितने दिनों बाद मिलें, कभी नहीं बदलती हैं। वैसी ही रहती हैं।"

"कैसी तो?"

"बिल्कुल वैसी ही, पहले जैसी। लोग तो अगले दिन बदल जाते हैं।"

"तुम मेरी दोस्त हो और अच्छाइयाँ देख रही हो। मेरे अन्दर बहुत-सी बुराइयाँ हैं जिनके बारे में मैं जानती हूँ। वैसे भी हम हमेशा किसी पुराने में पहले जैसा सब कुछ ही क्यों तलाशते फिरते हैं।"

"बस, बस रहने दीजिए ज्यादा अपनी चीर-फाड़ करने की जरूरत नहीं है। आज तो आप रुकेंगी न!" वह बिना मतलब ही तालियाँ बजाने लगी।

"हाँ, इस वक्त कहाँ जाऊँगी?" —मैंने कहा। तभी दरवाजे पर आहट हुई। सुमन की आँखें चमकने लगीं। एक बूढ़ा कृशकाय व्यक्ति अन्दर आया। सुमन परिचय कराती, उससे पहले ही उसने कहा—"आप सुमन की मीना दीदी हैं। अक्सर बात करती है आपकी।"

"हाँ, मेरी योग्यतम छात्राओं में से एक थी।"

"मुझे दुबे कहते हैं।"

"जी पहली बार मिल रहे हैं। मगर बिना मिले भी मेरा परिचय है आपसे।"

"आपने खाना खाया। और दवा। अरे आपके लिए नींबू-पानी तो लाना भूल ही गयी।" —सुमन ने चिन्ता की।

दुबे जी के आते ही वह भूल गयी कि मैं भी वहाँ हूँ। उनकी पसन्द, नापसन्द बदलने के कपड़े, आराम सबके बारे में प्रश्न और हिदायतें।

"अब देखिए, यह इतनी पागल लड़की है कि मुझे कुछ करने ही नहीं देती।"

एक छिपी हुई प्रशंसा!

"आप आराम करें, मैं और दीदी बाजार होकर आयें।"—सुमन ने पूछा।

उनके हाँ कहने पर हम बाहर निकल आये।

"आपको पता है, शुरू-शुरू में दुबे जी मेरे साथ जाने तक से शरमाते थे कि कहीं कोई हमें बाप-बेटी न कह दे। बहुत पढ़े-लिखे हैं। समझदार।" —उसने जैसे खुद से कहा।

"उनके घर में कौन-कौन है।"

"बेटे, बहुएँ, नाती-पोते, दो बेटियाँ।"

"और पत्नी।"

"उन्हें गुजरे तो जमाना हो गया।"

"वे लोग आते हैं तुम्हारे पास।"

"बहुत कम। उन्हें लगता है कि मुझे दुबे जी की प्रॉपर्टी से कुछ चाहिए। मेरा अपना घर है। अच्छी-भली नौकरी है। मैंने उनसे कह दिया है, जमीन-जायदाद, खेती-बाड़ी और दुबे जी का नाम भी तुम रखो। मुझे तो सिर्फ दुबे जी दे दो।"

"हाँ, एक बूढ़ा व्यक्ति, जो रिटायर हो चुका है, जिसकी पत्नी नहीं है, उसकी जरूरत किसी को क्यों होगी?" —मैंने कहा।

सुमन सब्जी की दुकान पर रुक गयी। चुन-चुनकर और सोच-सोचकर सब्जी खरीदती रही। फिर लौटी—"मैंने कोई उनसे शादी तो की नहीं है जो अपना नाम बदलूँ। वैसे भी आजकल शादी के बाद भी कौन नाम बदलता है। मुझे कुछ नहीं चाहिए, सिर्फ दुबे जी...यहाँ तक कि कोई सन्तान तक नहीं।"

सुमन की आँखों का बावलापन...जो व्यक्ति अपनों के लिए व्यर्थ हो चुका था उसे यह पराई लड़की किसी कीमती आभूषण की तरह सँभाल रही थी। उसने इस व्यक्ति के लिए दुनिया छोड़ दी थी, मगर दुनिया थी कि उसके पीछे पड़ी थी, उसे चैन से जीने नहीं दे रही थी।

उसका इतना बड़ा दिल, इतना उदार मन, कहीं तो कोई जरूर होगा, जो जान सकेगा।

(उदय, जागरण 2003)

रसोईघर

मैं पहली कलेक्टर थी उस सूबे की। पहाड़ी इलाकों और गाँवों में भी जाना पड़ता था। जगहें ऐसी थीं कि जहाँ गाड़ी भी नहीं जाती थी तब मैं हैट लगाकर घोड़े पर सवार होकर जाती थी।

ग्रेनाइट से बने भव्य ड्राइंगरूम में घोड़े पर सवार एक युवती...विशालकाय चित्र दीवार को ढकता। दीवारें गवाह हैं बहुत-सी स्मृतियों की सामने जो बैठी हैं, वह कौन हैं।

घोड़े की टापों की दूर तक जाती आवाज...टप...टप...टप। उन्हें पकड़ने की कोशिश...जब उम्र होती है, लगता है वक्त थम गया है जब उम्र नहीं होती वक्त को पकड़ने, उसे रोके रखने की सारी कोशिशें नाकामयाब हो जाती हैं।

सामने उफनती नदी है। मीराबाई घोड़े पर सवार उन्हें दूर उस पार जाना है। कोई नाव नहीं दूर-दूर तक। बिजली शैतान की आँख जैसी चमक रही है बार-बार। बारिश हो गयी तो ठिकाना नहीं...भीगते हुए घर में कई घण्टे लग जायेंगे तब बुखार, सरदी, खाँसी। कोई है वह सोचती है जोर से पुकारें पर ऐसी आँधी-तूफान में कौन उनके कलक्टरी वाले रोब-रुतबे की आवाज को सुनेगा... कौन है जो दौड़ा आयेगा...वह लौट चलती है। नदी अगर आदमी होती तो उसकी जुबानदराजी पर जमकर धुनाई करवातीं।

किसी जुलूस में जब कोई सबसे तेज नारे लगाता है तो वह मीराबाई के सबसे तेज शॉट को इन्वाइट करता है...टप...टप...टप टापें धीमी पड़ गयी हैं। घोड़ा लौट गया है...दीवार के चित्र में घुस हिन-हिनाकर कह रहा है...मैं वही हूँ...वही हूँ...जो तुम्हारे साथ इतने दिन रहा और तुमने...

आपने अपने घोड़े को बचपन से पाला था आखिरी समय तक आपके साथ रहा।

नहीं...वह खो गयी हैं। मेरा ट्रांसफर हो गया था जिमी यानी कि मेरा घोड़ा बूढ़ा हो गया था। फिर तब तक गाड़ी भी खरीद ली थी मैंने...इसलिए...वह रुकती

हैं। तसवीर में उनकी आँखें गड़ जाती हैं फिर झुक जाती हैं, जैसे सामना न करना चाहती हों! 'दे दिया मैंने किसी को हालाँकि बहुत बुरा लगा।'

'झूठ है...झूठ है।' पूरे कमरे में गूँज रहा है झूठ है...झूठ है। लौटकर आती प्रतिध्वनियाँ...आगे-पीछे की आवाजों को पहचानना मुश्किल है।

तसवीर का घोड़ा चिल्ला रहा है—उन्होंने मुझे किसी को नहीं कसाई को बेचा था। जब मैं बूढ़ा हो गया तो इन पर मामूली भूसा भी भारी पड़ने लगा। बस बेच दिया मुझे। आज अपना चेहरा चमकाने के लिए कह रही हैं कि बड़ा दुख हुआ था। इनके दुख का पैमाना भी मतलब से चलता था। दुख भी इनकी आँखों में आँसू बनकर तब तैरता था जब कोई महत्त्वपूर्ण आदमी देख रहा हो। घोड़ा किसी ज्ञानी की तरह चिंदियाँ बिखेर रहा है...लेकिन मीराबाई सत्ता के गये वर्षों में उलटे पाँव दौड़ रही हैं।

सत्ता किसी की नहीं होती। वह न स्त्री देखती है न पुरुष। जो भी उसकी गिरफ्त में आता है, उसी के चलाए चलता है।

वह बता रही हैं...जब मैं लखनऊ में थी तो वहाँ गरीब घर की लड़कियों की पढ़ाई तो क्या दो जून की रोटी नसीब नहीं थी। तब मैंने तीन काम इकट्ठे किये थे। एक ट्रेनिंग सेन्टर खुलवाया। इसमें लड़कियाँ सिलाई-कढ़ाई सीखती थीं। वहाँ तैयार होने वाले सामान को बिकवाने का इन्तजाम किया। फिर ट्रेनिंग सेन्टर में ही ये लड़कियाँ पढ़ती थीं। बहुत-सी लड़कियाँ बहुत काबिल निकलीं। उनमें से तो कई टीचर हैं। सबकी घर-गृहस्थियाँ हैं। बहुत दिनों तक मिलने भी आती थीं।

और तुम्हारी घर-गृहस्थी मीराबाई।

मैं अपने काम में ही इतना खोई थी। मगर यह सच नहीं है। सिर्फ मन को बहलाना है। दूसरों से भी ज्यादा खुद के मन को। बात तो यह है कि उन दिनों कलेक्टर लड़कियाँ, मुगलवंश की शहजादियों से कम न थीं। लड़कों को तो चाहिए थीं, घरेलू टाइप लड़कियाँ। मैं तो उन दिनों भी रात-बिरात घर लौटती थी। लड़के मुझे देखते तो उन्हें काम्पलेक्स हो जाता था। फिर मैं भी कोई कम गरूर में नहीं रहती थी। जिन दिनों लड़कियाँ घर से बाहर नहीं निकलती थीं, उन दिनों मेरे पिता ने मुझे लड़कियों नहीं लड़कों वाले काम सिखाए।

कभी अकेलापन खला नहीं...।

नहीं तब तक तो नहीं जब तक नौकरी पर थी। भाग-दौड़ थी। आना-जाना था। यह मीटिंग, वह मीटिंग, कॉन्फ्रेंस घूमना-फिरना...हाँ, रिटायरमेंट के बाद जरूर कभी-कभी लगता था क्योंकि मेरा कोई भाई-बहन ही नहीं है। मगर इस उमर तक तो आते-आते बड़े-बड़े जोड़े बिछड़ जाते हैं। जिन्होंने पचास साल साथ काटे होते

हैं, उनमें से भी कोई एक रह जाता है।

मीराबाई के घर के बाहर आम के पेड़ पर तोता आम भी कुतर रहा है। आवाजें भी दे रहा है। जब तक दस-बीस कच्ची अमिया कुतर न डाले मानता नहीं। जब-तब अपने पूरे कुनबे को भी साथ ले आता है। चाहे जितना भगाएँ नहीं भागता। तभी भाग सकता है जब इस पेड़ को कटवा दें। वह खुद ही मुस्कराती हैं—आम बचाने के लिए तोते को भगाना है, इसलिए पेड़ कटवा दो। न पेड़ होगा न आम लगेंगे न तोते उस पर आयेंगे। वह बीते दिनों की डोर पकड़कर लौट जाना चाहती हैं। उनके बीते वर्ष...बड़े-बड़े बँगले, पेड़-पौधे, पशु-पक्षी सलाम की मुद्राएँ और उन मुद्राओं से बचकर कुछ विशिष्ट दिखने की ख्वाहिश। लेकिन जो किसी एक के लिए विशिष्ट होता है, हो सकता है वह दूसरे के लिए बिल्कुल मामूली हो।

वे लड़कियाँ जिनके पढ़ाने में उन्होंने मदद की थी, अपनी जैसी ही दूसरी लड़कियों के सामने खुद को कैसा समझने लगी थीं। कल तक जैसी वे खुद थीं आज वैसी लड़कियों से बात तक न करती थीं। उनके सामने अपने हुनर और पढ़ाई-लिखाई को बढ़-चढ़कर बताती थीं। लड़ाई के वक्त अपने को श्रेष्ठ साबित करने के लिए गाली-गलौज तक की भाषा पर उतर आती थीं। लगभग यही स्थिति मीरा की अपने परिवार में थी। उनकी चचेरी, ममेरी बहनें...कितनी ईर्ष्या की लपटें...तुलना,नफरत-प्रतिहिंसा तब मीरा का मन अहंकार और तृप्ति से भर उठता था। है कोई उन जैसा। जो उनकी आलोचना करती हैं। शादी न होने पर आगे नाथ न पीछे पगहा का उलाहना देती हैं, वे अपने दुख को कभी नहीं बतातीं, काश! वे भी उन जैसी हो सकतीं। उन्हें भी खुले आसमान में उड़ने की इतनी आजादी होती। सचमुच चित्र से निकलकर घोड़ा फिर से भागा जा रहा है। आसमान में दौड़ लगा रहा है। मीराबाई ने बड़े जतन से लगाम कस रखी है। आसमान से जमीन पर गिरना...जो आसमान छूते हैं वे कभी न कभी जमीन पर गिरने के खतरे से परेशान रहते हैं।

वह उतरना चाहती हैं, बचना चाहती हैं, मगर घोड़ा है कि उतरने नहीं दे रहा। वह उसकी लगाम खींचती हैं लेकिन उस पर कोई असर नहीं पड़ता।

वह असामान में उड़ रहा है। अचानक ठहर जाता है। उसकी पीठ पर लहरों की तरह सिहरनें उठती हैं। मीराबाई गिरने लगती हैं—नीचे और नीचे गिरने की कोई सीमा नहीं होती, अन्त भी नहीं।

अच्छा, क्या सचमुच आप इतनी कठोर और पत्थर दिल हैं कि कभी कोई अच्छा नहीं लगा।

कौन अच्छा लगता? कोई फुरसत ही नहीं मिली। झूठ है सब झूठ...बहाने हैं...जो अच्छा लगा उसकी स्टेटस...उसका फेमिली बैकग्राउंड, खाने, कपड़े पहनने के तौर-तरीके, चाल-ढाल, उठक-बैठक, आखिर साथ रहने के लिए जीवन काटने के लिए कितनी नाप-जोख, उठक-बैठक और उस सबके बाद एक खालीपन... पसन्द-नापसन्द के लिए कितना कुछ जानना पड़ता है। पर अब इस उम्र में...पीछे मुड़कर देखना, लौटो तो कहाँ तक जा सकते हो? बीते हुए वर्ष! कॉलेज के दिन...पढ़ना, पढ़ना और पढ़ना। अपनी सफलता से भी ज्यादा यह चिन्ता कि कौन कितना पीछे छूट गया? जीवन की आपाधापी में अपनी प्रगति से भी ज्यादा चिन्ता दूसरों के पीछे छूट जाने की होती है।

है कोई पूरे घर, मोहल्ले, कस्बे, जिले में! एक इकलौती मीराबाई! हमारी बेटी! बेटी क्या बेटे भी ऐसे नहीं होते। है कोई! का कोड़ा तड़तड़ाता। घायल करता चलता है सबको। सब उम्मीद करते हैं कभी वह कोड़ा हाथ आ जाये तो उसके इतने टुकड़े कर दिये जायें कि वह कभी किसी पर न बरस सके। लेकिन वह कभी हाथ नहीं आता। उसकी शक्ति बढ़ती है, चोटें बढ़ती हैं, दुश्मन बढ़ते हैं।

हजारों दुश्मन! एक से बढ़कर एक। नीचा दिखाने को आतुर। लेकिन मीराबाई के माता-पिता भी तो कम लोगों को नीचा नहीं दिखाया है। उसी का बदला वे उनसे लेते हैं तो क्या!

लेकिन पीछ मुड़कर कितना देखें? कितना अतीत में जायें!

वह देखती हैं नये किराएदार के जोड़े को। वे हमेशा कैसे हँसते-खिलखिलाते नजर आते हैं। क्या सचमुच लोगों के जीवन में इतनी ही खुशी होती है या वे खुशी का दिखावा भी करते हैं। तभी नयी आयी वह लड़की चुपके से उनके पास आकर खड़ी हो जाती है। उसके चेहरे से लालिमा फूटी पड़ती है। उम्र की ताजगी चेहरे से टपकती है।

वह अपनी यादों में गोते लगा रही हैं और लड़की इन्तजार में है कि वह लौटें तो कुछ कहे। वह मुड़ती हैं। पुराना अफसरी अन्दाज लौट आता है। आँखों की भाषा बिना कुछ कहे पूछने की।

लड़की समझ जाती है।

"आण्टी वहाँ तो एक आदमी भी ठीक से खड़ा नहीं हो सकता और पत्थर इतने नीचे लगे हैं कि सिर में लगते हैं।"

"कहाँ!" छोटा सवाल। आसमान में तिरती आँखें जैसे वहीं कुछ छिपा हो।

'किचन में आण्टी।" इतना अनकम्फर्टेबल है।

लड़की एक्सप्लेन करती है।

"लेकिन किचन से तुम्हें क्या मतलब?" —वह आँखें तरेरती हैं।

"आण्टी मैं समझी नहीं।" वह सचमुच नहीं समझ पाती। उसकी आँखें आश्चर्य से फैल जाती हैं—"हम खाना किचन में ही तो बनायेंगे। आप कहती हैं, मुझे किचन से क्या मतलब?" मीराबाई मुस्कराती हैं।

"भाई मैंने तो कभी इस बारे में सोचा नहीं। जब से पैदा हुई, किचन में नौकरों को ही खाना पकाते देखा।"

"इसीलिए आण्टी किचन में पत्थर इतने नीचे लगे हैं कि वे लगातार सिर से टकराते रहें। कोई वेंट्रीलेशन नहीं, फ्रेश एयर नहीं। खड़े होने की जगह तक नहीं।"—लड़की खौलने लगती है।

"अरे भाई नौकर को किचन में सुलाना थोड़े ही था। ये सारी सहूलियतें तो बेडरूम में होती हैं।"

मीराबाई हँसती है। उनकी हँसी हवा में तिरती है देर तक। वह हैं तो उनकी हँसी है। यह लम्बा-चौड़ा घर है। उनकी क्लास है रूलर्स की। जहाँ कोई काम हाथ से नहीं किया जाता।

आम पर बैठा ता उनकी हँसी में सुर मिलाने की कोशिश करता है। मगर उसके मुँह से आवाज नहीं निकलती। एक अमीर रिटायर्ड ऑफिसर की नकल करने को भी बहुत साहस चाहिए। आम के पेड़ के पत्ते श...श...श...कर रहे हैं, तोते को चुप करना चाहते हैं, मगर वह चुप नहीं होता। आखिर हर आवाज की एक कीमत होती है।

शाम को वही लड़की फिर से आ खड़ी होती है। इस वक्त वह मुस्करा नहीं रही है, जैसा कि वह अक्सर करती है।

वह कहती है—"आण्टी, हम इस पहली तारीख को शिफ्ट कर लेंगे..."

मीराबाई आश्चर्य से देखती हैं, ऐसी क्या बात हुई? उन्होंने तो ऐसा कुछ नहीं कहा।

फिर...किचन तो उन्होंने हमेशा से ऐसा देखा है मगर...

(आजकल, 2005)

स्मृतियों के शिलालेख

मृत्यु माने आस्थाओं का अन्त!
जीवन से परे चले जाना और उस व्यक्ति की स्मृतियों के झाड़ने-पोंछने और खत्म करने की जल्दी...शोक में कब तक रहा जा सकता है। शो मस्ट गो ऑन।

सब बहानेबाजी है कि जो कुछ हमारा होता है, हमारे लिए होता है उसे हम जिन्दगी भर नहीं भूल पाते। नहीं, हम उसे उसी पल भूल जाते हैं क्योंकि किसी की मृत्यु के आस-पास हम कभी अपनी मृत्यु नहीं देखते। एक मृत देह को देखती जीवित देहें शायद ही कभी अहसास कर पाती हैं कि एक दिन बिल्कुल ऐसे ही वे सब चली जायेंगी...सब बचते हैं इस सचाई से। तभी तो एक तरफ लाश पड़ी होती है और दूसरी तरफ पेट भोजन माँगता है, अँतड़ियाँ कुलबुलाती हैं। छिप-छिपकर? देह की माँग! कौन कहता है कि यह दुनिया आत्मा की माँग से चलती है, यहाँ सिर्फ देह चलती है! देह के अनेकों धर्म! बेईमानियाँ, चालाकियाँ, दूसरों को सताना, झूठ, सब इस दुनिया के नियम हैं और यह दुनिया इस देह से चलती है। जो मर जाता है उसके लिए दुनिया खत्म हो जाती है!

भाई साहब की इस वृद्धावस्था में भी वह बलिष्ठ देह! इस देह से उन्हें कितना प्यार था! देह की ताकत उसकी शक्ति को जीवन भर सँजोया था उन्होंने! उनकी देह का बल और उसका आतंक! वह जब भी चलते थे अक्सर टेढ़ी गरदन करके अपनी भुजाओं और छाती को देखते जाते थे। उनकी गरदन अक्सर अकड़ी रहती थी और कदम धम-धम पड़ते थे।

बचपन में कितने सारे चित्र कौंधते हैं मन में...

गेहुँओं की बोरी ढोते भाई साहब, बिगड़ैल गाय को नाथते भाई साहब, सुबह बटाई के खेतों में पानी देते...पागल कुत्ते को चकरघिन्नी की तरह घुमाते...एक पूरे पेड़ की लकड़ी को कुल्हाड़ी से काटते...दस-दस ईंटें इधर-उधर बाँधकर वेट लिफ्टिंग करते और अस्पताल में पड़े वह लाचार...अच्छा है तू अकेली आयी है। मेरी दुकानों के कागज बनवा दे। एक दुकान बड़ी बहू के नाम पर करवा दे। मान

ले मेरी तबीयत ज्यादा खराब हो गयी तो उसे तो यह लड़का रोटी नहीं देगा।

अपने लड़के से चिढ़-नफरत, मगर बहू से लगाव। एक गिल्ट—'मैंने बहुत बड़ी गलती की इसकी शादी करके। कितनी बददुआएँ देती होंगी।'

एक हूक...मेरे बचने की रणनीति...'कल क़ो इनके लड़के तो मुझे ही भला-बुरा कहेंगे।'

इन इतने वर्षों में कभी नहीं लगा कि उनसे कोई लगाव के बिन्दु भी बचे हैं लेकिन मेरा सोचना गलत ही था...जिसे हम लगाव को खत्म होना मान लेते हैं, वे बिन्दु कभी खत्म नहीं होते। जब देखो, तब नासूर की तरह उभर आते हैं। किसी भी दुख या कष्ट को क्या मात्र आँसुओं से परिभाषित किया जा सकता है। एक हूक-सी उठती है। ऐसा नहीं लगता था कि वह चले जायेंगे। वह कभी नहीं लौटेंगे। वेंट्रीलेटर पर पड़े-पड़े वह आखिरी साँस लेंगे। कोई कह रहा था—'विधि ने लिखा होगा कि इस दिन, इस वार, इतने बजे, इस अस्पताल के आई.सी.यू. में यह आखिरी साँस लेंगे। उनकी पसलियाँ नीली पड़ गयी थीं। मुँह आधा खुला था। हथेलियों के पीछे का हिस्सा सूज गया था। क्या यही थे जो किसी से नहीं डरते थे। जिन्होंने जीवन भर शाकाहार को ढोया। शराब, सिगरेट यहाँ तक कि पानी को भी हाथ नहीं लगाया, तब? इस तब का जवाब नहीं मिलता है। उनके फेफड़ों को क्या हुआ? उन्हें कैंसर ने कैसे घेरा? कोई डॉक्टर इसका क्या जवाब देगा? वे भी इसे होनी का खेल कहकर और हाथ ऊपर उठाकर चुप हो जायेंगे।'

'हानि-लाभ जीवन-मरण यश-अपयश विधि हाथ।'

वह पंचकों में मरे थे...हाय-हाय रे यह क्या हुआ! पंचकों में मरना यानी कि पाँच मौतें...शान्त कराओ जी,...बड़ा अशुभ है...जैसे कि जब कोई मरता है, उसकी आखिरी साँसें चलती हैं, उसके शरीर के सारे सिस्टम्स एक-एक करके काम करना बन्द कर देते हैं तो उसे इन पण्डितों से पत्रा निकलवाकर देख लेना चाहिए कि वह कब मरे! पंचक तो नहीं हैं—बृहस्पतिवार तो नहीं।

कल तक जो जीता-जागता, चलता-फिरता हमारे सामने था...आज वह नहीं है और सिर्फ आज ही नहीं वह कभी नहीं दिखेगा...क्या उससे बड़ा कड़वा सच...अशुभ कुछ हो सकता है...लेकिन जो बच गये हैं वे अपने डरों को शुभ-अशुभ में तोलते हैं, जिसने परिवार के नाम पर परिवार के लिए जीवन होम कर दिया, उसके बारे में कौन सोचता है? जिन्दगी थम गयी है? दिमाग बन्द हो गया है। जैसे कुछ करने को नहीं बचा। सब बातों का एक अन्त, तो फिर कुछ करने का लाभ, एक निराशा घेरती है। निराशा पीछे खींचती है, जीवन आगे धकेलता है—आज का दिन, आज का काम एक छुट्टी बच जाने के फायदे! हानि-लाभ, गुणा-भाग करते-करते

ऐसे ही जीवन बीत जाता है। कुछ दिन की स्मृतियाँ बचती हैं। कंकड़ गिरने से जैसे छपाक की आवाज होती है, सब चौंकते हैं और फिर सब कुछ रिल-मिल जाता है। कभी कोई चित्र पूरा नहीं बनता, सब आधे-अधूरे रह जाते हैं—भाई साहब की तरह।

स्मृतियों से निजात...तेरह ब्राह्मण तेरहवीं के और तेरह ही बरसी के...साथ के साथ बरसी कर दो....चौंसठ वर्ष का इतिहास तेरह दिन में समाप्त हो चला है... तेरह भी नहीं सही मायने में बारह दिन में खत्म हो चला है। कौन ढोएगा शोक को बरस भर! कौन जिम्मेदारी उठाएगा हर महीने ब्राह्मणों की। कर्मकाण्डों में छिपा यह सच कि कम से कम एक बरस तक हम चले गये व्यक्ति को याद रख सकें...उसकी पसन्द का खाना, उसकी रुचियाँ। इन दिनों सब बेमानी हो चला है। लोग आमने-सामने जीवित व्यक्ति को भूल जाते हैं तो मरे को कौन ढोए? भाई साहब चले गये हैं, अब वह किसी का क्या स्वार्थ साध सकते हैं? किसी के क्या काम आ सकते हैं? सो भूलो-भूलो खत्म करो, आगे चलो। उन्हें ही याद करके बैठे रहें, तो रोजी-रोटी कब कमाएँ?

लेकिन जो चला गया है, जिसने शोक दिया है उसे याद करके तो कुछ शुभ नहीं किया जा सकता...भूलो-भूलो। श्रीकृष्ण को याद करो...'आत्मा अजर-अमर है। न कोई मरता है न जनम लेता है।' तो कौन मरा है कोई नहीं। आत्मा शरीर को वैसे ही बदलती है जैसे हम कपड़े।' 'आयेगा सो जायेगा, राजा, रंक, फकीर!' भाई साहब कौन थे न राजा, न रंक, न फकीर...अन्त-अन्त तक उनकी जिन्दा रहने की इच्छा...आगे बढ़ने की ललक। प्रगति के लिए कुछ भी कर देने की हिम्मत।

इसीलिए मन लौटता है! वह आँगन जहाँ कभी बेर का पेड़ था, अब पक्का है। इस मकान की ईंट-ईंट जोड़ने में उन्होंने जीवन गुजार दिया...उनकी स्वार्थपरताएँ ...लेकिन क्या अब यह उन सब बातों को सोचने का वक्त है।

कमरे में हवन का धुआँ भर गया है। भिंडी अरवी, गोभी-आलू, मटर-आलू, दही-बूरा, रायता सब उनकी पसन्द का खाना।

'क्या फायदा...उन्होंने तो पन्द्रह दिन कुछ नहीं खाया...वह तो भूखे ही चले गये।' उनकी बेटी कहती है।

भाई साहब, जो मनपसन्द खाना न मिलने पर थाली उठाकर पटक देते थे... वह पन्द्रह दिन भूखे कैसे रहे होंगे?

जो भी मर जाता है, लोग उसके बारे में कहने लगते हैं—'उसे तो अपने मरने का अहसास हो गया था।'

पर यह सच नहीं है, अन्त-अन्त तक आदमी को लगता है, वह ठीक हो जायेगा। डॉक्टरों, हकीमों, वैद्यों, तन्त्र-मन्त्रों और पूजा-पाठ की शक्ति उसे बचा लेगी। पर ऐसा कभी नहीं होता, कोई चमत्कार जीवन में नहीं घटता है।

शाम हो चली है, सूरज डूब रहा है, थोड़ी देर में अँधेरा छा जायेगा। भाई साहब के लम्बे जीवन की स्मृतियाँ भी सूरज की तरह विलीन हो जायेंगी।

उनकी गाय...चालीस वर्ष पहले पाली गाय की सन्तति...बाहर खड़ी है। उसकी पूँछ-गले में कलाया बाँधा जा रहा है। भाभी उसके माथे पर तिलक लगाती हैं। गाय उनका हाथ चाटने लगती है। भाभी पाँव छूती हैं और जोर से रोने लगती हैं। गाय ले जाने वाला उसकी रस्सी थामे नीचे उतरता है। गाय लाचार आँखों से पीछे मुड़कर देखती है, जैसे कह रही हो, मुझे कहाँ भेज रहे हो? क्यों भेज रहे हो? मेरा मालिक चला गया तो मुझे भी दर-बदर कर दिया। पर कह नहीं पाती। आगे बढ़ जाती है। सब रो रहे हैं? हमने गाय दी है, या भाई साहब के साथ उनके परिश्रम को भी विदा कर दिया। बच्चों को शुद्ध दूध मिले इसके लिए वह हमेशा गाय पालते थे। आज खूँटे पर कोई नहीं है। लगता है जैसे अभी सामने से साइकिल चलाते वह आ जायेंगे। खूँटा खाली देखकर गुस्से से पूछेंगे—'कहाँ भगा दी तुमने गाय?' और साइकिल वहीं खड़ी करके गाय को ढूँढने निकल जायेंगे।

उनकी साइकिल आँगन में खड़ी है। वह भी हो सकता है, कल किसी को दे दी जाये, स्मृतियों के अन्त का यह भी एक तरीका है।

(रेडियो, 2004)

भूख

तो—उस लम्बी, छरहरी स्मार्ट औरत ने अपने नकाब से झाँकते हुए कहा—मस्ती है। मस्ती। उसके कपड़े फटे हुए थे। पैरों में चप्पलों की जगह बिवाइयाँ थीं। मुँह पर कालिख लगी थी। हाथ में एक फटा-पुराना बोरा था।

लेकिन तुम हो कौन? यह तुम्हारी हालत कैसी है?

नहीं पहचानते। पहचानोगे भी कैसे? मैं गा रही हूँ न मस्ती है मस्ती है। लोग मर गये मस्ती है। दंगा हो गया, आग लग गयी...बम फूटा...मस्ती है। एक लाख बच्चे मर गये, नदियाँ सूख गयीं, किसी की रोज की कमाई दो रुपये तो किसी के नाश्ते पर एक लाख खर्च हुए मस्ती है...मस्ती है। मैं हूँ मगर दिखनी नहीं चाहिए। मस्ती है, मस्ती है।

तुम्हारा फण्डा क्या है? लेकिन अभी तक तुमने बताया नहीं कौन हो तुम?

आश्चर्य! इस दुनिया में ऐसा कौन है जो मुझे नहीं पहचानता। एक जमाना था जब क्या राजा-रंक सब मुझसे दूर भागते थे। हर जगह मैं ही मैं थी। मेरे साथी आँसू, कराहें यहाँ-वहाँ लोट लगाते रहते थे।

सुनने वाला जिसका सिर बैल का था, शरीर आदमी का पूँछ डायनासोर की। जिसे जीन टेक्नोलॉजी के जरिए वैज्ञानिकों ने अपनी लैब में विकसित किया था, जिसके शरीर में इंटेलीजेंट दिमाग फिट किया गया था, जिससे कि इस करोड़ों वर्ष पुरानी दुनिया में इसे कोई भी बात समझने में दिक्कत न हो। उसके शरीर में ऐसा डाटा लोड किया गया था जिससे वह जब चाहे पीछे जा सकता था। वैज्ञानिक चाहते तो लाखों वर्ष के भविष्य का डाटा भी फिट कर सकते थे लेकिन डाटा के चोरी हो जाने का खतरा था। इसलिए यह विचित्र जीव सिर्फ सौ वर्ष आगे देख सकता था।

एक और बात, डारविन की थ्योरी देखने के बाद वैज्ञानिकों ने टेस्ट ट्यूब में पैदा किये इस जीव में मछली के जीन डाले थे जिससे कि वह तैर सके और वहाँ की परिस्थितियों के अनुसार खुद को ढाल सके। वह चिड़िया की तरह उड़ भी

सकता था। धरती की कोई भी आपदा उसका कुछ नहीं बिगाड़ सकती थी। और तो और घास-फूस से लेकर स्टेम सैल थेरेपी तक की जानकारी इसे थी। जिससे कि वह अपना इलाज कर सके। वह चाहे बोल न सके, लेकिन दुनिया की हर भाषा समझ सकता था। रिएक्ट कर सकता था। हालाँकि इन सब बातों की उसे जरूरत नहीं थी क्योंकि चौबीसों घण्टे उसकी मानीटरिंग लैब में चलती रहती थी। उसका नाम रखा गया था जूरकंडु।

तभी एक टिटहरी जोर से चिल्लाती हुई ऊपर से गुजरी। नकाब से ढकी आँखें उधर मुड़ गयीं—इसे भी मेरे बारे में मालूम है। इस धरती के हर स्त्री-पुरुष, पशु-पक्षी, मछली, बैक्टीरिया, वाइरस, कीट-पतंग सब मुझे जानते हैं।

"क्या तुम मिस वर्ल्ड रह चुकी हो?" उस विचित्र जीव ने पूछा?

"नहीं, लेकिन मिस वर्ल्ड मेरे बारे में जानती हैं।"

जरकंडु बातचीत करते-करते ही उस औरत के बारे में अपने मोबाइल स्क्रीन पर सारी जानकारी इकट्ठी करता जा रहा था। सी.डी. पर सी.डी. खत्म होती जा रही थी। आखिर मीडिया इन दिनों हर वक्त जिन सेलिब्रिटीज, नेताओं, मॉडल, सुपर मॉडल्स आदि की जानकारी छापता था, क्या यह उनमें से कोई थी। कहीं की प्रधानमन्त्री थी। एक करोड़ हिट फिल्मों की हीरोइन थी। कोई नामी टेररिस्ट थी, ड्रग ट्रैफिकिंग करने वाली थी, माफिया थी, स्मगलर...नहीं...नहीं, यह शब्द तो इन दिनों चलता नहीं था। उसने अपनी डायनासोर जैसी पूँछ को उठाया तो उसमें लगे कैमरे चटर-चटर करने लगे। वे इस औरत के ज्यादा से ज्यादा फोटो खींचकर लैब में भेज रहे थे। पहचान का संकट था। आखिर इस औरत के बारे में जानकारी देना वैज्ञानिक कैसे भूल गये। कहते तो थे कि शिव की तरह मीडिया की तीसरी आँख से कुछ नहीं बच सकता था। कोई आकाश से लेकर पाताल तक कहीं भी छिप जाये प्रिंट से लेकर टी.वी. तक के खोजी पत्रकार उसके बारे में जानकारी ले ही आते थे। इसीलिए जरकंडु को खास हिदायत थी किसी भी मीडिया वाले को देखकर फौरन अदृश्य हो जाये। अभी तो वह क्लीनिकल ट्रायल की स्टेज में था। जब ट्रायल सफल हो जायें तब दुनिया भर में चैनलों के जरिए उसकी जानकारी एक साथ जारी होनी थी। वैज्ञानिक उसके हर मूवमेंट पर नजर रख रहे थे। वह तैर सकता था, वह तैर सकता था, वह उड़ सकता था। वह वर्तमान में रहते हुए टाइम मशीन की तरह पीछे जा सकता था।

लेकिन यह औरत...अचानक दूर सड़क पर तेजी से लाइट्स नजर आने लगीं। ऐसा लगता था सड़क इधर से उधर दौड़ रही थी। अचानक वह औरत जरकंडु के सामने से गायब हो गयी। वह कौन थी कहाँ गयी होगी? आखिर यह

किस तरह की स्त्री थी जो हर जगह थी, मगर जरकंडु को मालूम नहीं था। जबकि दुनिया में जितनी भी प्रकार की चीजें थीं, वह उन सबके बारे में जानता था। उसे बनाने वालों की नजर से कुछ भी नहीं बचा था। तभी उसने जोर की साँस ली तो जैसे तूफान आ गया। आस-पास खड़े पेड़ थर-थर काँपने लगे।

एक खण्डहर में जाकर वह अपने आगे के प्रोग्राम पर विचार कर रहा था कि वहाँ उलटे लटके चमगादड़ों ने दहाड़ती आवाज में कहा—"कौन है बे जो मुँहअँधेरे हमारी नींद में खलल डाल रहा है।"

'लगता है हमारा ही कोई भाई-बन्धु है जो रात का शिकार करके थक गया है। लेकिन यह मैमल है, रेप्टाइल या अमीबा की कोई प्रजाति?' अपनी माताओं का दूध पीते चमगादड़ों ने जिज्ञासा की। मगर कोई भी उनके प्रश्नों का जवाब नहीं दे सका।

जरकंडु खण्डहर से निकलकर बाहर चला लेकिन वहाँ बहुत-सी बकरियाँ चर रही थीं। वे तरह-तरह के मुँह बनाती सूखी घास चबा रही थीं कि उनकी नजर उस पर पड़ी। उसे देखकर वे मैं-मैं करके भागने लगीं। कुछ सींग निकालकर मारने दौड़ीं।

उसके बनाने वाले एक साइंटिस्ट ने उसे फ्रेंडली मोन्सटर का नाम दिया था। मगर कोई भी उसे दोस्त मानने को तैयार नहीं था। एकाएक उसे बरगद का एक घना पेड़ दिखाई दिया। उसके चारों ओर जड़ें ही जड़ें लटकी थीं। हो सकता है ये मेरी पूँछ यानी कि डायनासोर के जमाने की हों। फिर उसने एक छलाँग लगायी और बरगद के पेड़ पर जा बैठा। इतनी जड़ों के बावजूद बेचारा बरगद उखड़ने से बचा। वहाँ बैठा वह पास की पोखर में तैरती बत्तखों, उड़ती चीलों और भारी-भरकम बस्ते लटकाए छोटी उमर में ही वजन के कारण कूबड़ से परेशान बच्चों को देखता रहा।

अचानक उसने सड़क के किनारे नंग-धड़ंग एक आदमी को लेटे देखा। वहाँ से गुजरते लोग उसे देखकर भवें चढ़ाते आगे निकल जाते। ऐसे दृश्य देखकर उनकी सिर्फ सुबह ही नहीं खराब होती थी पूरा दिन खराब हो जाता था। कुछ कह रहे थे कि देखो तो क्या जमाना आ गया पार्टी-शार्टी की बात तो और है। भला इतने सवेरे भी कोई पीता है। बेचारी कोस्टारिका की मिस वर्ल्ड जो गरीब बस्तियों की हालत देखकर बेहोश हो गयी थी। न जाने इसे देखकर क्या होता? एकाएक उसकी आँखों में रोशनी कौंधने लगी। आखिर वह औरत जो उसे चिढ़ाती हुई चली गयी थी। कौन थी, उसने कहा था, उसे दुनिया पहचानती है।

वह कौन थी? क्या वह कोई बड़ी टी.वी. पर्सनेलिटी थी, खिलाड़ी या मिस

वर्ल्ड। हालाँकि सौ-दो सौ लोग ही फैसला कर लेते थे कौन स्त्री दुनिया में सबसे सुन्दर है। दुनिया भर की इन स्त्रियों को कितने कठिन दौर से गुजरना पड़ता था। एक लड़की ने कहा था कि यदि वह पूरे दिन में एक स्लाइस खाती है तो मोटी होने लगती है। दूसरी ने कहा था कि वह बचपन से ही मिस वर्ल्ड बनना चाहती थी, इसलिए एक महीने से सिर्फ एक खीरा खा रही है। उसी ने कहा था कि अगर उसके पेट पर 1 सें.मी. भी मांस बढ़ गया तो उसे रेम्प से उठाकर एक हजार किलोमीटर दूर फेंक दिया जायेगा। लेकिन उस औरत का अदृश्य हो जाना... जरकंडु को क्रोध आ गया। किस उलझन में है? फिर उसकी मेमोरी में जितनी भी गालियाँ फीड थीं—कुत्ते, कमीने, हरामजादे...क्या जरूरत थी लैब से निकालकर दर-दर भटकाने की। इससे तो अच्छा मैं लैब में ही था। वहीं तो आँखें खोली थीं, भेज दिया यहाँ वीरान देश में। और एक वो साली औरत है...च्य..च्य उसे खास हिदायत थी कि वह औरतों के खिलाफ किसी अपशब्द का प्रयोग नहीं करेगा। एमपावरमेंट के इस युग में क्या पता कौन अन्दर करा दे? लेकिन क्या करे? दिमाग पर इस कदर नकाब के पीछे उसकी झाँकती आँखें छायी थीं कि कुछ समझ में नहीं आता था। उसने फौरन अपनी छाती में लगा कम्प्यूटर ऑन किया और उस औरत का हुलिया फ्लैश करने लगा। शायद उसे कोई पहचान ले?

एकाएक उसे अपनी टीम के एक वैज्ञानिक का एसएमएस मिला—"कहीं इश्क तो नहीं हो गया।"

इश्क? यह क्या बला है? उसने फौरन डिक्शनरी को क्लिक किया और इश्क के बारे में पढ़ने लगा। पता चला कि वह जहाँ है उससे वह इमारत कुछ ही दूर है जिसे दुनियाभर में प्रेम का बड़ा प्रतीक माना जाता है यानी कि ताजमहल। ताजमहल...जरंकडु ने अक्सर ताजमहल के सामने बैठे हिलेरी-बिल, जिमकैरी, श्वार्जनेगर, बुश और भी न जाने किन-किन के चित्र देखे हैं। अपने प्रेम की दुहाई देने के लिए वे सबके सब एक नकली फोटो खिंचवाते थे और हाथ हिलाते हुए उड़ जाते थे। वे कभी पीछे मुड़कर नहीं देखते थे।

एकाएक कोई जोर से हँसा। बरगद जमीन की ओर लटकी जटाओं के साथ जोर-जोर से हँसने लगा। जरकंडु की समझ में नहीं आया, कौन जोर से हँस रहा है।

डर गये? तभी उसे आवाज सुनाई दी—"डरो मत, मैं तुम्हारे उलटे-सीधे रूप को देखकर नहीं डरा। और लल्ला दूसरों के प्रेम से नहीं जलते। ज्यादा परेशान है तो जहाँ तेरे सींग समाएँ वहाँ चला जा..."

बाप रे! जरकंडु पत्ते की तरह थर-थर काँपने लगा। यहाँ तो पेड़ भी बातें करते

हैं। उसने तो आज तक बातें करने वाले पेड़ों के बारे में नहीं सुना...कहीं कोई भूत-प्रेत बुरी आत्मा। अचानक उसे बीप सुनाई देने लगी...उसकी पीठ पर लगी लाल-हरी बत्तियाँ जलने लगीं—उसे अन्दर ही अन्दर सुनाई देने लगा—जरकंडु डोंट वेस्ट योर टाइम। डू नॉट गेट इमोशनल। इस इनसानी गुण से दूर रहो। दुनिया का कोई भूत-प्रेत तुम्हारा कुछ नहीं बिगाड़ सकता।

इन आवाजों को सुनकर जरकंडु के अन्दर सोया मेल जाग उठा। उसने अपनी ताकतवर पूँछ को फटकारा तो पूरा का पूरा बरगद जमीन पर जा पड़ा—जरकंडु को चुनौती देने चला था। बरगद के गिरते ही एक जोरदार कराह गूँजी। उस पर बसेरा करने वाले कौवे आस-पास मँडराकर जोर-जोर से काँव-काँव करने लगे। वे जरकंडु पर अटैक करने लगे, मगर वह मन की तेज गति से वहाँ से उड़ गया।

एकाएक जरकंडु को अपने अन्दर लगी स्क्रीन पर बहुत-से दृश्य दिखने लगे। दरअसल जिस औरत को खोजने के लिए उसने मैसेज फ्लैश किये थे उनके बारे में अपडेट हो रहे थे। दुनियाभर में मीडिया, सैटेलाइट, दूरबीनों से उसे खोजा जा रहा था। कई औरतों के इंटरव्यू लिये जा रहे थे, बहुतों की केस हिस्ट्रीज का अध्ययन किया जा रहा था। यहाँ तक कि भारत की महान सुन्दरियाँ जिन्हें यह गलतफहमी थी कि वे विश्व सुन्दरियाँ हैं और उन्हें पूरी दुनिया ने चुना है, उन्हें तक कोई नहीं पहचान रहा था।

फिर उसे यह भी बताया जा रहा था कि उसकी भेजी इनफार्मेशन के आधार पर जितने भी प्रयास किये जा रहे हैं, उनमें कोई सफलता नहीं मिल रही। हाँ, वह अलकायदा वालों से जरूर बचकर रहे? क्या पता कौन किस वेश में छिपकर आ जाये। वैसे भी नकाब से तो खतरा ही खतरा है। कौन किस वेश में छिपा हो? यह भी तो हो सकता है कि जरकंडु को इम्पीरियलिज्म का प्रतीक मानकर सब उसके पीछे पड़ जायें। जबकि वह तो मानवता की भलाई के लिए निकला था। एक ही पल में वह सालों पीछे अतीत में जा सकता था, दूसरे ही पल आगे के भविष्य में झाँक सकता था। इतनी गणनाएँ तो कोई बड़े से बड़ा ज्योतिषी भी नहीं कर सकता था। लेकिन वह औरत...कौन थी, कहाँ गयी? जरकंडु समझ नहीं पा रहा था।

जरकंडु ने अपनी दिव्य दृष्टि से देखा तो उसे लाल बिन्दु जैसा कुछ दिखाई दिया, धरती की तरफ। उसने अपनी आँखों में लगी दूरबीनों से देखने की कोशिश की मगर वह कुछ पता नहीं कर पाया। क्या हो सकता है? उसने सोचा। उसने अपनी मेमोरी में ऐसे किसी बिन्दु को खोजने की कोशिश की। मगर क्या था वह? कई बार दूर से चीजें गलत बयानी करती हैं, पास आने पर वे किसी और रूप में

बदल जाती हैं...क्या हो सकता है...कोई यू-फो।

लेकिन उसकी आँखों में फिक्स कैमरे इस बात का बार-बार संकेत दे रहे थे कि जिस जगह पर वह लाल बिन्दु दिखाई दे रहा था वहाँ काफी भीड़भाड़ थी। वहाँ जाने में खतरा ही खतरा था। क्या पता जरकंडु का भीड़ वहाँ क्या हाल बनाये तो फिर...जाओ वहाँ देखो उसे? जरकंडु एक पल में उस लाल बिन्दु के पास जा पहुँचा। वह दुनिया की हर चीज को देख पा रहा था बल्कि दर्ज भी करता जा रहा था। ओफ, जिस बिन्दु को देखकर वह डर रहा था और कुछ नहीं वह एक ऐसी दुकान थी जिस पर लाल रंग के बहुत-से फोटो लगे थे। यानी कि वह फोटोग्राफर की दुकान थी। वहाँ कई लड़कियाँ अपने-अपने फ्रेम से झाँक रही थीं। कट स्लीव का ब्लाउज पहने एक लड़की अपने बालों में हाथ दे बिल्कुल रैम्प पर चलने का अभिनय कर रही थी। अगर इन लड़कियों को मौका मिले तो ये रैम्प पर काफी कमाल दिखा सकती हैं—जरकंडु ने सोचा। तभी उसकी नजर दो दुल्हनों पर पड़ी। लाल कपड़े पहने वे दुल्हनें शरमा रही थीं। जेवरों से लदी थीं। एक ने अकेली घूँघट पकड़कर फोटो खिंचवाया था, दूसरी अपने पति के कन्धे पर गिरी जा रही थी। ये सभी लड़कियाँ अपनी आँखों में बालीवुड को बसाए थीं, काश वे भी...

एक बच्चे के पाँच चित्र थे...बच्चा तरह-तरह के पोज में था, ठोड़ी पर हाथ रखे...कमर पर रखे...तर्जनी से ललकारता...हँसता...जरूर बच्चे उसके माता-पिता ने कहा होगा...वरना एक छोटा बच्चा ऐसे पोज बना सकता है...क्यों नहीं? सोचते हुए जरकंडु को उसके अन्दर से ही किसी ने झिड़का...तुम आज दुनिया में पैदा हुए और वह भी लैब में और खुद को बच्चों से बड़ा समझ रहे हो...जानते नहीं, ये आजकल के बच्चे हैं...माता-पिता जो खुद नहीं कर पाये उसे बच्चों से करवाना चाहते हैं और उनका कचूमर निकाल देते हैं। वैसे भी यह टी. वी. और इन्टरनेट का जमाना है। बच्चे भी तो वही सब देख रहे हैं जिस पर बड़े इतरा रहे हैं। इसीलिए जरूरी नहीं न कि कैमरे के सामने बच्चे से किसी ने पोज बनाने को कहा हो। हो सकता है उसने खुद ही ऐसा किया हो। उसे बच्चे के बारे में अपनी अन्तरात्मा की आवाज बिल्कुल सच लगी। आखिर मशीन की भी तो अन्तरात्मा होती है। मैं दुनिया की सर्वश्रेष्ठ मशीनों का कॉम्बीनेशन ही तो हूँ, उसने सोचा।

उसका निरुद्देश्य घूमना खत्म नहीं हो पा रहा था। सच तो यह है कि उसे उद्देश्य पता भी नहीं था। उसकी हर गतिविधि रिकॉर्ड हो रही थी और रिकॉर्डिंग तो कभी व्यर्थ नहीं होती है।

सेंसेक्स का बुल उछल रहा था...किसान आत्महत्या कर रहे थे। कल उसने अखबार में पढ़ा था। कल उसे यह भी पता चला था कि कृषि जगत का प्रतीक

बनाने के लिए वैज्ञानिकों ने जिस बैल का मुँह उसे सौंपा था उसका धनी-धोरी यहाँ भी कोई नहीं था। हाड़ निकले बैल गरीब किसान की पहचान थे। लेकिन इन दिनों मरने वाले किसानों में वे थे जो कम उत्पादन के कारण कर्जा चुका नहीं पा रहे थे। वे भूमिहीन नहीं खेतों के मालिक थे। स्वर्ग में बैठे प्रेमचन्द ने अपनी डायरी में यह नोट किया था कि अगले जन्म में वे इस भूमिहीन के मुकाबले इस सम्पन्न किसान की दारुण दशा का वर्णन करेंगे जो आत्महत्या कर रहे हैं। तो क्या भारत के गाँवों से गरीबी खत्म हो गयी? या सचमुच कोई भूमिहीन नहीं रहा। नहीं, शायद बात यह है कि जिस तरह शहर के अमीरों के मुकाबले गरीब अक्सर न्यूज में होते उसी तरह किसानों में भी गरीबों की कोई न्यूज नहीं होती आखिर टी. आर. पी. गिरती है। अखबारों का सर्कुलेशन भी गिरता है। निगेटिव न्यूज कोई नहीं पढ़ना चाहता। पचपन करोड़ युवाओं के देश में मस्ती का फण्डा चाहिए। दुनियाभर के देश अपने बूढ़ों से परेशान हैं। भारत के फाइनेंस मिनिस्टर ने भी कह ही दिया है कि बूढ़े अर्थव्यवस्था पर बोझ होते हैं। उन्हें पी.एफ., पेंशन, मेडिकल बेनीफिट देने पड़ते हैं। करते वे कुछ नहीं। जो बात कहने से रह गयी वह यह कि बूढ़े मरते क्यों नहीं? वे जिन्दा ही क्यों हैं? बच्चे तो घर से बाहर निकालते ही हैं बूढ़ों को...अब सरकारें भी निकालने लगीं...बयान देने वाले कभी बूढ़े नहीं होंगे। वे हमेशा मस्ती की पाठशालाओं में जाते रहेंगे...वे नाचते-गाते रहेंगे...बालों को रंगकर जवान दिखेंगे...जिम जाकर घुटनों के दर्द से मुक्ति पा मैराथन में हिस्सा लेंगे। लेकिन जरकंडु जानता है ऐसा नहीं होगा। वे समय की घड़ी को लौटा नहीं पायेंगे। वे एक दिन रेस से बाहर कर दिये जायेंगे। और यदि कभी जरकंडु से मिल पाये तो उससे हमेशा जवान बने रहने का रहस्य पूछेंगे। जो जरकंडु खुद नहीं जानता, शायद लैब में बैठे लोग जानते हों। लेकिन वह यह सब क्यों सोच रहा है। कल उसे चेतावनी भी मिली थी लैब से कि वह मनुष्यों की तरह इमोशनल होना छोड़ दे। अगर वह भी रोना-धोना सीख गया तो आँखों में लगे कैमरे खराब हो जायेंगे।

आसमान में एक रॉकेट जा रहा था। उसके धुएँ की लम्बी लकीर आसमान में किसी लम्बी मगर जानवर से अलग हुई पूँछ की तरह लहरा रही थी।

जरकंडु ने अपनी लम्बी पूँछ हिलाने की कोशिश की तो वह दस मंजिला मकान से जाकर टकराई। यह आवाज कहाँ से आयी? कहीं कोई बम विस्फोट हो गया। जरकंडु तो अदृश्य था। वह किसी को दिखाई नहीं दे रहा था...देखते-देखते अफरा-तफरी मच गयी। दुकानों के शटर गिरने लगे। जो जहाँ था, वह वहाँ से निकलकर अपने घर की तरफ भागने लगा।

जरकंडु कहना चाहता था कि डरो मत कुछ नहीं हुआ है। लेकिन कैसे कहता? लोग किसी अदृश्य आवाज को सुनते तो और डरते। यदि वह सामने आता तो न जाने उसका क्या हाल करते। उसे किसी और ग्रह का प्राणी, भूत-प्रेत या जासूस कुछ भी माना जा सकता है।

तभी उसकी नजर एक बड़े से टी.वी. स्क्रीन पर पड़ी—वहाँ खड़ी एक रिपोर्टर जोर-जोर से दहाड़ रही थी...हमें पता चला है कि फलाँ जगह पर बम विस्फोट हुआ है। लोगों में डर फैल गया है। हम लोगों से कहेंगे कि वे डरें नहीं। हाँ, अब तक इस विस्फोट में कोई हताहत नहीं हुआ है। लेकिन गुप्तचर सूत्रों को शक है कि ऐसे और कई विस्फोट हो सकते हैं। वैसे भी तीन आतंकवादियों के शहर में होने की सूचना तो पुलिस के पास पहले से है। पुलिस का लोगों से कहना है कि वे किसी भी लावारिस चीज को हाथ न लगाएँ। किसी भी संदिग्ध व्यक्ति को देखें तो फौरन पुलिस को सूचित करें। वैसे वहाँ हमारे संवाददाता मौजूद हैं। फिर स्क्रीन पर मौजू लड़की ने कहा—"बताइए माहौल कैसा है?"

"माहौल तो डर का है। लोग परेशान हैं। ऐन बिक्री के वक्त दुकानें बन्द करनी पड़ी हैं। बहुतों की तो एक दिन की रोजी जाने का मतलब है भूखा मरना।" रिपोर्टर ने कहा।

लोगों को किसी पर शक है—टी.वी. वाली लड़की ने पूछा?

लोगों को तो आतंकवादियों का डर है। कुछ का कहना है कि हो सकता है लोकल गुण्डों ने दहशत फैलाने के लिए किया हो। यहाँ कुछ लोगों का दुकानदारों पर बहुत आतंक है। वे उन्हें हफ्ता देते-देते परेशान हैं। एक तरफ पुलिस हफ्ता वसूलती है। दूसरी तरफ गुण्डे—बेचारा दुकानदार जो मेहनत से रोटी कमा रहा है, वह कहाँ जाये? उसकी हालत तो दाँतों के बीच जीभ जैसी है।

दाँतों के बीच चीभ! जरकंडु ने अपनी जीभ तलाशने की कोशिश की मगर वह न देख पाया, उसकी जीभ तो थी ही नहीं। बल्कि उसकी पूँछ की टकराहट की आवाज को लोगों ने जो समझा था उसके कारण वह हँसना चाहता था, मगर हँसता कैसे? उसे अन्दर हँसी का कोई सॉफ्टवेयर नहीं डाला गया था। हाल ही में एक हॉल के बाहर एक बोर्ड देखकर वह ठिठक गया था। बाहर लगे बैनर पर एक कोबरा फन फैलाए खड़ा था। तकनीक के जरिए यह व्यवस्था की गयी थी कि वह बार-बार फुँफकारता था और जमीन की ओर मुँह करके फन मारता था। अदृश्य जरकंडु ने जब उस कोबरा की आँखों में वही सब देखा जो कभी-कभी उसकी आँखों में कौंधता होगा? वहाँ उस तकनीक से छूट भागने की कोशिश थी जिसके कारण उसे बार-बार फुफकार कर जमीन पर फन मारना पड़ रहा था। वह जैसे

बचाओ-बचाओ चिल्ला रहा था, मगर उसकी आवाज किसी को सुनाई नहीं दे रही थी या कि कोई सुनने की कोशिश नहीं कर रहा था। वैसे वहाँ भीड़-भाड़ भी नहीं थी।

जिस बैनर पर कोबरा बना था उसके आगे क्या लिखा था जरकंडु ने अपने सॉफ्टवेयर के जरिए उसे पढ़ने की कोशिश की। वहाँ लिखा था—दुनिया के अनमोल साँपों की प्रदर्शनी।

तरह-तरह के साँपों को देखने के लालच से वह खुद को रोक न सका, अन्दर जाकर देखा तो दंग रह गया। ये साँप थे या बगीचे में खिले तरह-तरह के फूल। कोई गुलाबी था, कोई पीला, कोई काला तो कोई लकड़ी के रंग का। एक हरे रंग का गिरगिट भी था। जिसकी आँखें ऐसी लगती थीं जैसे दो घड़े रखे हों। वह इधर-उधर देखता तो घड़े कवायद करते। लेकिन अफसोस वे सब शीशे के दड़बों में कैद थे। न कहीं आ सकते थे, न जा सकते थे, यहाँ तक कि उछल-कूद भी नहीं कर सकते थे। देखने वाले उन्हें देखकर अचम्भित हो रहे थे। मगर वे सहमे और डरे हुए थे।

जरकंडु को लगा कि उसे बैल जैसे सिर की गरदन में किसान की तरह हर किसी ने रस्सी पहना दी है। रस्सी पर कसावट बढ़ती ही जा रही है और उसका दम घुटा जा रहा है। कहीं ऐसा न हो कि दम घुटने के कारण उसके अदृश्य होने की शक्ति खत्म हो जाये और वह धड़ाम से नीचे गिर पड़े। नीचे गिरेगा तो वह बिल्डिंग तो तहस-नहस होगी ही यहाँ कुछ भी न बचेगा। भूचाल आ जायेगा। साँप भी मारे जायेंगे। बहुत बड़ा होना भी कितना बुरा है। जरकंडु को अपने बनाने वाले वैज्ञानिकों पर गुस्सा आने लगा। क्यों उन्होंने उसे इतना बड़ा बनाया कि वह अपनी मर्जी से कुछ भी नहीं कर सकता।

वह बाहर निकला तो रोना चाहता था, मगर रोता कैसे। जिस तरह वह दुनिया की हर भाषा समझता था, मगर जीभ न होने के कारण बोल नहीं सकता था। उसी तरह न जाने क्यों उसके अन्दर इमोशंस डाले गये थे, मगर उसके पास आँसुओं की ग्रन्थियाँ नहीं थीं। अगर आँसू आते तो न केवल उसकी आँखों में लगे कैमरे खराब हो जाते, बल्कि हो सकता है भावुकता में वह कोई ऐसे निर्णय लेता जिनसे पूरी वैज्ञानिक बिरादरी की थू-थू होती। लोग कहते ही कि मशीन में यदि इनसानी भावनाएँ डाली और वह बदला लेने पर उतारू हो गयी, तो क्या होगा? इसीलिए उसकी आँखों को नवजात शिशु के पैटर्न पर बनाया गया था। फर्क इतना था कि शिशु में तो जन्म के चार महीने बाद आँसुओं की ग्रन्थियों का विकास हो सकता है। जरकंडु को जिन्दगी भर बिना आँसुओं के रहना था।

वहाँ से चला तो उसकी नजर एक ऐसी इमारत पर पड़ी जो बहुत ऊँची थी, लेकिन इतनी टूटी-फूटी कि अब गिरी कि तब गिरी। जरकंडु उसकी छत पर बैठना चाहता था मगर अगर झप्प से बैठा और बरगद के पेड़ की तरह इमारत औंधे मुँह गिर पड़ी तो...इसलिए वह जमीन पर उतरने की सोचने लगा...लेकिन। यहाँ तो जमीन पर उतरना सम्भव नहीं था। चारों ओर, दुकानें थीं। इमारत के परिसर में घुसकर भी दुकानें लगी थीं। गन्दगी के ढेर के ढेर थे—कहते थे न कि बारह साल बाद घूरे के दिन भी फिरते हैं, मगर यहाँ तो लगता था जैसे सदियों से किसी ने सफाई नहीं की थी। जरकंडु हवा में घूमते हुए वहाँ लगे शिलालेख को पढ़ने लगा—जिस पर लिखा था कि अमुक राजा ने इस ऊँची इमारत को इसलिए बनवाया कि इस जैसी दूसरी ऊँची इमारत कोई और न बनवा सके। इसलिए जब तक यह दुनिया रहे उस राजा का नाम अमर रहे। जरकंडु ने देखा चारों ओर उस इमारत से सौ गुनी ऊँची लाखों इमारतें खड़ी थीं। किसी को उनका नाम तक नहीं पता था। बेचारा राजा! काश कि आज के जमाने को देख सकता। अमरता की चाह न जाने किस-किस से क्या-क्या कराती है? जरकंडु को जब बनाया जा रहा था और जब उसके सुनने ओर सोचने की शक्ति विकसित हो रही थी, तब उसने भी सुना था कि वैज्ञानिक यह सोच-सोचकर खुश हो रहे थे कि उन्होंने ऐसा जीव बनाया है जैसा कि आज तक किसी ने नहीं बनाया। इसके लिए इतिहास हमेशा उन्हें याद रखेगा। तब उसे उनकी बात सुनकर खुद पर अभिमान भी हुआ था। लेकिन तब क्या पता था कि उसे दुनिया में इस तरह भटकने के लिए छोड़ दिया जायेगा। न उसका कोई घर था न बार। न कोई पिता था न माता। न भाई न बहन। कोई नाते-रिश्तेदार भी नहीं। न उसे भूख लगती थी। न ही वह किसी भी प्रकार के खाने के स्वाद को जानता था। माँ की लोरियाँ और थपकियाँ, पिता का प्यार, उनकी डाँट-डपट, मनुहार क्या होती है, वह नहीं जानता था। वह तो लैब में पैदा हुआ था। उसे खत्म कहाँ होना था, नहीं पता था।

तभी एकाएक उसे बादल गरजने की आवाज सुनाई दी। मगर बादल क्यों गरज रहे थे, चारों तरफ तो धूप खिली थी। उसे यही बताया गया था कि जब धूप खिली होती है, तो बादल नहीं गरजते। वह आश्चर्य से इधर-उधर देखने लगा—

अरे ओ बैल के सिर और डायनासोर की पूँछ वाले आदमी बादलों को गरजते देख इतना आश्चर्य क्यों? जब धूप खिली हो और बारिश हो तो जानता है सियार का ब्याह होता है।

सियार का ब्याह—यानी कि भारत में जानवरों की भी शादी आदमियों की तरह होती है। क्या उसमें भी दहेज का लेन-देन होता है। उसकी हार्ड डिस्क में

एक-एक उस हत्या का हिसाब था जो दहेज के कारण हुई।

एकाएक उसे फिर गरजन सुनाई दी, फिर आवाज गूँजी—डर गये करकंडु।

चुप...तुम आदमियों की यह बहुत बुरी आदत है। जब देखो तब दूसरे के नामों की हँसी उड़ाते हो। मेरा नाम करकंडु नहीं जरकंडु है।

अरे क्या फर्क पड़ता है—जरकंडु हो, करकंडु हो, नरकुंड, वरवंडु कुछ भी...वैसे भी कोई तुम्हारा नाम यदि जार्ज डब्ल्यू बुश रख दे तो क्या तुम बुश हो जाओगे और इराक पर टूट पड़ोगे।

लेकिन इतनी लम्बी-चौड़ी बातें बनाने वाले तुम हो कौन?

डियर मैं भी तुम्हारी ही तरह हूँ, जब चाहूँ किसी को दिख सकता हूँ। जब चाहूँ अदृश्य हो जाता हूँ आखिर ऐसे अजूबे सिर्फ तुम ही नहीं हो...दुनिया में बहुत से अजूबे भरे पड़े हैं।

लेकिन जहाँ तक मुझे मालूम है, मेरे बारे में तो मुझे बनाने वालों के अलावा किसी और को मालूम नहीं है, तुम्हें कैसे लीक हुई सूचना कि मैं यहाँ हूँ।

यह तो तुम जानो लेकिन मुझे तुम्हारे बारे में सब कुछ मालूम है। तुम्हें जिस सीक्रेट मिशन पर यहाँ भेजा गया है, उसके बारे में तुम्हें भी मालूम नहीं है। लेकिन तुम...

वही...जिसका फोटो तुमने दुनियाभर में फ्लैश किया था और कहीं कोई उसे ढूँढ न सका था।

ओह, प्लीज...प्लीज तुम मिल गयी, अब कहीं मत जाना...मुझे बताओ कि तुम कौन हो? किस देश की वासी हो, मेरी तरह इधर-उधर क्यों मारी-मारी फिर रही हो और अगर हो सके तो यह भी बताओ कि मुझे यहाँ क्यों भेजा गया है... कौन सा सीक्रेट मिशन...और मुझे क्यों नहीं बताया गया। और ऐसा क्यों है, क्या जान-बूझकर मुझे आधा-अधूरा बनाया गया है। मैं दुख को महसूस करता हूँ, मगर रो नहीं सकता। मेरे पास भावनाएँ हैं, मगर उन्हें प्रदर्शित नहीं कर सकता...क्यों न हम मिलकर अपना दुख बाँट लें...मुझे बनाने वालों को अनोखा सर्वश्रेष्ठ और न जाने क्या-क्या कहा? मगर ऐसा सर्वश्रेष्ठ क्या होगा कि हमेशा दूसरे की धुनों पर थिरकना पड़े।

एकाएक जरकंडु को लगा कि वह बहुत देर से अकेला ही बोले चले जा रहा है। कोई उसकी बात का जवाब देने वाला भी नहीं था।

आखिर जो कोई उससे बात कर रहा था क्या सचमुच वह वही औरत थी जो उसे पहले-पहल मिली थी और उसे पता कैसे चला जबकि जरकंडु के बारे में तो किसी को पता ही नहीं चलना था।

उसने फौरन लैब में खतरे का मैसेज ट्रांसमिट कर दिया था। वहाँ से वापस सन्देश आया था कि उसके लिए कहीं कोई खतरा नहीं था। रात-दिन सैटेलाइट साए की तरह उसे पीछे लगे हैं। चप्पे-चप्पे पर उनकी निगाह है। फिर उसे तो वैज्ञानिकों ने अदृश्य होने की शक्ति सौंप रखी है। तब फिर डर कैसा?

तभी उसे फिर से गरजन सुनाई दी। जरकंडु को लगा कि उसका दिमाग घूम रहा है...उसे फिर से जोरदार गरज सुनाई दी। अचानक वह कई सदी पीछे पहुँच गया। उसने आँखें खोलीं तो जहाँ पहले ऊँची-ऊँची अट्टालिकाएँ थीं वहाँ खेत ही खेत दिखाई दे रहे थे। पक्की सड़कों का नामोनिशान नहीं था। कभी-कभार एकाध बैलगाड़ी दिखाई दे जाती थी। ज्यादातर लोगों के पास कच्चे घर थे। पक्के घर तो उन अमीर-उमरावों के थे जो रात-दिन राजा और उसके कारकूनों के यहाँ हाजिरी बजाया करते थे। इन मुट्ठीभर लोगों के पास सब कुछ था। बाकी लोग गरीब थे। रात-दिन मेहनत करते थे। फिर भी भूखे मरते थे। अमीरों पर उम्र का भी कोई असर नहीं था। उनके घरों में अस्सी-अस्सी पत्नियाँ थीं। अस्सी साल की उम्र में पत्नी की उम्र दस साल की थी।

औरतें दो-दो हाथ लम्बे घूँघट मारे थीं। जरकंडु परेशान हो उठा। वह कहाँ आ गया? उसने छिपने में ही भलाई समझी। रात में चारों ओर घना अन्धकार छा गया। मीलों तक रोशनी का एक टुकड़ा तक दिखाई नहीं दे रहा था।

एकाएक जरकंडु को ऐसा लगा कि चारों ओर जोर का तूफान उठ रहा है। पेड़-पौधे, जंगल और खजूर पर लटकी एक पतंग तक उड़ रही है।

तभी उसने अपनी ओर एक औरत को आते देखा। अरे, ऐसा आश्चर्य तो उसे पहले कभी नहीं देखा था। यह आँधी नहीं उस औरत की तेज चलने वाली साँस थी, जिससे दिग्दिगंत थर्रा रहे थे। जरकंडु उस औरत को देखकर दंग रह गया। उसके शरीर पर कहीं भी एक इंच मांस ज्यादा नहीं था। उसने उससे पूछना चाहा कि औरत बोली—"मैं जानती हूँ, तुम्हारा नाम जरकंडु है और तुम आज से पाँच सौ साल बाद लैब में पैदा होने वाले हो।"

जरकंडु बेहोश होने को हुआ। यह क्या भूत-प्रेतों के बीच में वह आ गया है। उसके मुँह से मुश्किल से निकल पाया—"मगर तुम—तुम कौन हो?"

"मैं, मत पूछो, उस मुए बिहारी की नायिका हूँ।"

"यह बिहारी कौन है?"—जरकंडु को लगा कि बिहारी इस देश का राजा या प्रधानमन्त्री होगा?

और सुनो...हिन्दी के टीचरों ने सुन लिया तो तुम्हारा जीना उसी तरह हराम कर देंगे, जैसे कि इस बिहारी ने मेरा कर दिया। कोई पूछे इससे, कि अरे भाई

कवि होने का क्या ये मतलब है कि किसी औरत के साथ कुछ भी करे। अब इसने लिख दिया कि मेरा पति विदेश चला गया है तो उसकी याद में मैं सींक-सलाई हो गयी और मेरी साँस धौंकनी की तरह चल रही है। जबसे इसने लिखा है तब से मेरी साँस ऐसे ही चल रही है। अब बिहारी लाख चाहे तो भी मेरी साँस को रोक नहीं सकता। आखिर मैं उसकी रचना ठहरी। नाश जाये इन कवियों का, ये अपने मन से ऐसी औरतें बनाते हैं जो कहीं नहीं होतीं।

मुझे तो लगता है रही होगी इस बिहारी की अपनी कोई प्रेमिका, जिसके बारे में यह सोचता होगा कि जब यह कहीं चला जायेगा तो वह इसकी याद में रात-दिन रोती रहेगी। न कुछ खाएगी न पिएगी, इसके नाम की माला जपती ठण्डी आहें भरती रहेगी। सो अपनी प्रेमिका पर तो कुछ वश चला नहीं, मुझे उस जैसा गढ़ दिया। मिट्टी की मूरत होती तो टूटकर इसके चंगुल से खुद को आजाद कर लेती...मगर मैं तो इस नामाकूल की रचना हूँ, रचना जिसे रचनाकार हमेशा अपनी गुलाम समझता है...लेकिन मैंने भी तय कर लिया है कि मैं किसी की रचना नहीं बनूँगी, "मैं सारी बेड़ियों को तोड़कर आजाद हो जाऊँगी।"

औरत बोलती ही जा रही थी। मगर जरकंडु आस-पास नहीं था। अब वह किसी दूसरी औरत के चक्कर में नहीं पड़ना चाहता था। पहले-पहल ही जिस नकाबपोश औरत से उसकी मुलाकात हुई थी, वह उसके कारण ही परेशान था। आज तक वह समझ नहीं सका था कि वह कौन थी, जिसे दुनिया में सब लोग जानते थे, मगर कोई पहचानता न था। क्या पता वह गुजरे जमाने की कोई सेलिब्रिटी हो, जिसे आज तक यह गुमान हो कि लोग उसे पहचानते हैं, जबकि पीढ़ियां बदल गयीं। मौसम की तरह लोगों का मिजाज और आदतें बदल गयीं, लेकिन एक बार जो प्रसिद्धि की सीढ़ी चढ़ जाता है उसे लगता है कि वह हमेशा एक जैसा प्रसिद्ध बना रह सकता है।

शाम ढल रही थी। जरकंडु ने अपने अन्दर के बटन को दबाकर पता किया वह कहाँ था? वह सोने की चिड़िया के पेट के आस-पास कहीं था।

सोने की चिड़िया...उसने भागते लोगों और घर लौटते पक्षियों की ओर देखा...कहीं उसे सोने की कोई चिड़िया दिखाई नहीं दी। हाँ, भागती-दौड़ती औरतों के कानों, हाथों, गले में कुछ पीला-पीला जरूर नजर आता था, मगर क्या पता यह क्या था?

जरकंडु एक बगीचे में अदृश्य होकर सोने की कोशिश कर रहा था कि उसे छनन-छनन की आवाज सुनाई दी। उसके कम्प्यूटर स्क्रीन पर एकाएक घुँघरू लहराने लगे। फिर नाचती हुई एक औरत उसके साथ एक छोटी बच्ची दिखाई

दी। जितनी बड़ी बच्ची उससे कहीं अधिक घूँघरू। बच्ची नाचते-नाचते गिर जाती है। फिर उठती। एक बार तो उसके पाँव से खुलकर घुँघरू नागिन की तरह टेढ़ा-मेढ़ा होकर कहीं दूर जा गिरा। माँ ने दौड़कर घुँघरू उठाया और बच्ची के पाँव में बाँध दिया। तभी बच्ची रोने लगी। उसने खिड़की की तरफ इशारा किया। खिड़की से पार्क दिख रहा था। बच्ची के बहुत से संगी-साथी वहाँ खेल रहे थे। बच्ची वहाँ खेलना चाहती थी, मगर माँ चाहती थी कि पहले वह अपने नाचने का कार्यक्रम पूरा कर ले तब जाये। लेकिन माँ के बार-बार कहने पर भी बच्ची नाचने को राजी नहीं हुई तो माँ ने उसके पाँव से घुँघरू खोले और जाने दिया। बच्ची किसी चिड़िया की तरह फुर्र से उड़ गयी।

माँ घूम-घूमकर नाचती रही। जब थक गयी तो धम्म से बैठ गयी। तब उसके साजिन्दे ने कहा—"दीदी, बबली को पढ़ने के लिए बाहर क्यों नहीं भेजतीं?"

"बाहर क्यों?"

"यहाँ के माहौल से बाहर निकलेगी तो ठीक रहेगा न।"

"क्या ठीक रहेगा? मैं नहीं जानती। जानती हूँ। अपनी बच्ची का भला-बुरा समझ सकती हूँ।"

"तो फिर इस माहौल से बाहर क्यों नहीं निकालतीं?"

उसकी बात सुनकर नाचने वाली औरत जोर से हँसने लगी—"तुम्हें कैसे पता कि यहाँ से बाहर निकलकर वह अच्छी बन जायेगी। क्या यहाँ से बाहर रहने वाली सारी औरतें अच्छी होती हैं...सती सावित्री का ढोंग वे चाहे जितना करती रहें...यहाँ रहकर सब बुरे हो जाते हैं, कौन कहता है।"

"दीदी, आपका मतलब नहीं समझा?"

"यही कि जिन्होंने हमें यहाँ फेंका वे ही हमें यह सिखाते हैं कि यहाँ रहना कितना बुरा है...थू...बीवी भी चाहिए, नाचने वाली भी। नाचने वाली के लिए वे बातें बुरी नहीं हैं जो बीवी के लिए...बीवी को इसीलिए हमेशा बाहर निकलने, रात-बिरात बाहर जाने का डर दिखाया जाता है। हमेशा का एक डर कहीं कोई छेड़ न दे, कहीं कोई फब्ती न कस दे...टैक्सी में अकेली मत बैठना...टैक्सी वाला गुण्डों के साथ मिलकर बलात्कार न कर दे...जिधर देखो डर...डर...डर...बीवी डरेगी नहीं तो काबू में नहीं रहेगी...ऐसी दुनिया में मैं अपनी लड़की को क्यों भेजूँ? वह यहीं ठीक है। ढोंग और मक्कारों से दूर। जो लोग रोज यहाँ आते हैं उनको तुम भी तो देखते हो..."

"अरे दीदी तुम तो उलटी ही बात करने लगी।" साजिन्दे ने सिर पकड़ लिया—"तुम्हारी बिरादरी की दूसरी कौन सी औरत अपनी लड़की को वही बनाना

चाहती है, जो वह खुद है।"

"न चाहे। मैं चाहती हूँ। मुझे अपने किये पर कोई शर्म नहीं है। जैसे हाथ-पाँव से दूसरे लोग मेहनत करते हैं, मैं भी मेहनत करती हूँ। यह तो देखने वाले की नजर का फेर है...मैं रात-दिन हाड़-तोड़ कर भी ऐय्याशी कर रही हूँ, जो सचमुच में ऐय्याशी कर रहे हैं, वे मेहनत कर रहे हैं।...लानत है...अब ऐसी परिभाषाओं के दिन गये।"

जरकंडु की नींद कहीं गायब हो गयी थी और वह दिलचस्पी से इस औरत की बातचीत सुन रहा था।

एकाएक उसे बिप-बिप सुनाई देने लगी...जस्ट सी योर टी.वी.स्क्रीन...दबाया। वहाँ खबरें आ रही थीं। एक औरत चीखती-चिल्लाती आवाज में एक कुत्ते के बारे में बता रही थी, जो सोमवार का व्रत रखता है। गाँव की एक पढ़ी-लिखी लड़की ने उसे अपना पति मान लिया है। लड़की का कहना है कि जब-जब कुत्ता उसके पास से गुजरता है उसे बहुत नेहभरी नजरों से देखता है। उसका हाथ चाटता है। वह कितना भी दुत्कारे उसकी ड्योढ़ी से दूर नहीं जाता। यदि लड़की से कोई और बात भी करे तो कुत्ते को पसन्द नहीं आता। वह जोर-जोर से भौंकने लगता है। इतना पजेसिव है। एक बार तो जब वह रात भर लड़की की रक्षा करके गहरी नींद सो रहा था, उस समय लड़की दौड़ती हुई गुजरी तो उसके ऊपर गिर पड़ी। बजाय काटने के वह उसे चाटने लगा। और कितने चमत्कार और संयोग चाहिए? मदर टेरेसा को सन्त मानने के लिए चमत्कार चाहिए थे तो ऐसा क्यों नहीं हो सकता है। ऐसा संयोग भी तो हो सकता है कि पिछले जन्म में वह कुत्ते की पत्नी रही हो। कुत्ता आदमी हो। मैनी मास्टर्स मैनी लाइव्स। लोगों ने तो अपने सौ-सौ जन्मों के बारे में बताया है। संवाददाता के चेहरे से टी.आर.पी. रेटिंग टपक रही है। चारों ओर धमाल मचा है। हमारी संस्कृति में यह सात जन्मों का सम्बन्ध कितना महान है। कुत्ते को भी पति माना जा सकता है। धन्य है।

एक दाढ़ी वाला इंटलेक्चुअल जो अक्सर छोटे पर्दे पर बैठा रहता है, कहता है—"इस तरह की बातों से समाज अन्धविश्वास के गर्त में गिरता है।"

डॉक्टर की राय में लड़की मानसिक रोगी है। उसे मेडिकल एड की सख्त जरूरत है। कहीं ऐसा न हो कि कुत्ते से लिपटा-चिपटी में कुत्ता उसे काट ले और रेबीज हो जाये।

लेकिन चैनल आस्था और विश्वास का संगीत बजा रहे हैं। सती नारियों के इस देश में जब पेड़ को पति मानकर उसके साथ भाँवरें डाली जा सकती हैं तो कुत्ते को पति क्यों नहीं माना जा सकता। पेड़ तो न चल सकता है, न बोल

सकता है। कुत्ता तो चल भी सकता है, भौं-भौं भी कर सकता है और जरूरत पड़ने पर काट भी सकता है।

जरकंडु की समझ में नहीं आता किस बात पर बहस हो रही है। उसकी मेमोरी में तो औरत आदमी, आदमी और औरत की शादी ही फीड है। यह कुत्ते और लड़की की शादी कहाँ से आ गयी—जरूर पब्लिसिटी स्टंट है।

जरकंडु दूसरे चैनलों को खोजने की कोशिश करता है। कहीं कुछ खास नहीं हो रहा। वह ऑफ का बटन दबाने को होता है कि एकाएक नीचे की पट्टी पर ब्रेकिंग न्यूज की पट्टी दिखाई देने लगती है।

वह ध्यान से देखने लगता है—उस चैनल को खास खबर मिली है कि धरती पर और सिर्फ धरती पर ही नहीं भारत की राजधानी पर एलियेंस का अटैक हो गया है। थोड़ी ही देर में हम कुछ ऐसी तसवीरें दिखाएँगे जिन पर आपको भरोसा न होगा। इसलिए दिल थाम कर बैठिए। हो सके तो अकेले मत बैठिए। यह एक ऐसा करिश्मा है जिसे कभी किसी ने न देखा होगा। इसे हमने अपने खास सैटेलाइट से सम्भव किया है। बस थोड़ी देर और इन्तजार कीजिए, कहीं भी मत जाइए, इस छोटे से ब्रेक के बाद...

इतने दिन से भागते-भागते जरकंडु थक गया है। डायनासोर जैसी उसकी पूँछ अकड़-अकड़ जाती है। नाश हो इस नामुराद स्पिल वर्ग का न इसने जूरासिक पार्क में मशीनी डायनासोर बनाकर डायनासोर का आइडिया दिया होता न किसी को लैब में अलग-अलग कारिस्तानी सूझती। अब जिसे देखो वह जीन का राग अलाप रहा है। गाय में सूअर के जीन डाले जा रहे हैं और बैंगन में टमाटर को मिक्स किया जा रहा है। कुछ दिनों में तो मसालेदार सब्जियाँ तक पेड़ों पर उगने लगेंगी। खैर, जरकंडु झिड़कता है खुद को। वह ब्रेक यानी कि विज्ञापनों के खत्म होने के इन्तजार में है। देखें तो सही एलियंस कैसे होते हैं? वे कहाँ से आते हैं? क्या सचमुच यूफो उनके हवाई जहाज होते हैं। लेकिन जरकंडु इन्तजार करता रहता है...करता रहता है। दस मिनट के कार्यक्रम में सौ मिनट के विज्ञापन आ रहे हैं। फ्रिज, टी.वी., मोबाइल, कम्प्यूटर, इन्टरनेट से स्क्रीन भरी पड़ी है। लगता है, हाथ बढ़ाओ और उठा लो। मगर कॉरपोरेट में फ्री कुछ नहीं है। फ्री की चीज की कदर नहीं होती। जरकंडु को बनाने वालों ने बार-बार उसे यही बताया है। हाल ही में उसने कुछ लोगों को बातें करते सुना था। वे कुछ टीचर टाइप के मालूम पड़ते थे। वे कह रहे थे कि जबसे सोवियत संघ गिरा है तब से गोर्की, टालस्टॉय पढ़ना दूभर हो गया है। पहले वहाँ से सब कुछ खास तौर से किताबें फ्री में मिलती थीं तो कोई कदर नहीं थी। अब उन्हीं किताबों को छापने वाले मनमाने दामों पर बेच रहे

हैं और किसी को शिकायत भी नहीं है।

जरकंडु को बनाने वाले साइंटिस्ट उससे इस बात से खासे नाराज रहते हैं कि उसे जितना बताया जाता है, वह उतना ही नहीं सोचता बल्कि उससे सौ गुना सोचने लगता है। कई बार वे उसे मैसेज भेजकर मजाक भी कर चुके हैं कि शायद उसके दिमाग का कोई पेच ढीला है, उसे दोबारा कसना पड़ेगा। उन्हें यह भी लगता है कि उसके अन्दर ह्यूमन जीन्स कुछ ज्यादा ही रिएक्ट कर रहे हैं। इसीलिए वह कभी इमोशनल हो जाता है। कभी दया दिखाता है। कभी रोने लगता है। आज की दुनिया में काम करने की पहली शर्त स्मार्ट होना है, मगर यह जरकंडु है कि इमोशनल बांडिंग दिखाकर दृढ़ बना जा रहा है।

साइंटिस्ट जरकुंड के बारे में क्या सोच रहे हैं, उसे सब पता है मगर वह उस ओर ध्यान नहीं देता। वह तो उस ब्रेकिंग न्यूज के इन्तजार में है।

विज्ञापनों के बाद फिर वह लड़की दिखाई देती है—दिल थाम लीजिए हम आपको ऐसी तसवीरें दिखा रहे हैं, जो इससे पहले कभी नहीं देखी गयीं। ये एक्सक्लूसिव हैं। इस अद्‌भुत प्राणी के बारे में हम कुछ नहीं जानते। जानते तो सिर्फ इतना कि ये तसवीरें सिर्फ हमारे पास हैं। और किसी के पास नहीं। जैसा कि आप जानते हैं कि आपका यह प्रिय चैनल हमेशा आपकी रुचियों का ध्यान रखता है। हमारी कोशिश होती है कि हम आपसे कभी दूर न रहें। हम वह दिखाएँ जो आप देखना चाहते हैं क्योंकि जो देखता है वही कह सकता है।

जरकंडु ऊबकर पूँछ पटकने लगता है। उसकी आँखों में चमकती लौ मद्धिम पड़ने लगती है। वह आदमियों की तरह उबासी लेने की कोशिश करता है। मगर ले नहीं पाता क्योंकि उसके अन्दर तो उबासी लेने की प्रोग्रामिंग ही नहीं की गयी है। लड़कियों के बारे में कहा जाता है कि वे हर रोज बीस हजार शब्द बोलती हैं। लेकिन यह लड़की तो दो लाख शब्द बोलने से पहले मतलब की बात पर नहीं आयेगी... जरकंडु स्क्रीन पर आँखें गड़ाए झपकी लेने की कोशिश करता है तभी उसे सुनाई देता है...लीजिए इन्तजार की घड़ियाँ खत्म...दिल थाम के बैठिए... जरकंडु अपना पंजा दिल पर रखने की कोशिश करता है लेकिन उसका दिल तो है ही नहीं, वहाँ न जाने कौन-सी मशीन फिट है।

स्क्रीन पर तसवीरें आने लगती हैं। पीछे कमेंट्री चल रही है, देखिए इस अनोखे जानवर को...जैसा हम अपने पुराने ग्रन्थों में पढ़ते हैं...वैसा ही है यह... शायद हमारे प्राचीन साइंटिस्ट इस विद्या में पारंगत थे और अपने शिवजी जिन्होंने आदमी के ऊपर हाथी का सिर लगा दिया था। हमें तो लगता है कि पश्चिम के वैज्ञानिक तो आज क्लोनिंग और स्टेमसैल के बारे में बता रहे थे। हमारे यहाँ तो

आज इस बात को शायद सब हजारों साल से जानते थे। गांधारी ने एक घड़े को ही तो जन्म दिया था, जिससे बाद में सौ पुत्र बनाये गये थे। बाबा रामदेव भी तो यही कहते हैं...ब्रेकिंग न्यूज...एक्सक्लूसिव स्टोरी। जरकंडु सब ध्यान से सुन रहा है। यह पूरब और पश्चिम की बात उसकी समझ में नहीं आती और फिर से एक ब्रेक...फिर से विज्ञापनों की झड़ी और फिर से एक लम्बा इन्तजार...

खत्म होता है लम्बा इन्तजार...देखिए...यह है एक बैल...लेकिन आप इसे फिर से देखिए तो यह है बैल और यह है...डाइनासोर की पूँछ...अब आप पूछेंगे कि डाइनासोर और बैल का क्या सम्बन्ध? यही तो हम कहना चाहते हैं...बताना चाहते हैं...लेकिन एक ब्रेक के बाद...

जरकंडु समझ नहीं पाता कि यह कौन सा एलियन है। यह तो कुछ-कुछ उस जैसा है। कहीं ऐसा तो नहीं कि वैज्ञानिकों ने उसे बिना बताए एक और भाई-बिरादरी बना दिया हो।

जरकंडु सोचने लगता है...हो सकता है मार्स पर या जुपिटर पर या शनि की रिंग्स में कोई अनोखा जन्तु मिला हो जिसे कोई अन्तरिक्ष यात्री अपने स्पेसशिप पर बैठा लाया हो। यह भी तो हो सकता है कि जैसे धरती पर कॉर्बन लाइफ है, वैसी ही कहीं और कैल्शियम लाइफ हो। पहाड़ चलते हों। पहाड़ मुँह फाड़ते हों और अपने ही जैसे किसी दूसरे छोटे पहाड़ को निगल लेते हों। वैसे उसने यह भी सुना है कि दुनियाभर में साइंटिस्ट डाइनासोर के फासिल्स से ही डी.एन.ए. निकालकर डाइनासोर विकसित करने में लगे हैं। जरकंडु की आँखों में लगे कैमरे मद्धिम पड़ने लगते हैं कि तभी फिर से वही रिपोर्टर स्क्रीन पर दिखाई पड़ती है...

दर्शको हम आपको बता दें कि फिलहाल आपके इस प्रिय चैनल को दुनियाभर के दर्शक देख रहे हैं। हमें लगातार एस.एम.एस. कर रहे हैं, फोन कर रहे हैं, मेल भेज रहे हैं। बच्चों में इस अनोखे जीव को देखने की भारी उत्सुकता है। आप भी चाहें तो हमें...इस नम्बर पर एम.एम.एस. कर सकते हैं। लीजिए हम आपको और इन्तजार नहीं कराएँगे...

तो देखिए यह है बैल का सिर और डाइनासोर की पूँछ...हमें मालूम है कि आपको विघ्न विनाशक गणेश जी याद आ रहे होंगे। हाथी का सिर और मनुष्य का शरीर। हम आपको यह भी बता दें कि यह विशालकाय जन्तु पूरा का पूरा मशीनी है और यह विदेश में नहीं है, अपने शहर में ही देखा है। इसे किसी मनुष्य ने नहीं देखा। इसे हमारे सैटेलाइट ने पकड़ा है और इसकी तसवीरें खींची हैं। बहुत लोगों का कहना है कि किसी शत्रु ने इसे हमारे यहाँ भेजा है और यह हमारे यहाँ तोड़-फोड़ और विनाश करने का प्लॉन बना रहा है।

आपको गौडजिल्ला पिक्चर याद है...स्क्रीन पर गौडजिल्ला फिल्म के दृश्य दिखाई देने लगते हैं। गौडजिल्ला सौ-सौ मंजिल की बिल्डिंग्स को एक धक्के से गिराता चल रहा है। जो भी उसके सामने आता है बचता नहीं है...लेकिन दर्शकों आप डरें नहीं। न ही भारत में आये इस अजूबे जानवर के बारे में जानकर पैनिक फैलाएँ। इसने अभी तक किसी को नुकसान पहुँचाया है।

हम आपको भरोसा दिलाते हैं कि इसके बारे में पल-पल की खबर आपको देते रहेंगे। फिलहाल देखिए इसके कुछ अनोखे चित्र...स्क्रीन पर एक के बाद एक चित्र आने लगते हैं। जरकंडु की साँस रुक जाती है। तसवीरों में जो कुछ दिख रहा है, यह तो वह है लेकिन वह पकड़ में कैसे आ गया? अधिकांश समय तो वह अदृश्य रहा है।

लेकिन तसवीरें तो उसी की हैं...अब...उसे तो खास हिदायत दी गयी थी कि उसे मीडिया से बचकर रहना है। क्योंकि उसे जिस काम के लिए भेजा जा रहा है, उसके लिए जरूरी है कि मीडिया को उसके बारे में मालूम न हो। हालाँकि उसे तो इसी बात पर आश्चर्य है कि उसे लैब में डेवलप ही क्यों किया गया?

तभी एकाएक उसके अन्दर लगी रेड लाइट्स जलने लगती है? यानी कि खतरा है...खतरा है...उसे एस.एम.एस. आ रहे हैं कि जल्दी से जल्दी वह भारत की सीमाओं से दूर निकल ले। क्योंकि कहीं ऐसा न हो कि भारत की मिलिट्री, रॉ वैज्ञानिक आदि उसके पीछे पड़ जायें जरकंडु को वहाँ से जाना ही होगा। टी.वी. पर गूँजती आवाज उसका पीछा करती है। लेकिन वह अदृश्य हो जाता है। अब पता नहीं यहाँ कब आना होगा?...लेकिन वह औरत...जरकंडु को दुख है, वह उसे दोबारा नहीं मिली। उसने क्यों कहा था मस्ती है...मस्ती है...उसने तो सुना था कि भारत में आम औरत के जीवन में मस्ती नाम की चीज होती ही नहीं। क्यों उसने ऐसा चांस मिस किया कि उस औरत से उसका पता नहीं पूछा। फोन नम्बर नहीं लिया। पता नहीं कौन थी...कहाँ से आयी थी। उसने इनसानों जैसी गलती क्यों की? उसे तो इन सबसे अलग होना चाहिए...इमोशंस का उसकी जिन्दगी से क्या वास्ता?

लेकिन जरकंडु को यहाँ से जाना है, जाना ही है। एक-एक पल कीमती है, खतरों से भरा है।

चलो...चलो...भागो जरकंडु दौड़ रहा है...उड़ रहा है हवा में, नदी-नाले, पहाड़ पीछे छूट रहे हैं। उसने मन की गति से यात्रा तय की है। लाखों किलोमीटर दूर...चलो...भागो।

वह लाखों किलोमीटर दूर एक ऊँची इमारत पर जा उतरता है। सड़कों पर

हजारों कारें किसी शान्त सेना के काफिले की तरह चली जा रही हैं। लेकिन दूर-दूर तक इनसान का कोई बच्चा तक नहीं दिखता। सरदी के कारण धुन्ध भी है। पेड़ों के पत्तों का रंग बर्फ में घुल गया है। इतनी बर्फ में भला चिड़िया भी कहाँ से दिखाई दें। जरकंडु कहीं उसी देश में तो नहीं आ गया, जहाँ की लैब के लेबर रूम में वह जन्मा था। लेकिन यहाँ तो कुछ अलग ही मौसम नजर आता है। यह क्या हो गया? कहीं ऐसा न हो कि यह पूरी की पूरी बिल्डिंग उसके मार से चरमराकर वैसे ही टूट जाये जैसे कि वर्ल्ड ट्रेड सेन्टर टूट गया था और कोई समझ ले कि यहाँ अलकायदा ने हमला कर दिया है।

वह इमारत पर टहलता हुआ एक खिड़की से झाँकता है। वहाँ एक लड़की जिसके जिस्म पर एक इंच भी मांस नहीं है उसे देखकर हाथ हिलाती है। जरकंडु चक्कर खाने को होता है। यह क्या हुआ? क्या यह लड़की उसे पहचानती है। उसे देखकर डरी क्यों नहीं? लैब में बैठे जो साइंटिस्ट उसकी मॉनीटरिंग कर रहे हैं, वे पता नहीं क्या सोच रहे होंगे?

एकाएक ट्रैडमिल पर चलते हुए लड़की उसकी तरफ फ्लाइंग किस फेंकती है। मुस्कराकर जरकंडु की आँखें बन्द हो जाती हैं।

तभी स्क्रीन पर मैसेज आता है–इमोशनलिज्म से बचो। तुम इनसानों की तरह रिएक्ट कर रहे हो।

वह ध्यान से उस लड़की की तरफ देखता है। पसीने-पसीने हुई वह इतनी सरदी में भी मुस्करा रही है। वह वहीं से चिल्लाती है–"आई लव यू।"

न जाने क्यों जरकंडु को वह औरत याद आ जाती है जिसने नकाब में अपना मुँह छिपा रखा था। बाद में उसे पता चला था कि दरअसल उसे नकाब नहीं घूँघट कहते हैं। ऐसी हजारों औरतों को वह रोज देखता था और उस औरत को ढूँढने की कोशिश करता था। यदि मीडिया को उसकी भनक न लग गयी होती तो शायद उसे ढूँढ भी लेता। मगर भागना पड़ा। जब वह भाग रहा था तो उसके कान में एक आवाज पड़ी थी कि आजकल लोग भूत से भी इतना नहीं डरते जितना मीडिया से डरना पड़ता है।

एकाएक बदन उघाड़े वह लड़की खिड़की के पास आकर खड़ी हो जाती है–वहीं से हाथ हिलाकर उसे बुलाती है। जरकंडु थोड़ा पास जाता है तो कहती है–तुम जिस घूँघट वाली औरत को ढूँढ रहे हो, जानते हो वह मेरे पीछे पड़ी है।

"तुम्हारे पीछे। लेकिन वह तो बहुत दूर रहती है। तुम्हारे पीछे क्यों पड़ेगी?"

"मैं कह रही हूँ न वह मेरे पीछे पड़ी है। उसने तुमसे कहा था न कि वह पूरी दुनिया में हर कहीं है।"

"हाँ, कहा तो था। मगर एक बार के बाद मैंने उसे कहीं नहीं देखा उस जैसे नकाब और घूँघट तो करोड़ों देखे...मगर उससे नहीं मिला...ओह उसकी वे चमकीली मगर पीली पड़ी आँखें...मुझे हांट करती हैं।"—जरकंडु कहता है, उसकी पूँछ हिलने लगती है, शायद कोई मैसेज आ रहा है।

"तुम मेरी आँखों को देखो।" लड़की कहती है। जरकंडु उधर देखने की कोशिश करता है, लेकिन देख नहीं पाता, उसे लगता है वह गहरे कुएँ में छलाँग लगा रहा है।

"तुम जानते हो वह औरत तुम्हें क्यों नहीं मिली?"

"नहीं।"—जरकंडु लड़की के अपनापे और सामान्य ज्ञान से चकित है।

"तुम उसे गलत जगह ढूँढ रहे थे। तुम उसका अक्स दूसरी औरतों के चेहरे में ढूँढ रहे थे। मगर वह चेहरों में नहीं मिलती।"

लड़की एरोबिक्स करती कहती है।

"तो?"

"देखो, यहाँ मिल सकती है।" लड़की अपने पेट की तरफ इशारा करती है। उसे ढूँढना हो तो यहीं देखना। और सिर्फ औरतों को नहीं, आदमी, जानवर, पशु-पक्षी, पेड़-पौधे सब यही ही मिलेंगे।

जरकंडु लड़की की अबूझ पहेली को समझ नहीं पाता। लेकिन एक्सरसाइज करती लड़की के पेट पर उसी औरत का चेहरा चिपका नजर आता है। उसे सुनाई देता—वह और मैं एक ही हैं। वह फटेहाल थी। पैसे-पैसे को मोहताज। और मेरे पास किसी चीज की कमी नहीं थी। वह भूखी थी और मैं...

उसके बाद वह लड़की भी गुम हो जाती है। अखबार में बस एक खबर छपती है—देश की सर्वोच्च मॉडल जो साल में लाखों डॉलर कमाती थी, भूख से मर गयी।

(गृह लक्ष्मी, 2008)

बुआ

तेज दौड़ती गाड़ी में अचानक ब्रेक लग गये थे। सामने सब्जी से भरी कई बैलगाड़ियाँ और घोड़ा-गाड़ियाँ खड़ी थीं। किसी में गोभी लदी थी तो किसी में मूली, कोई पालक से भरी थी। किसी में बैंगन चमक रहे थे तो एक ऊपर तक हरी मिर्च से भरी थी।

ऐसा लगने लगा कि फौरन उतरकर डिक्की को सब्जियों से भर लिया जाये। कि अचानक वातावरण में आवाज गूँजती है—अरी छोरी जि का कत्ते जल्दी आगे बढ़ देख नाँय रही याँ कित्ते कुत्ता घूम रए एं अबी काट कूट लिंगे...बुआ की आवाज मगर यह आ कहाँ से रही है।

बुआ की तरह की ठिगनी, मोटी, सफेद बालों वाली एक साँवली स्त्री चली जा रही है। कहीं उसे देखकर ही तो भ्रम नहीं हुआ। और फिर इस उम्र में बचपन की वह बुआ याद भी क्यों आ गयीं? उनसे हम बच्चों को कोई खास लगाव हो, ऐसा भी नहीं था। उन्हें गुजरे भी तीस साल से ऊपर हुए। पिता से उन्हें बहुत लगाव था हालाँकि वह उनकी सगी बहन न होकर मौसी की लड़की थीं। लेकिन पिता के साथ ही पली-बढ़ी थीं।

माँ के साथ उनका बहनापा था। नाम था भगवती माँ पुकारती भग्गो वीवी। रात को वह और माँ पास-पास चारपायी डालकर सोती थीं। बहुत देर तक धीरे-धीरे बातें करती थीं। हम भाई-बहनों को लगता था कि शायद माँ उनसे हम सबकी बुराइयाँ कर रही है। इसीलिए जब बुआ आ जातीं तो हम सब मनाते कि कब वह जल्दी से जल्दी जायेंगी। कई बार तो सुबह उठकर भाई साहब उनका झोला साइकिल के पीछे रख लेते और कहते, आओ बुआ तुम्हें छोड़ आऊँ। बुआ उनकी बात सुनकर उदास हो जातीं तो माँ उन्हें समझातीं—वीवी तुम इनकी बातों का बुरा मत माना करो। मगर कभी-कभी दुखी होकर कहतीं—मेरा आना शायद तुम्हें अच्छा नहीं लगता। सगी जो नहीं हूँ।

माँ रूठी बुआ को मनाने की बहुत कोशिश करती मगर वह उसी शाम या

अगले दिन चली जातीं। फिर माँ के गुस्से का शिकार हम लोगों को होना पड़ता। तुम किसी के घर जाओ और कोई तुम्हारे साथ ऐसा करे तो कैसा लगेगा। उन बिचारी का भी कोई घर-बार होता तो काहे को यहाँ-वहाँ मारी-मारी फिरतीं। बुआ बाल विधवा थीं। जब सात साल की थीं तो शादी हो गयी थी और नौ साल की उम्र में विधवा हो गयीं। यों तब भी राजा राममोहन राय को मरे हुए पूरे सौ वर्ष हो गये थे मगर विधवा का दूसरा विवाह होना मुश्किल था। या यों कहें कि किसी को लगता ही नहीं था कि ऐसा भी हो सकता है। विधवा होना क्या होता है यह केवल नौ साल की बच्ची को क्या पता? कोई अफसोस प्रकट करने आता। बुआ थोड़ी देर तक तो गुमसुम बैठी रहती फिर जोर-जोर से हँसने लगतीं। या अपने घर के बड़े आँगन में बच्चों के साथ लँगड़ी टाँग खेलने लगतीं। ससुराल वाले तो बहाना ढूँढ ही रहे थे। ऊपर से मोहल्ले वालों ने कह-कहकर कि रे कैसी बहू है इसे अपने आदमी के मरने का जरा सा रंज नहीं एक दिन बुआ को खाली हाथ वापस भेज दिया।

उसके बाद वह मरने तक कभी ससुराल नहीं गयी। शादी-ब्याह-त्योहार, उत्सव सब नौ साल की उम्र में उनकी दुनिया से विदा हो गये। जब उनकी उम्र की सब लड़कियाँ मेहँदी-महावर रचातीं, सावन के झूले झूलतीं तब बुआ मारकीन की पुरानी सफेद साड़ी में लिपटी टुकुर-टुकुर उन्हें ताकतीं। इसके अलावा किसी भी शुभ काम को जाते वक्त किसी विधवा का सामने पड़ जाना सबसे बड़ा अपशकुन। इसलिए ऐसे वक्त में बुआ को लगभग काल कोठरी में बन्द कर दिया जाता।

एक बार दादाजी बुआ के गाँव गये। वह पढ़े-लिखे थे। मिडिल स्कूल के प्रिंसिपल थे। बुआ की यह हालत देखी तो अपने साथ ले आये। बुआ का आगे का जीवन कैसे कटेगा, उनकी मुख्य चिन्ता यही थी लेकिन बुआ का घर दोबारा बसे इसके बारे में उन्होंने भी नहीं सोचा। हाँ, वह, पिता और चाचा सब मिलकर बुआ को पढ़ाने लगे। आखिर बुआ थीं तो उनकी मौसेरी बहन ही। बुआ को देखकर माँ बहुत द्रवित होती थीं। वह उनके साथ रहतीं। अपने मायके जातीं तो साथ ले जातीं। माँ नहीं चाहती थीं कि कोई भी बुआ को याद दिलाए कि अब बस उसकी जिन्दगी में अँधेरा ही अँधेरा है। माँ ने ही बुआ को कपड़े सिलना सिखाया। अचार में कितने मसाले पड़ते हैं इसकी नाप-जोख सिखाई। पिता का जब ट्रांसफर हुआ तो बुआ और माँ गले मिलकर खूब रोयीं। माँ उन्हें अपने साथ ले जाना चाहती थीं मगर अम्मा तैयार नहीं हुईं। धीरे-धीरे बुआ ने मिडिल पास कर लिया। उम्र भी उनकी बीस के आस-पास हो गयी थी। बाबा के प्रयास से बुआ

को प्राइमरी स्कूल में नौकरी भी मिल गयी थी। बुआ बाबा के अहसान को कभी नहीं भूली थीं। वह पिता को अपने सगे भाई से भी ज्यादा मानती थीं। माँ तो थीं ही उनकी सहेली। वह कहती थीं कि यदि बाबा ने उन्हें नौकरी न दिलवाई होती या वह उन्हें अपने साथ न लाये होते तो न जाने उनका क्या हुआ होता?

हम लोगों के जन्म के समय बुआ हमेशा माँ के साथ रहीं। वह नवजात शिशु को तेल लगातीं, नहलातीं-धुलातीं कोई कुछ कहता तो कहतीं क्या हुआ जो मैंने इन्हें जन्म नहीं दिया, है तो मेरा ही खून। मेरा तो सारा शौक इन्हीं से पूरा हो जाता है।

अपनी नौकरी पर रहतीं तो हमारे लिए तरह-तरह के कपड़े सिलतीं। सरदी के दिनों में बेल-बूटों से भरे रंग-बिरंगे स्वेटर बुनतीं। बाबा की मौत का बुआ को इतना सदमा लगा था कि बहुत दिनों तक वह चलते-चलते चक्कर खा कर गिर पड़ती थीं। खाना-पीना छोड़ दिया था। यह भी कहती थीं कि अब वह क्यों जिएँ? तब भी माँ उन्हें छुट्टी दिलवाकर अपने साथ ले आयी थीं। कोई भी उन दोनों को देखकर यह नहीं कहता कि वे ननद-भौजाई हैं।

इसी तरह बुआ की जिन्दगी बीतती गयी। एक व्यर्थ सा जीवन। पिता जी रिटायर होकर गाँव आ गये। बुआ भी रिटायर हो गयी थीं। माँ ने उनसे बहुत कहा कि अब वह हमारे साथ ही आकर रहें। मगर वह नहीं मानीं। हाँ, उनका आना-जाना बढ़ गया। जब भी आतीं तो मौसम के फल—कभी अमरूद, कभी खरबूज तो कभी आम लिये चली आतीं। उनके आने से हम भाई-बहनों को लगता कि हमारी माँ तो हमें भूल ही जाती हैं। और बस हम कमर कस लेते कि कैसे उन्हें जल्दी से जल्दी वहाँ से विदा करें।

भाई कोई न कोई ऐसी बात कहते कि बुआ चिढ़ जातीं और रूठकर चली जातीं। मगर यह नाराजगी ज्यादा दिन न चलती। या तो माँ ही जाकर उन्हें मना लेतीं। या भाई बुआ के घर पहुँच उन्हें गोद में उठाकर देर तक गोल-गोल घुमाते रहते जब तक कि वह यह न कह दें कि अब वह नाराज नहीं हैं।

बुआ और माँ की दोस्ती अड़ोसी-पड़ोसी, नाते-रिश्तेदारों को जरा भी नहीं सुहाती। कुत्ते-बिल्ली के वैर वाले ननद-भाभी के रिश्ते में यह मिठास कैसी? जरूर कोई बात है। आखिर क्या बात हो सकती है। भाई ननद कोई घर में बैठकर तो रोटी तोड़ नहीं रही है। खुद कमाती है। ऐसे में भौजाई का क्या जा रहा है? बस दो मीठे बोल ही तो बोलने हैं। फिर सारा माल-मत्ता अपना। बाबा तुलसीदास तो कितने पहले कह गये हैं—स्वारथ लाय करें सब प्रीती। माँ यह सुनती तो खून का घूँट पीकर रह जाती। कभी-कभी गुस्से में कहती—क्यों उनके सगे भाई-भतीजे नहीं

हैं। फिर धीरे-धीरे हम सब लोग अपने-अपने कारणों से घर से दूर चले गये। मेरा विवाह हो गया। भाई की नौकरी लग गयी। पिता नहीं रहे। माँ और बुआ दोनों ही अशक्त और बूढ़ी हो गयीं। कभी-कभी जब भाई गाँव आते तो माँ को बुआ से मिलवा लाते या बुआ किसी का सहारा लेकर आतीं।

एक बार माँ के पास बुआ ने खबर भिजवाई कि बहुत दिन हुए वह उनसे मिलना चाहती हैं। माँ गयीं तो बुआ जेठ भरकर मिलीं। घण्टों तक दोनों दुख-सुख और बीते दिनों को याद करती रहीं। माँ के लौटने के अगले दिन बुआ चल बसीं। सबने कहा कि कुछ नहीं हुआ था। रात को अच्छी-भली सोयी थीं। अगले दिन सोकर ही नहीं उठीं।

समय बीतता गया एक वक्त के महत्त्वपूर्ण रिश्ते किस तरह काल के गाल में समा जाते हैं। वे हमारी शिराओं से भी बाहर हो जाते हैं। बुआ के साथ भी ऐसा ही हुआ। वैसे भी उनका कौन सा बाल-बच्चा बैठा था जो पितृपक्ष में भी उन्हें याद करता।

गाड़ी तो हाईवे पर भाग रही थी। सब्जी मंडी पीछे छूट गयी थी। और बुआ की उस प्रतिरूप स्त्री का तो कहीं अता-पता नहीं था। कम से कम अपने बहाने वह बुआ की याद तो दिला गयी थी।

(राजस्थान पत्रिका, 2007)

सेमल डॉट कॉम

हजारी प्रसाद द्विवेदी ने लिखा था कि आम फिर बौरा गये हैं। मगर आजकल दिल्ली के चारों ओर देखो तो सेमल ही सेमल नजर आते हैं। छोटे-छोटे अंगारों से भरा लम्बा-तगड़ा पेड़। कोई इन सेमलों को देखकर भी कह सकता है कि सेमल बौरा गये हैं। इन पर इतने बेशुमार फूल लगते हैं—पेड़ के नीचे फूलों के इतने सुन्दर कालीन बिछ जाते हैं कि कोई राजकुमारी भी उन पर सोना चाहे। इन पेड़ों की लम्बी-लम्बी शाखाएँ इनकी बाँहें लगती हैं, जो आसमान छूने को आतुर हो, न जाने किसे पुकार रही हैं। क्या पता इनकी पुकार सुनकर कभी कोई चाँद ही इनकी बाँहों में आ जाये।

सुना है कि इस सेमल के पास ही बहुमंजिली कार पार्किंग बनेगी। अब कारें बढ़ गयी हैं और उन्हें खड़ी करने की कोई जगह नहीं है तो कुछ तो करना पड़ेगा। कारें कोई पोटलियाँ तो हैं नहीं कि एक के ऊपर एक रखी जा सकें। जिस तेजी से इस शहर में कारें बढ़ी हैं उस हिसाब से सुविधाएँ नहीं। इसलिए रोज की मारामारी है, सिर फुटव्वल और थाना-कचहरी है।

क्या पता कल को इस पेड़ की दोस्ती किसी कार से हो जाये, एक दिन यह उसमें बैठकर चिड़िया की तरह फुर्र हो जाये। और लोग देखें कि पेड़ की पीठ पर सवार एक कार दौड़ी जा रही है। या फिर जिस तरह से फूल इस पेड़ पर लद जाते हैं उसी तरह कारें इस पेड़ पर लटका करेंगी। जब हवा तेज चला करेगी तो कारें पत्तों की तरह झूम-झूम लहराया करेंगी। मन किया तो आसमान में हवाई जहाज की तरह खूब उड़ा करेंगी। या कि सड़क पर जाती अपनी सहेलियों को टाटा बॉय-बॉय किया करेंगी। कारों के अन्दर तोते अपना घर बना लेंगे। उनकी खिड़कियों पर उलटे लटककर वे दुनिया का नजारा लेंगे।

पीछे जहाँ इन दिनों पार्किंग बन रही है तब एक उजाड़-सा मैदान था। गरमी की किसी दोपहरी या सरदी की शाम में वहाँ से गुजरते डर लगता था। पेड़ों के ऊपर बैठे चील-कौवे, तोते सब का शोर भी उस डर को कम नहीं करता था।

कभी-कभी जब सेमल के सारे पत्ते झड़ जाते थे तो वह बिल्कुल गंजा मालूम पड़ता था। पाँव के नीचे सूखे पत्ते चरमराते थे। पास से गुजरते स्कूटर वाले, साइकिल वाले, राहगीर ऐसे लगते थे कि लूटने को ही चले आ रहे हों। एक बार लड़की अपने मोबाइल फोन पर बात करती जा रही थी कि तभी पीछे से एक स्कूटर वाला आया और उसका मोबाइल छीन यह गया और वह गया। लड़की के शोर मचाने पर सड़क के किनारे चाय बनाने वाला लड़का, कॉफी वैन पर बरतन धोने वाले बच्चे उस स्कूटर के पीछे भागे भी थे। मगर वह तो पलक झपकते ही ओझल हो गया था।

ऐसे ही जब से यह वैन यहाँ आकर खड़ी हुई। हर आता-जाता कभी नूडल खाने, कभी समोसा खाने, तो कभी कॉफी पीने के लिए यहाँ रुक जाता है। जिन दिनों आसमान आग उगल रहा होता है सिवाय इस सेमल के इन खाने वालों का कोई सहारा नहीं। छाँव न हो तो पेड़ का महत्त्व किसी को समझ न आता।

एक दिन एक लड़का इसके नीचे खड़ा सांभर-बड़ा खा रहा था कि उसकी प्लेट में चिड़िया का एक अण्डा आ गिरा। घबराकर उसके हाथ से प्लेट छूटकर नीचे गिर पड़ी। सांभर उसके कपड़ों और जूतों पर गिरा। वैन वाले ने यह सुना तो उससे पैसे भी नहीं लिये। कपड़े और जूते साफ करने के लिए पानी दिया सो अलग। और कोई दुकानदार होता, तो न केवल अपने पूरे पैसे ले लेता बल्कि प्लेट के पैसे अलग से माँगता। जब सेमल के फूल नीचे गिर पड़ते थे तो बहुत से बच्चों में उन्हें बीनने की होड़ लग जाती थी। यहाँ तक कि हाथापाई और मारपीट की भी नौबत आ जाती थी। वे इन फूलों की सब्जी बनाकर खाते थे। जब पेड़ से सारे पत्ते झड़ जाते फूल भी एक न बचता तब पेड़ पर लगे दूर-दूर तक गोले से दिखाई देते, इन्हें तोड़ने के लिए भी काफी मारा-मारी होती। बाजार में इन गोलों की रुई के अच्छे दाम मिलते। तब सेमल इतना उजाड़ लगता कि अब गिरा कि तब गिरा। लेकिन तब वह कभी नहीं गिरता था। कुछ ही दिनों में उसकी कोंपलें फूटने लगतीं और वह पूरा का पूरा चमकीले हरे रंगों के पत्तों से भर जाता। पत्ते डालियों पर झालरों की तरह लहराने लगते। सेमल को उजाड़ जान छोड़ गये परिन्दे फिर से लौट आते। उस पर अपना घर बनाते। बुलबुलों के कुनबे इधर से उधर कूदते। उनके बीच में एकाध बगुला भी आ धमकता और संन्यासी की मुद्रा बनाये पास बह रहे नाले में मछलियों की हलचल देखता जिससे उन्हें आसानी से दबोच सके। हमारे पास ही नहीं सेमल के पास भी हम लोगों के बारे में सुनाने के लिए अनगिनत किस्से थे।

वह सुना सकता तो उस मीटिंग के बारे में जरूर सुनाता जब एक बार एक

कम्पनी ने अपने कर्मचारियों के मिलने-जुलने, मीटिंग करने पर रोक लगा दी थी। तब कर्मचारी इकट्ठे न आकर एक-एक, दो-दो की टोली में निकलते। वे खूब खिल-खिल करते और अपनी चतुराई पर खुश होते कि देखो मैनेजमेंट को कैसा चूना लगाया। वे यहाँ सेमल के नीचे इकट्ठे होते। खूब नारे लगाते। सेमल के फूलों को वे फ्लाइंग किस भेजते बदले में फूल-पत्तियाँ उन पर झड़कर उन्हें थैंक्स कहते। प्यार का इजहार करते। सरमायेदारों का धरती से नामोनिशान मिटाने की कसमें खाते। हालाँकि ऐसा कभी न हो पाता। एक दिन ऐसा होता कि हड़तालें खत्म हो जातीं। सारे मजदूर काम पर लौट जाते। उनकी तनख्वाहें कट जातीं। कुछ को नौकरियों से निकाल दिया जाता। लेकिन कुछ ही दिनों बाद मजदूरों की दूसरी टोली वहाँ आ पहुँचती। उनके नारे आसमान में गूँजने लगते। आँखों में शोले चमकने लगते। जैसे-जैसे दिन बीतते वे शोले धीमे पड़ते जाते। कहीं नौकरी जाने का खतरा पैदा हो जाता, तो कहीं भुखमरी की नौबत आ जाती। लेकिन उनके लगाए नारों की प्रतिध्वनियाँ सुनाई देने लगतीं। वे सेमल के पत्ते में मोतियों की तरह गुँथ जातीं। कभी-कभी तो चिड़िया कौओं तक की आवाज सुनकर ऐसा लगता था कि वे भी जैसे नारे लगाना सीख गये हैं।

कहीं सारे मैनेजमेंटों ने ही तो इस सेमल को ठिकाने नहीं लगा दिया। न सेमल होगा न फिर से वैसी कोई मीटिंग हो सकेगी। न कोई उनकी आलोचना कर सकेगा न कोई मीटिंग होगी। लेकिन ये सब तो हुए वर्षों बीत गये। जब से आर्थिक प्रगति का दौर शुरू हुआ नौकरियों में ऐसी गिरावट आयी, ऐसी मारामारी मची, इतने लोग निकाले गये कि कोई नारे लगाना तो दूर उफ करने की हालत में न रहा। जिस सरमायेदार के नाश की बात ये मजदूर करते थे वे ठहाके लगाते थे, हर रोज गाड़ियों के नये मॉडल बदलते थे, किसी सात सितारा में शराब की चुस्कियों के बीच हॉट हीरोइन्स के फिगर डिस्कस करते, उन्हें बाँहों में भरने के सपने देखते थे। और पल-पल लोगों को कान पकड़कर निकालते थे। जब से ग्रोथ का मन्त्र इन्होंने सीखा था, तब से लोगों को निकालने की खुली आजादी भी इन्हें मिल गयी थी।

अक्सर लोग वैन से छोले-भठूरे या नूडल खाकर यहीं पानी पीते, बचे पानी को फेंक देते। सेमल की जड़ें शायद इसी पानी का इन्तजार करती थीं। वरना तो सेमल को भी प्यास लगती है, इसकी चिन्ता किसी को नहीं थी। यहाँ तक कि उसके पास की सड़कों को पूरा का पूरा पक्का कर दिया गया था। किसी ने नहीं सोचा कि सेमल की जड़ों तक अब बारिश का पानी कभी नहीं पहुँच सकेगा। गरमी के दिनों में चाय वाले का सफेद झबरीला कुत्ता शेरू अपने पैर फैलाकर यहीं

सो जाता। लाख शोर होता रहे, ढोल बजते रहें, मगर वह न उठता। जब नींद पूरी हो जाती तो वह अँगड़ाइयाँ लेता उठता और जो कोई भी वहाँ खड़ा होकर कुछ खा रहा होता उसके पाँव पर अपना पंजा मारकर कुछ खिलाने का आग्रह करता। शेरू की यह अदा सबको बहुत भाती थी। यों शेरू सड़क का कुत्ता था, मगर वह सबका हो गया था।

कुछ दिनों से बहुत से बन्दरों ने इस पेड़ पर अपना डेरा जमा लिया था। वे जब-तब लोगों का सामान छीनकर भाग जाते। कभी किसी का चश्मा छीनते, तो कभी किसी का पर्स छीनकर भाग जाते। शेरू जब उन पर भौंकता तो वे दूर से उसे खूब घुड़कियाँ देते। शेरू और बन्दरों की इस लड़ाई का लोग खूब आनन्द लिया करते थे। फिर एक दिन शेरू को कमेटी पकड़ ले गयी और इस तरह इस लड़ाई का अन्त हुआ। शेरू जैसे सीधे कुत्ते का इस तरह मर जाना किसी को पसन्द न आया। लोग अक्सर बातें करते—कितना सीधा कुत्ता था, कभी किसी को नहीं काटा। फिर भी उसे मार दिया गया।

कोई दूसरा कहता—सीधों के साथ तो दुनिया यही करती है। वक्र चन्द्र को तो राहु भी नहीं ग्रसता।

बेचारा शेरू, उसे तो दुनिया के इन नियमों के बारे में मालूम नहीं था। लेकिन इस धरती को उस चीज से खाली करना था, जिससे मुनाफा नहीं होता था। बेचारा शेरू किसका क्या मुनाफा कराता। उसे तो जब-तब चाय वाले से लेकर कोई दूध पिला देता था। शेरू बस उसी से खुश हो जाता था। और हमेशा दूध पिलाने वाले को देखकर पूँछ हिलाता था। जिस दिन कमेटी की गाड़ी वहाँ आयी, शेरू कमर में मुँह छिपाए आराम से सो रहा था। उसे पता नहीं था कि मौत उसके कितनी करीब है। कमेटी की गाड़ी शेरू को हमेशा के लिए पकड़ ले गयी। सेमल और उसके पास की दुनिया के लिए शेरू की कहानियाँ सिर्फ कहानियाँ ही रह गयीं। जिस सरमायेदार के अन्त की कल्पना से मजदूर खुश हुआ करते थे शेरू ऐसे ही एक सरमाएदार की गाड़ी के सामने आ गया था और उसकी जीवन लीला समाप्त हो गयी थी।

कितनी प्रेम-कहानियाँ थीं जिनका गवाह था यह सेमल। वह पीली चुन्नी वाली लड़की जो रूमाल गीला हो जाने पर अपनी चुन्नी से लगातार आँसू पोंछे जा रही थी। आँसुओं के साथ उसका काजल भी बहकर गालों तक आ गया था। पीली चुन्नी पर काले धब्बे दूर से नजर आ रहे थे। लड़का तने का सहारा लेकर उसे समझा रहा था। न जाने ऐसी क्या बात थी कि लड़की के आँसू रुकते ही नहीं थे। कितने अनुमान थे जो लगाए जा सकते थे। क्या लड़की या लड़के के माता-पिता शादी के लिए राजी नहीं हैं। लड़के को किसी दूसरे शहर में तो नौकरी नहीं मिल

गयी? मन्दी के इस दौर में लड़के या लड़की की नौकरी तो नहीं छूट गयी। या कि लड़के ने या लड़की ने किसी को धोखा तो नहीं दे दिया। उनके जीवन में कोई दूसरा तो नहीं आ गया। लेकिन अगर लड़की ने धोखा दिया होता, तो वह क्यों इतना रोती? और रोती ही जाती। सेमल यह सब देख रहा था। वह भी समझ नहीं पा रहा था कि कैसे इस रोती हुई लड़की को चुप कराए। तभी क्या हुआ कि सेमल की डाल पर काँव-काँव करते कौवे ने बीट कर दी। बीट सीधे लड़के के सिर के बीचोबीच आकर गिरी। लड़की ने यह देखा, तो गजब हो गया। उसकी दोनों आँखें आँसुओं से भरी थीं मगर उसकी खिलखिलाहट से दिग्दिगंत गूँज रहे थे। अब तक जो सेमल लड़की के रोने से दुखी हो रहा था वह उसके इस तरह हँसने से खुश हो, अपने डाली रूपी हाथ उठाकर देवताओं को धन्यबाद देने लगा। उसकी डालियों पर लगे पत्ते जोरों से हिलने लगे। नीम ने सेमल के पत्तों को जोर-जोर से हिलते देखा तो उसके पत्ते भी हिलने लगे। उन्हें देख पीपल के पत्ते भी अठखेलियाँ करने लगे। एक-दूसरे के देखादेखी सभी पत्ते हिलने लगे तो जैसे तूफान आ गया। कोई किसी से पीछे क्यों रहता? पक्षी डर के मारे अपने-अपने घोंसलों में जा छिपे। पत्ते जमीन से उठकर बीच हवा में अठखेलियाँ करने लगे। कागज हवा में बिना डोर की पतंग की तरह लहराने लगे।

तूफान को आते देख चाय वाले ने अपना स्टोव बुझा दिया। सब सामान को मिट्टी पड़ जाने के डर से ढक दिया। वैन वाले ने भी अपनी सारी खिड़कियाँ बन्द कर दीं। लोग अपनी-अपनी कारों को पेड़ के नीचे से हटाने लगे। कहीं कोई पेड़ की मोटी डाल टूटकर कार के ऊपर गिर पड़ी तो पूरी कार का कचूमर निकल जायेगा। लड़की ने अपना दुपट्टा आँख-कान-नाक पर कसकर लपेटा और भाग चली। लड़का उसे पुकारता ही रह गया।

अरे रुको तो, ठहरो जरा, मैं भी तो आ रहा हूँ।

मगर लड़की नहीं रुकी...विपरीत दिशा से आती तेज हवा में भी उसके कदम नहीं रुके। वह तेज हवा, धूल को छकाती तेजी से दौड़ती चली गयी।

उन दोनों के बीच क्या बात हुई...लड़की क्यों इतना रो रही थी...फिर क्यों एकाएक भाग निकली...सिर्फ आँधी ही तो उसके भागने का कारण नहीं हो सकती है। लेकिन दोनों के बीच क्या बात हुई यह सिवाय उन दोनों के और सेमल के कोई नहीं जानता है। अगर मैं उसकी भाषा और उसके संकेतों को समझ सकती तो वह जरूर बताता, मगर कैसी अजनबीयत थी, रोज-रोज सेमल से मिलती थी, मगर उसकी भाषा नहीं जानती थी। उसके सुख-दुख नहीं समझ सकती थी। सुख-दुख समझ भी लेती तो उसके लिए क्या कर सकती थी, सिवाय इसके कि कभी-कभार उसकी जड़ों में एक लोटा पानी डाल देती। पर मैं तो ऐसा भी नहीं कर

पायी। सेमल मेरे लिए एक मनोरंजन भर था। उसके सुन्दर फूल, उस पर चहकते पक्षी, उसका मोटा-तगड़ा सिलेटी तना, हवा में फर-फर करते उसके पत्ते, उसके नीचे आराम करते लोग, उसके नीचे सोता शेरू, उछलती-कूदती गिलहरियाँ। लेकिन सेमल के अपने भी कोई सुख-दुख थे, उसकी भी कुछ इच्छाएँ रही होंगी, उसे भी हम मनुष्यों से दुख पहुँचता होगा, उसकी भी जब डालें काटी जाती होंगी तो वह भी दर्द से कराहता होगा। आस-पास न उसका कोई भाई न बन्धु, अपने मन की बात किससे कहता होगा। उसे भी अकेलापन सालता होगा। जब चिड़ियाँ उस पर बैठकर दूर-दराज की बातें करती होंगी, तो उसे अपने ऊपर कितना रोना आता होगा। यह भी कोई जिन्दगी हुई कि सालों-साल एक जगह खड़े रहे, आँधी, बारिश, तूफान, मनुष्यों की कुल्हाड़ी झेलते फिर एक दिन खत्म हो जाना। इतना अकेलापन भी भगवान ने पेड़ों के भाग्य में क्यों लिखा? जो दूसरों को जीवन देता है, क्या वह ताउम्र पेड़ों की तरह ही अकेला रहता है। उसे भी सब ऐसे ही छोड़कर चले जाते हैं जैसे पेड़ों को फूल, उनके पत्ते, उन पर रहने वाले परिन्दे, गिलहरियाँ, कीड़े, मकोड़े।

उस दिन अरसे बाद, पीछे की पार्किंग से गुजर रही थी कि एकाएक लगा कि वहाँ ऐसा कुछ है, जो नहीं है। क्या? अरे सेमल कहाँ गया? क्या हुआ उसे? किसने काटा? एक धक्का-सा लगा, जिस सेमल को इतने दिनों से देखती आयी हूँ, वह कहाँ गया। इतना लम्बा-चौड़ा। ऐसा लगता था कि उस एक पेड़ के न होने से धूप बहुत तेज हो गयी थी। पेड़ कब कटा होगा, पता नहीं। उसकी कोई शव यात्रा, तेरहवीं भी नहीं हुई। उस दिन किसी की मृत्यु के शान्तिपाठ में पण्डित बता रहा था कि इनकी मृत्यु त्रयोदशी के दिन हुई, इन्हें लेने तो साक्षात् वैकुण्ठ से विमान आया होगा।

मगर सेमल का क्या हुआ होगा? उसे लेने विमान अगर आया भी होगा, तो वह कैसे गया होगा? वह तो इतना लम्बा-चौड़ा था। अगर उसकी आत्मा ही गयी हो विमान में तो वह कितनी बड़ी होगी। सेमल की मुक्ति कैसे हुई होगी। उसके यमराज क्या मनुष्यों से अलग होंगे?

जहाँ सेमल था, वहाँ पार्किंग बनेगी। सेमल की राह पता नहीं, अब और कितने पेड़ जायेंगे। थोड़े दिन बाद हम सब, क्या धरती, क्या आकाश सब भूल जायेंगे कि कोई सेमल भी वहाँ था। लोग सेमल को भूलें, तो क्यों न इससे पहले इसकी एक साइट बना दी जाये, उस पर इसके बारे में सारी जानकारी डाल दी जाये, जिससे कि आज से सौ साल बाद भी कोई इस सेमल के बारे में जान सके।

(फरवरी, 2010)

मेरी बहू

माँ के हाथ में चिमटा फरसे की तरह लहरा रहा था। बल्कि वह शिव का त्रिशूल था। हनुमान जी की गदा था। कृष्ण का चक्र था। इन्द्र का वज्र था और था कोई भारी-भरकम पिस्तौल या तोप, टैंक, एके 56। चिमटे को माँ की भाषा और अधिक धारदार बना रही थी। दूर कोने में खड़ा नीम, बगीची पर बने कुएँ की मुंडेर पर बैठी गौरैय्या, सड़क पर जुगाली करता साँड़ सब अपने-अपने तरीके से माँ की बातें सुन रहे थे। माँ जब कुछ धीरे पड़ती तो साँड़ जैसे अपने कानों के हिलाकर पूछता—क्या हुआ? आवाज में इतनी नरमी क्यों? नीम के पत्ते कुछ जोर से हिलने लगे? गौरैय्या अपनी चोंच में पानी भरने के मुकाबले उसे मुंडेर पर रगड़ने लगती।

माँ पेटीकोट और फतूरीनुमा ब्लाउज में साक्षात् चंडी बनी अपने घर के दरवाजे पर खड़ी थी। वह चिमटा को लहराते हुए चीख रही थी—तू होती कौन है कि मेरे घर के मामले में बोले। जब देखो तब दूसरे के घर में झाँका-झाँकी। मैंने तुझसे पूछा है कि तू कहाँ आती है जाती है। कौन से लोग-लुगाई तेरे घर में पड़े रहते हैं। या तू अपने घर में नंगी नाचती है। अपने पेट से निकाले हों तो औलाद का दर्द पता चले। गुस्से में माँ खड़ी बोली बोलती है और उसमें रामचरितमानस की चौपाइयों को उदाहरण की तरह पेश करती जाती है। माँ अभी अपने शब्दकोष को और अधिक खाली करती कि उसके पीछे बँधी गाय रंभाई। माँ ने गाय को देखते हुए कहा—ठहर जा तो पै कौन सी बीजुरी पर रही है...गाय जैसे माँ की बात समझ गयी और धम्म करके एक ओर बैठकर पगुराने लगी।

माँ का गुस्सा अभी शान्त नहीं हुआ था। उसने आखिरी दाँव खींचते हुए कहा—अब मूसटी बनकर किस कोने में छिपी बैठी है। जरा बाहर तो निकल। दूसरों के सामने तो बहुत बक-बक करती फिरती है। मेरे सामने आकर बोल। जरा देखूँ तो सही कितनी वीर बहादुर है। इस चिमटे से उसी जुबान को खींच लूँगी, जिसे तू बहुत चलाती फिरती है। माँ नथुने फुलाए वहीं इन्तजार करती रही, मगर कोई बाहर नहीं आया? उसके बाद वह बहुत देर तक अपने होठ चलाती

रही। दाँतों को मुँह में इधर-उधर करती रही, मगर लड़ने की उसकी इच्छा अधूरी ही रह गयी। जिससे लड़ना चाह रही थी वह उसके मैदान में आकर शक्ल नहीं दिखा रही थी तो आखिर इन पेड़-पौधे, दीवार, पशु-पक्षियों को कब तक सुनाती।

दरअसल बात यह थी कि घर के बाहर एक नीम का पेड़ था। पेड़ की कुछ शाखाएँ पड़ोसिन के आँगन में फैली थीं। पिछले कुछ दिनों में पेड़ को न जाने कौन सी बीमारी लग गयी थी कि उसके सारे पत्ते पीले पड़कर झर गये थे। यहाँ तक कि पेड़ भी सूख गया था। माँ पेड़ के सूख जाने से बहुत दुखी थी। अपने बच्चे जैसा था। वह हर रोज सूखते पेड़ में पानी डालती। गोबर की खाद लगाती। मगर उसकी कोई भी मेहनत पेड़ को नहीं जिला सकी थी। हरे पेड़ का सूख जाना यानी कि किसी अपने का मर जाना। इस नीम को तो वह तब से देखती आ रही थी जब से इस घर में ब्याह कर आयी थी। घर की हर खुशी, हर रंज का गवाह था यह पेड़। हर त्योहार-उत्सव के दिन पेड़ के आस-पास सजा जाते और चबूतरे पर रंगोली। उसकी समझ में नहीं आ रहा था कि पेड़ को किसकी नजर लगी, कौन सा रोग है कि ऐसा हट्टा-कट्टा पेड़ इस तरह चला गया। माँ रह-रहकर उन लोगों को कोसती थी, जिनकी नजर पेड़ को खा गयी थी।

पेड़ जब बिल्कुल ठूँठ हो गया और ऐसा लगने लगा कि किसी भी तेज तूफान में वह गिर जायेगा, तो सोचा गया कि क्यों न उसे कटवा लिया जाये। उसकी लकड़ी से घर और खिड़कियों के दरवाजे बनवा लिये जायें। नीम के होने से कभी कीड़े भी नहीं लगेंगे।

होते-होते बात पड़ोसिन के घर तक भी पहुँची। माँ बाहर खड़े होकर अपनी बहू देवकी से बात कर रही थी कि पड़ोसिन भी आ धमकी। पाँय लागूँ जीजी कहती हुई बोली—जीजी, जि कौन सी बात हुई। ठीक है कि पेड़ की जड़ें तुम्हारे घर में हैं, मगर उसकी कुछ टहनियाँ तो हमारे घर में भी हैं। पेड़ जितना तुम्हारा, उतना हमारा। आधी लकड़ी तो हमें मिलनी चाहिए। इन दोनों की बात सुनकर बहू मुस्कराने लगी। वह माँ की सबसे छोटी और दुलारी बहू थी। माँ पड़ोसिन से कुछ कहती, इससे पहले ही उसकी बहू बोली—अगर हमारे कुछ कपड़े आँधी में उड़कर आपके आँगन में चले जायें तो क्या वे आपके हो जायेंगे।

यहाँ कपड़ों की क्या बात चल रही है, बात तो नीम के पेड़ की लकड़ी की हो रही है। पड़ोसिन ने चिढ़ते हुए कहा।

मैं भी तो वही बात कह रही हूँ। हमारे पेड़ की कुछ डालियाँ आपके आँगन में झुक गयीं तो पेड़ आपका हो गया। —बहू ने कहा।

मैं कब पूरा पेड़ माँग रही हूँ। मैं तो आधे की बात कह रही थी। अगर मन में

बेईमानी आ गयी हो, तो बात अलग है। —अब पड़ोसिन के सुर में चिढ़ के साथ गुस्सा भी आ मिला था। फिर उसने एक और दाँव मारा—जब हम दो बूढ़ी लुगाइयाँ आपस में बातें कर रही थीं, तो तू क्यों बोली?

माँ ने बहू को आँखों में इशारा किया, तो वह अन्दर चली गयी। मगर वह अन्दर तक सुलग उठी। उसी के सामने उसकी बहू से कोई अबे तबे करे। और बहू तो उसका पक्ष ही ले रही थी। ससुरी सूखी लकड़ियाँ क्या हुईं, जान की आफत आ गयी। खैर, उस दिन माँ खून का घूँट पीकर रह गयी। पर उसने ठान लिया कि अब पेड़ को कटवाकर ही रहेगी। दूसरे मोहल्ले में रहने वाले रामवीर से माँ चुपके-चुपके कह आयी। वह नहीं चाहती थी कि पड़ोसिन को उसकी खबर भी लगे।

अगले दिन माँ ने मुँहअँधियारे ही सारे काम निबटा दिये। गाय का भी दूध काढ़कर अन्दर बाँध दिया। क्या पता कोई लकड़ी ऊपर से गिरे और गाय को चोट-फेंट लगे। वैसे भी कुल्हाड़ी की ठक-ठक से कहीं गाय दूध ही ऊपर न चढ़ा ले।

लेकिन दस बज गये रामवीर नहीं आया। क्या हुआ कहीं हारी-बीमारी तो नहीं हो गया। बेटे ने पता लगाकर बताया कि रामवीर कह रहा है, कि वह दो पड़ोसियों के झगड़े में नहीं पड़ेगा। माँ समझ गयी कि जरूर पड़ोसियों ने ही उसे जाकर भड़काया होगा।

लेकिन माँ तो माँ थी। ऊँच-नीच का मामला था। पड़ोसियों से कैसे हार जाये—भूवर पड़े इस रामवीर पर ये नहीं आता है तो मत आये। वह अगले दिन बाजार से पेड़ काटने वाले को बुला लायी। जैसे ही सूखे पेड़ की लकड़ियाँ नीचे गिरने लगीं, अचानक पड़ोसिन हाय मर गयी रे चिल्लाती एक ओर गिर पड़ी। आनन-फानन में गाँव का गाँव इकट्ठा हो गया। उधर माँ भी अपने बाल-बच्चों के साथ मोर्चा खोलकर खड़ी थी—

उसके घर में तो लकड़ी का एक लट्ठा नहीं गिरा, फिर कैसे लग गयी...मैं सब जानूँ हूँ जि सारौ नाटक चौं है रौ ए।

माँ के बेटे जबर्दस्ती उसे घर के अन्दर ले गये थे। और डाँटते हुए बोले थे—तुम्हें ये भी पता नहीं चलता कि कौन से मौके पर क्या बोलना है? बाहर भीड़ लगी है और तुम न जाने क्या-क्या बोल रही हो।

सच बोलवे पै का तारौ जड़ो है। मेर सामले वो लुच्ची कमरा ते निकर कै भाजी और मर मर गयी चिल्लाइवे लगी। —माँ ने नाराज होते हुए कहा।

अब छोड़ो इस बात को पहले तो ये सोचो, कि इस मुसीबत से निकलें कैसे?

उसकी बात तो सब सच मान लेंगे। —बेटों ने कहा।

भीड़ में से बहुत से लोग ऐसे थे जो चाहते थे कि बात बढ़े। पुलिस, कोर्ट-कचहरी तक पहुँचे तो कुछ मजा आये। मगर कई ऐसे भी थे जो चाहते थे कि मामला न बढ़े तो ही अच्छा।

मामला कई दिन तनाव में रहा। दोनों ओर से देख लेंगे और खून पी जायेंगे, जैसी धमकियों का धड़ल्ले से आदान-प्रदान होता रहा। खैर, बात इस पर सुलझी कि कटे पेड़ से दो मन लकड़ी पड़ोसिन को दे दी जाये। वह भी बहुत हील-हुज्जत और अपनी चोट का हवाला देती बड़ी मुश्किल से मानी। लेकिन माँ तो खून का घूँट पीकर रह गयी। पड़ोसिन ने इतना अपमान किया और बदले में लकड़ी भी देनी पड़ी।

लेकिन सुलह हुए अभी कुछ ही दिन बीते थे कि गाय को सानी देती माँ ने पड़ोसिन को कहते सुना—इस बुढ़िया की छोटी बहू बड़ी चलती-पुर्जा है। यह सुनकर पहले तो माँ ने अन्दर जाकर अपने बेटों की खबर ली—और करवा दो फैसला। अब जिन्दगी भर सिर झुकाकर चलियों। लेकिन इतने से ही उसका पेट नहीं भरा। वह चिमटा लेकर बाहर की तरफ दौड़ी—हरामजादी तू होत कौन है मेरी बहू के बारे में बोलवे वारी...बाहर तौ निकर बहू तौ मेरी बाद में आवेगी...पहले तो मैं ही तोय बताय दूँगी...तबसे रह-रहकर माँ कभी ब्रजभाषा तो कभी खड़ी बोली बोलकर चिमटे को आजमा रही है पर कोई उत्तर न मिलने के कारण उसका हर वार खाली जा रहा है। वह हर आते-जाते को रोककर कह रही है—मेरे बारे में कोई कुछ कहे तो कहे, मेरी बहू के बारे में कैसे कहेगा कोई।...लोग सुन रहे हैं और मुस्कराते हुए जा रहे हैं।

(रेडियो, नई दिल्ली)

कौन है कि जो रोता है

बची एक पुतली के सहारे जहाँआरा की माँ देखती है :
आसमान में कालिख और लाली साथ-साथ हैं। खूब आवाजाही है, फिर भी सन्नाटा। चील-कौवे उड़ रहे हैं। वे दूर से सब कुछ देख लेते हैं। धूल उनकी आँखों का कुछ नहीं बिगाड़ पाती। कौन है कि जो रोता है।

यह लाल समंदर-सा क्या है? क्या पानी में पड़ती उषा की लाली है या डूबते सूरज की परछाईं। कौन, आस-पास कानों में आ हवा दुत्कारती है, नहीं पता, यह शहीदों का खून है।

शहीदों का खून! यानी कि जो देश के लिए जिए, देश के लिए मरे...इसमें अनुज नैयर का खून शामिल है और विवेक याद है न! जिनकी डॉक्टर पत्नी ने मिलिट्री यूनिफार्म में पति की लाश को सलामी दी थी। या वह दाढ़ी वाला लड़का विकास बत्रा ऐसा ही कुछ नाम था न उसका जो टी.वी. स्क्रीन पर दिल माँगे मोर चिल्लाता था और अगले दिन मारा गया था। या कि वे चार सैनिक जो एक पत्रकार की गलती से मारे गये थे। पत्रकार ने मोबाइल से सन्देश भेजा और उधर से आयी एक मिसाइल ने चारों का काम-तमाम कर दिया। या कि रजिया बानो जिन्होंने अपने बेटे की जान की कीमत लेने से मना कर दिया। सरकार का दिया पेट्रोल पम्प नहीं लिया।

कौन जानता है, अब्दुल कारगिल में मारा गया, हो सकता है गुजरात में मार दिया जाता। सम्मान की खातिर! जो जौहर हुआ! मातृभाषा जिसमें आगे चली दंगाई पीछे! और अनुज नैयर वह गोधरा की लपटों की भेंट चढ़ जाता। तब भी क्या दिल्ली की मुख्यमन्त्री बार-बार फोन करके उसके घर पूछतीं कि 'बाटी कब आयेगी।'

ऐसा भी हो सकता है कि कोई रतिलाल राठौर मुसलमान से विवाह करने के अपराध में रजिया बानो का सिर कलम कर देता। उनके गर्भ से क्या पता अब्दुल ही निकलता और उसे आग के हवाले कर दिया जाता।

धर्म और जंग के नाम पर सब जायज है? मगर कोई तो बताए कि यह खून किसका है? पास ही पड़ी एक औरत की लाश उठ खड़ी होती है। मगर निर्वस्त्र है। वह कहती है–'मुझसे मत डरो। भागो मत। मैंने कपड़े नहीं पहने। नहीं, मेरे कपड़े इतनी बार फाड़े गये हैं कि मैं उन्हें पहनना भूल गयी हूँ। और मेरी छातियाँ, ये घुटनों तक इसलिए लटक गयी हैं कि उन्हें खींच-खींचकर इतना बड़ा कर दिया गया है। इनसे दूध नहीं खून बहता है।'

और यह खून इसमें जहाँआरा का खून भी शामिल है। पूछोगे नहीं, कौन जहाँआरा।

वही जिसे कल संगसार कर दिया गया। कसूर उसने व्यभिचार किया था। जब चौदह साल की थी, पचास साल के आदमी के साथ बाँध दी गयी। पचास साल का वह भी टी.बी. का मरीज। शादी के तीन महीने बाद ही वह मर गया। अकेली जहाँआरा, ऐसे में कुनबे के हर मर्द की बन आयी। वह हर एक की साझी सम्पत्ति बन गयी। जेठ ने तो बिना ब्याह के ब्याहता बना लिया। जब जहाँआरा ने एक बच्चे को जन्म दिया तो समाज ने थू-थू की। विधवा और माँ! व्यभिचारिणी। जेठ अपराधी है यह पुलिस को नहीं, पंचायत को नहीं, कानून को नहीं, बुर्के में लिपटी जहाँआरा को सिद्ध करना है। बुर्का, दुशाला, घूँघट इनमें लिपटी औरतें अपराधी को ढूँढेंगी कैसे? जहाँआरा सिद्ध नहीं कर पायी। मार दी गयी। हर पत्थर मारने वाले ने सोचा कि वह धर्म की रक्षा कर रहा है। क्योंकि धर्म की रक्षा करने के नाम पर औरत को दर-बदर करने का कानून जिस शहंशाह ने बनाया था, जब वह एयरक्रैश में मारा गया था, तो पश्चिमी और एशियाई मीडिया ने इस बात को बड़ा हाईलाइट किया था कि बेशक शहंशाह की लाश तन्दूर में पड़े मुर्गे की तरह भुन गयी थी। लेकिन उसकी जेब में रखा पाक ग्रन्थ सुरक्षित था।

क्या यह पोएटिक जस्टिस था या औरतों की हाय कि जिसने उन्हें कानून भेड़ियों के सामने फेंक दिया, वह ऐसे मारा गया।

औरत बोल रही थी। उसकी आवाज गूँज रही थी। लोग ठहर-ठहर जाते कि वह जोर से हँसी–'देख क्या रहे हो? यहाँ भी बहुत-से पत्थर बिखरे हैं। मार डालो हमें। खत्म कर दो। इस धरती से हमारा नामोनिशान मिटा दो। मगर तुम लाचार हो...मेरा क्या बिगाड़ सकते हो? जिन्दा औरतों से डरते हो न! यह डर ही है जो औरतों को तरह-तरह से कैद करने, खत्म करने के नुस्खे ढूँढता है। लेकिन तुम्हारा कोई पत्थर न मुझे मार सकता है, न मेरी आवाज बन्द कर सकता है। मैं तो पहले ही मरी हुई हूँ। याद करो, पहचानो, मैं उसी जहाँआरा की माँ हूँ जिसे मारने में तुम्हारे सैकड़ों पत्थर खर्च हुए। जिस दिन वह मरी उससे पहले हर दरवाजा, हर

कुंडी खटखटाई। सारे के सारे रोब-रुतबे वाले, आला हुक्मरान, पैसे के गरूर में दोहरे होते कोई भी तो उसे नहीं बचा सका।'

जब मेरी जहाँआरा पत्थरों के वार सह रही थी तब उसका जेठ एक कोने में खड़ा अपनी लम्बी मूँछों पर ताव देता मुस्करा रहा था। अब उसे एक नयी जहाँआरा चाहिए थी। क्योंकि जब मरना था तब जहाँआरा को ही, या उसी जैसी किसी और को।

इसीलिए जब वह मरी, उसके कुछ दिन बाद ही मौत मुझे लेने आ पहुँची। मैंने उससे गुजारिश की—'मेरी प्यारी मौत, मैंने तो सब कुछ देख लिया, सुख-दुख, ब्याह-शादी, सौगातें, मुझे जाने का कोई दुख नहीं। लेकिन मेरी बेटी तो अभी पन्द्रह साल की ही थी। उसने तो अपनी आँखों से पूरा आसमान भी नहीं देखा था। फिर उसे लेने तुम इतनी जल्दी क्यों आ पहुँची? मुझे पता है तुम्हारे राज्य में कोई छोटा-बड़ा नहीं है। न तुम किसी के साथ पक्षपात करती हो। मगर यह तो जानती हो कि मेरी बेटी बेमौत मारी गयी थी। जिसे उसने मौत के मुँह में धकेला या जिन्होंने उसे पत्थर मारे उनमें से किसी एक को तो ले चलतीं। पता तो चलता अकाल मौत किसे कहते हैं?'

मैंने उस दिन मौत को रोते देखा। बोली—'खुद औरत हूँ तुम्हारे दुख को समझ सकती हूँ। लेकिन ईश्वर के विधान में कोई दखल नहीं दे सकती। ईश्वर भी तो मर्द है। इसीलिए सारे पुरुष उसके नाम पर औरतों को मारते रहते हैं। ईश्वर कभी इस बात का विरोध नहीं करता।'

तब मैंने उस नन्ही बच्ची-सी दिखती मौत के सिर पर हाथ फेरकर पूछा था—'सुना था कि मौत के कभी आँसू नहीं आते फिर तुम क्यों रोती हो?'

"इसीलिए कि खुद को बचाने के लिए दूसरे को मौत सौंप देना कितना आसान है।" —और मौत चली गयी।

सुन रहे हो अब्दुल गुजरात में जब तुम्हें तुम्हारी दाढ़ी या टोपी के कारण मार दिया जाता तब भी क्या कोई तुमसे यह पूछता कि अरे क्या तुम वही हो जो कारगिल में शहीद हुए थे। और यहाँ बेवजह क्यों मारे जा रहे हो? तब भी क्या किसी साधु के इकतारे से यह आवाज निकलती—

'शहीदों की चिताओं पर लगेंगे हर बरस मेले' कारगिल की बर्फ गुजरात की लपटें...सब कुछ एक जैसा, दर्द और बँटवारे को कभी परिभाषित नहीं किया जा सकता। क्या वन्दे मारतम् कहने भर से तुम अधिक देशभक्त हो जाते।

तुमने वहाँ अपनी जान गँवाई। तुम्हें किसी ने जेड ग्रेड की सिक्योरिटी नहीं दी। तुम्हारी जान की कीमत ही क्या थी? तुम हुर्रियत के नेताओं की तरह जहर

उगलकर मलाई नहीं बटोर सकते थे!

तुमने जान देकर किस आज़ादी की जंग जीती। वह आजादी जो हुर्रियत वालों को चाहिए या वह आजादी जब तुम आखिरी साँस ले रहे थे तो इस देश के कर्णधार किसी न किसी बहाने, गरमी के दिनों में विदेश यात्राओं पर निकले हुए थे। हर जनसेवक का ओहदा इस बात से तय होता था कि वह कितनी बार विदेश गया।

आजादी चाहिए थी न!

देश की समस्याओं से बचने के लिए तो एक ओढ़ी हुई मुस्कान काफी रहती थी। यदि उससे काम न चले तो मीठी जबान। यदि यह हथियार भी कारगर न हो तो अपने आस-पास के अफसरों को दिखावटी डाँट-डपट। ऐसे में जब सब अपने घर भरने में लगे थे तो तुम्हारी माँ ने पेट्रोल पम्प की अन्धी कमाई क्यों ठुकरा दी थी।

दुनियादार लोग कहेंगे क्या बेवकूफी की। एक शहीद को याद करने का इससे अच्छा तरीका क्या हो सकता है कि उसकी जान की कीमत सात पीढ़ियों तक वसूली जाये। सात पीढ़ियाँ खाएँ-पिएँ मौज करें और आठवीं के लिए बहुत कुछ छोड़ जायें। तुम्हारे ही एक साथी अनुज नैयर का क्षत-विक्षत शरीर जब आने वाला था तो कई राजनेता इस बात को लेकर परेशान थे कि वे अनुज के घर तब जायें जब ज्यादा से ज्यादा लोग उन्हें देख सकें कि देखो एक शहीद का वे कितना सम्मान करते हैं। तब अनुज के पिता ने नाराज होकर कहा था—"हमारे बच्चे गाजर-मूलियों की तरह काट दिये जाते हैं और ये नेता यहाँ मौज करते हैं।"

सिर्फ युद्ध के मैदान में ही नहीं, हर जगह, हर क्षण, हर पल—क्या किसी दंगे में किसी नेता को मरते देखा है।

मौत तुम क्यों रोती हो? मत रोओ। खामोश हो जाओ। तुम्हारे आँसू कौन देखेगा जब जीते-जागते मनुष्यों की परवाह किसी को नहीं है।

अलमाटी में अटल और मुशर्रफ आमने-सामने हुए हैं। इससे पहले आगरा में। उसके बाद अखबारों और टी. वी. के जरिए।

दो बूढ़े शेर एक-दूसरे को देख गुर्राते हैं। तभी बीस हजार किलोमीटर दूर बैठा विदेशी टी.वी. स्क्रीन पर देख लेने की धमकी देता है। और बूढ़े शेर खीसें निपोरते पूँछ दबाकर इधर-उधर हो लेते हैं।

क्या, युद्ध टल गया है? नहीं न, जब तक उगला हुआ जहर शिराओं में न बहने लगे, हजारों जानें न चली जायें, लाखों बेघर न हो जायें—बूढ़े शेर चैन से नहीं बैठ सकते। वे नूरा कुश्ती लड़ते हैं, लोगों की शिराएँ तड़कने लगती हैं। जोश से,

उत्तेजना से। हर जगह दंगा फैल जाता है।

'ओह, वोदका पीना कितना अच्छा लगता है।' टाँग फैलाकर बैठा बूढ़ा शेर मार-काट को देखता है और दूसरे बूढ़े शेर को बधाई देने के लिए टेलीफोन का चोंगा उठाता है।

खून से सनी औरत एक अँगड़ाई लेती है तो उसकी सूखी हड्डियाँ एक-दूसरे से अलग हो जाती हैं। इस सदी में, कहते हैं इक्कीसवीं सदी, बीसवीं सदी से पूरे सौ बरस छोटी, उसकी छोटी बहन। वह बीसवीं सदी जिसके बारे में कहा जाता है कि मानव सभ्यता के इतिहास यदि इसे पाँच हजार वर्ष पुराना कहें तो ऐसी क्रान्तिकारी सदी नहीं देखी। उसी क्रान्तिकारी सदी की छोटी बहन एक पन्द्रह साल की लड़की को चौदहवीं सदी के कानून से लहूलुहान होता, मारा जाता देखती है। माँ बहुत महान होती है न! अनब्याही माँ दुनिया का सबसे बड़ा पाप। इतने बड़े-बड़े महासागरों का खारा पानी भी कम पड़ जाये...आँसू हैं कि बहते नहीं सूख गये हैं। तलवारें चमक रही हैं, त्रिशूल हवा में लहरा रहे हैं। चाकू-फरसों पर सान धरी जा रही है। मरो, मारो, खत्म करो–जहाँआरा किस पत्थर से मरी होगी? कंकाल बनी उसकी माँ सोचती है। ये पत्थर किस पहाड़ के होंगे। क्या इनके भाग्य में किसी ज्योतिषी ने लिखा होगा कि ये किसी को, किसी को नहीं एक लड़की को मारने के काम आयेंगे।

किस रंग का पत्थर, कौन-सा निशाना? किसका हाथ? क्या जहाँआरा के हाथ की लकीरों में ऐसा कुछ लिखा था। जब उसे यह सजा सुनाई गयी, उस वक्त तो मैंने कोई पीर-फकीर-दरगाह नहीं छोड़ी। तब, तब क्यों ऐसा हुआ?

लेकिन किसी न किसी के खिलाफ एक युद्ध चाहिए। युद्ध, क्या पता, कौन हारता है कौन जीतता है। कहते हैं तीस प्रतिशत जलने के बाद आदमी जलन का अहसास करना भूल जाता है। पत्थरों की चोट के साथ भी तो ऐसा हो सकता है कि अगला, फिर अगला, और अगला उसे कुछ याद ही न रहा हो। फिर कैसे पता चल सकता है कि वह किस पत्थर से मरी?

युद्ध! अनवरतः आँखों की भाषा! हिंसा-प्रतिहिंसा! दमन! क्रूरता–ठण्डी हँसी। जहाँआरा को पत्थर मारने में कुछ औरतें भी शामिल थीं। उन्हें धर्म की रक्षा करनी थी। पुरुषों के बनाये सारे धर्मों की रक्षा औरतें करती फिरती हैं। सब व्रत-उपवासों का ठेका उन्हीं के जिम्मे है।

कंकाल बनी औरत करवट बदलती है कि उसे अपने पास गुलाब, गेंदा, चमेली की खुशबू महसूस होती है। इतने दिनों में उसकी आँख के तारे का एक कोर बचा है। उसे कीड़ों ने नहीं खाया है। वह उसी की मदद से देखती है। अरे,

यह क्या! उसके चारों ओर फूल ही फूल बिछे हैं। इतने सारे फूल तो फूलों की घाटी में मिलते हैं। उसे किसी ने बताया था। यहाँ कहाँ से आ गये? क्या सचमुच युद्ध की जगह दुनिया में शान्ति छा गयी है। लोग हथियारों की जगह फूलों की खेती करने लगे हैं।

फूल जिन्हें छुआ जा सकता है, जिनकी कोमलता को महसूस किया जा सकता है। अचानक जहाँआरा की माँ को आसमान में प्रकाश दिखाई देता है। कौन है वहाँ? क्या बारिश होने वाली है जो बिजली चमकी हो? लेकिन बादलों का तो दूर-दूर तक पता नहीं है। आसमान साफ है। रोशनी और उजास से भरा!

उसे वहाँ, उजाले में बचपन वाली जहाँआरा दिखाई देती है। वह उसे पुकारना चाहता है, मगर कैसे पुकारे? उसकी जीभ तो कब की गल चुकी है। उसे मरे तो जमाना हो गया। आवाज गले में अटकी रह जाती है।

जहाँआरा वैसे ही हँस रही है, जैसे वह बचपन में हँसती थी। उसके सुन्दर-सफेद दाँत चमकते थे। लेकिन उसके पास इतने फूल कहाँ से आये? क्या वह सचमुच जन्नत में चली गयी है और वहाँ से फूल फेंक रही है कि जहाँआरा गायब हो जाती है वहाँ उसे तीन स्त्रियाँ खड़ी दिखाई देती हैं। वे अभय की मुद्रा में हाथ उठाती हैं। कहती हैं—"तुम सोच रही होगी हम कौन हैं? हमें पता है तुम बोल नहीं सकतीं। तुम मर चुकी हो। तुम्हारी आवाज खत्म हो चुकी है। वैसे जीते जी भी हमारी आवाज कौन सुनता है। सबने मुँह छिपा लिया। लेकिन अपनी बेटी को बचाने के लिए जितनी मेहनत तुमने की उस पर हमें गर्व है। हमारी कभी बेटियाँ नहीं हुईं। बेशक हम हिन्दू देवियाँ हैं। तुम मुसलमान। लेकिन सच पूछो तो हम औरतों की न कोई जात होती है न धर्म। आज हम विद्रोह करके आयी हैं। देवताओं ने तो हमें बहुत रोका था। अपने बगीचे से फूल चुनने को भी मना किया था लेकिन हम नहीं मानीं। हमने साफ कह दिया आप तो अक्सर युद्ध में विजयी लोगों पर फूल बरसाते रहते हैं। हम तो एक उस स्त्री की लाश पर फूल बरसाना चाहते हैं जिसने अपनी बेटी को बचाने के लिए रात-दिन एक कर दिया। हम चाहें तो तुम्हें जीवित भी कर सकते हैं, लेकिन इस दुनिया में वापस आकर क्या करोगी जिसमें इतने बम और इतनी मिसाइलों के जखीरे हैं कि पूरी की पूरी दुनिया को कई-कई बार नष्ट किया जा सकता है। फिर भी मनुष्य का पेट नहीं भरता, हर रोज नये-नये हथियार बनाता है।" आसमान में फिर से अन्धकार छा गया है। देवियाँ गायब हो गयी हैं।

कंकाल औरत हँसती है। उसकी हँसी में खनक नहीं विद्रूप है। वह बहुत-सी आवाजें सुन सकती है। लोग पागल हो गये हैं और युद्ध-युद्ध पुकार रहे हैं—

देशभक्ति बहुतों के लिए परांठे की तरह है, स्वादिष्ट परांठा। अपने घर का कोई न मरता हो, उँगली न कटती हो तो लड़ाई कितनी आकर्षक लगती है।

लेकिन यह लाश बनी औरत कौन है? क्या सचमुच यह जहाँआरा की माँ है, या कहीं शाहबानो तो नहीं है। कब्र में बैठी शाहबानो कराहती है—"या खुदा रहम कर हम औरतों की दुनिया पर। या तू खुद कभी औरत बनकर देख। कहीं खून की नदियाँ न बह जायें इसलिए तो मैंने कहा था कि सुप्रीम कोर्ट ने मेरे पक्ष में फैसला देकर गलत किया। लेकिन उससे भी क्या हो गया, औरतों का भाग्य नहीं बदला। कितनी औरतों की सम्पत्ति हड़प उन्हें मार दिया गया। परिवार के सम्मान की रक्षा के नाम पर। कितनी बलात्कार की शिकार हुईं और व्यभिचारिणी कहकर खत्म कर दी गयीं। तालिबानों ने क्या किया?"

उसी वक्त एक मधुर आवाज सुनाई दी—"आपा।" शाहबानो ने इधर-उधर देखा, दरख्तों के बीच से एक छाया निकली। सजी-सँवरी। जेवरों से लकदक। उसे देख शाहबानो बोली—"तुम कौन हो बेटी?"

"मैं कौन हूँ।" नहीं पहचानतीं। अरे मैं हूँ असली जहाँआरा। औरंगजेब की बहन। जो कुँवारी जन्मी थी, कुँवारी मर गयी। हिन्दुस्तान का सबसे बड़ा सम्राट भला अपनी बेटी या बहन ब्याहकर किसके आगे सिर झुकाता? इसलिए आसान रास्ता था उनका ब्याह ही मत करो। हम पिता के घर में जन्मी थी, वहीं मर गयी। जहाँआरा आज नहीं मरी, तब ही मर गयी थी। एक संगसार हुई, दूसरी दम घोंटकर पत्थर बना दी गयी...स्त्रियाँ जो पत्थर बनीं, मरीं, युद्ध किसी ने जीता, इज्जत किसी की लुटी, कोई रणभूमि में गया, जौहर में जान किसी ने दी।"

दिल्ली में इन दिनों आर.टी.वी. यानी कि स्कूल ट्रांसपोर्ट व्हीकल की भरमार है। ये छोटी और बेहद तकलीफदेह बसें—फिर भी लोग इनमें आते-जाते हैं। नौकरी करनी, समय पर दफ्तर पहुँचना है, जेब में ऑटो लायक पैसे नहीं होते हैं। वैसे भी हर रोज ऑटो कौन अफोर्ड कर सकता है। जिनके मीटर हमेशा किराए से दस-बीस प्रतिशत अधिक बताते हैं।

रोहिणी से कनॉट प्लेस आने वाली यह छोटी बस। इसके आगे की सीटों पर सभी औरतें बैठी थीं। पीछे की सीट पर चार आदमी। औरतें बहुत देर तक इस बस के आने-जाने के टाइम के बारे में डिस्कस करती रही थीं। शायद यह बस नयी चली थी और इन कामकाजी औरतों के लिए आरामदेह थी।

अचानक साइड में बैठे पतले-दुबले आदमी ने जिसके सारे बाल सफेद हो चुके थे और जिसने किशोरावस्था में एक टाँग अड़ाने के लिए उन पर बुरी तरह से मेहँदी पोत रखी थी, अपने साथ बैठे आदमी के पुट्ठे पर हाथ मारते हुए कहा—"इस

साले पाकिस्तान को तो आडवाणी के हवाले कर देना चाहिए। फिर देखना क्या कराची, क्या लाहौर, क्या इस्लामाबाद एक रात के हमले में तबाह हो जायेंगे। यह जो मुशर्रफ बड़ी-बड़ी बातें बना रहा है तब देखना कैसे अँगूठा चूसता है।"

दूसरा आदमी जो च्यूइंगम चबाने की तरह रुक-रुककर बोलता था और अटल बिहारी वाजपेयी की तरह एक वाक्य के दूसरे वाक्य में काफी दूरी रखता था, उसने कहा–"अरे भाई अब इतना आसान भी नहीं है। यह कोई पैंसठ या इकहत्तर तो नहीं है। पाकिस्तान भी न्यूक्लियर पावर है।"

"तो क्या हुआ हम तो चौहत्तर से परमाणु शक्ति हैं।" –मेहँदी वाला बोला।

तीसरे हिटलर जैसी मूँछों वाले को लगा कि बातचीत में उसकी भी कुछ भूमिका हो सकती है, ने कहा–"आप चौहत्तर से न्यूकपावर हों या चौंसठ से लेकिन आपने कर क्या लिया पाकिस्तान का।"

मेहँदी वाले ने दाँत मिसमिसाए–"यही तो खराबी है हम इण्डियंस में। हमारा फौजी, एक-एक दस पे भारी रहता है। लेकिन फौजी क्या कर लेंगे जब आप और हम जैसे लोग ही यह कहेंगे कि क्या कर लिया पाकिस्तान का? इससे ज्यादा बड़ी बात क्या होगी कि बांग्लादेश बनवा दिया।"

"तो वह अब कश्मीर में उथल-पुथल मचवा रहा है।" –चौथे ने कहा।

च्यूइंगम चबाने वाले ने कहा–"कश्मीर तो अब हमारे खून से ही बन सकता है।"

हिटलर की मूँछ वाला जोर से हँसा–"हाँ यार, तुमसे पहले गाँधी जी ने भी कहा था कि पाकिस्तान तो मेरी लाश पर बनेगा।"

मेहँदी वाला खिलखिलाता बोला–"यही तो मैं कह रहा हूँ, अरे मैं कह रहा था अहिंसा-फहिंसा गयी तेल लेने। इस देश में एक अरब लोग रहते हैं। एक फूँक मार देंगे तो पाकिस्तान का पता नहीं चलेगा।"

हिटलर को मेहँदी वाले की जोर से कही बात कुछ नागवार लगी। उसे लगा यह बात तो उसे कहकर बाजी मारनी चाहिए थी। वह पान मसाले का पूरा पाउच मुँह में उँडेलता बोला–"यार इस एक अरब में से सोलह करोड़ मुसलमानों को तो हटा ही दो।"

यह सुनकर च्यूइंगम वाला बोला–"यह कोई बात नहीं है। आखिर फौज में भी इतने मुसलमान हैं। सारे लोग एक जैसे थोड़े ही होते हैं। आखिर हाथ की पाँचों उँगलियाँ एक बराबर नहीं होतीं। इस देश का तो राष्ट्रपति भी मुसलमान रह चुका है। पाकिस्तान में बन सकता है कोई हिन्दू राष्ट्रपति। अरे तुम किसी हिन्दू को पाकिस्तान में तो क्या, अमेरिका में राष्ट्रपति बनवाकर दिखा दो। सब साले

हरामजादे हैं। आखिर हम हिन्दू अस्सी प्रतिशत हैं इस देश में।"

अस्सी प्रतिशत हिन्दू! सारे अधिकार, सारी सम्पत्ति, सारी प्रतिष्ठा बीस प्रतिशत के पास! जब वोट की बात हो हिन्दू अस्सी प्रतिशत हो जाते हैं, जब मन्दिरों में जाने की बात हो तब हिन्दू सिर्फ बीस प्रतिशत रह जाते हैं सवर्ण...

युद्ध चाहिए न!

गीता में श्रीकृष्ण ने अर्जुन से कहा—"हे पार्थ, इस दुनिया में न कोई अपना है न पराया। न कोई मरता है न जिन्दा रहता है। मैं ही मरता हूँ, मैं ही जिन्दा रहता हूँ। इसलिए सब मोह-माया त्यागकर युद्ध के लिए तत्पर हो जाओ।"

हमारी सभ्यता का इतिहास। रक्तरंजित। खून से लथपथ। स्पर्धा की इस दुनिया में कोई किसी को रौंदकर ही आगे बढ़ सकता है।

वीर तुम बढ़े चलो

धीर तुम बढ़े चलो।

दूर तक फौजी बूटों की गूँज सुनाई देती है। यहाँ बस के भीतर तक। मेहँदी वाला चीखता है—"हम हिन्दू बाई नेचर ही डिफीटिस्ट हैं। खुद की बुराई करने को तैयार बैठे रहते हैं। किसी और को सुना है तुमने अपनी बुराई खुद करते। इसीलिए सब उल्लू के पट्ठे सिर पर जूते रखकर चलते चले जाते हैं। झुको और झुको....इस दुनिया में कोई भी झुकने वाले की तारीफ नहीं करता। दुनिया का दस्तूर है जो झुकता है उसे और झुकाया जाता है उसका स्वाभिमान नष्ट करने के लिए जिससे कि वह दोबारा न उठ खड़ा हो। हिन्दुओं को इसी झुकने से, अहिंसा के सिद्धान्त ने पिटना सिखाया है।"

उसकी बात सुन उड़ीसा के कोने में बैठा दारासिंह हँसता है—"मैं कहता था न यह हिन्दू अब वह हिन्दू नहीं है, यह अब उग्र हो चला है। उग्रता से ही उग्रता को काटा जा सकता है। एक बार हिन्दू उग्रवादी हो उठे, जागरूक हो जाये तब देखना देश के किस कोने में रहता है इस्लामी उग्रवाद। मैंने ग्राहम स्टेंस को उसके दो लड़कों के साथ जला दिया, किसी ने क्या कर लिया मेरा, बल्कि एक पार्टी वाले तो मुझे चुनाव लड़वाने की तैयारी कर रहे थे।"

"हाँ, कोई क्या कर लेगा?" —बस में बैठा हिटलर चीखता है—"इतने यहूदी मारे गये किसी ने क्या कर लिया।"

"अरे यार तू तो इमोशनल हो गया। डोंट गेट इमोशनल। हम या तू कौन-सा फ्रंट पर लड़ने जा रहे हैं। वो बात यह है यार, लड़ाई की बात हो तो जरा जोश आ जाता है। अच्छा टाइम पास हो जाता है।"

अनुज नैयर के पिता, रजियाबानो आप सुन रही हैं। युद्ध लोगों के लिए

किसी देशभक्ति का नाम नहीं टाइम काटने का तरीका है। आपने अपने बच्चे खोए, उनकी क्षत-विक्षत लाशें देखीं। जबसे, 1990 के बाद से युद्ध टी.वी. पर लाइव दिखाई देने लगा है, तब से मिसाइलें हवा में उड़ती किसी बड़ी हवाई की तरह दिखाई देती हैं। और बम हजारों को तहस-नहस करने वाले पटाखों की लड़ी की तरह फूटते हैं। ओह युद्ध! कितना बड़ा मनोरंजन है।

एक थ्रिल! जिसमें जाती हुई जानें, माता-पिता के चिन्तातुर चेहरे और अचानक ही बिखरे हुए सपने कुछ भी तो नजर नहीं आता। युद्ध मौत नहीं, तकलीफ नहीं, प्रतिहिंसा नहीं एक सतत उत्तेजता का नाम है।

कुछ दिन अखबारों की सुर्खियाँ, शहीदी का तमगा, फिर सब कुछ गायब।

जहाँआरा शाहबानो से पूछती है—"क्या सचमुच लड़ाई होगी, तब कौन हारेगा, किसकी होगी जीत।"

"क्या पता जहाँआरा, हर बार जब भी कोई जीतेगा मनुष्यता तो हार ही गयी होगी। बेशक, कोई कहता रहे कि दर्द ज्यादा बढ़े तो उसका अहसास खत्म हो जाता है। इसीलिए दर्द से छुटकारा पाने का तरीका है कि उसे खूब सहा जाये। उसका डटकर मुकाबला किया जाये। मैंने यही तो किया था।"

"और मैंने भी वही किया।"—फूलन देवी के कातिल शेरसिंह राणा ने जब फूलन देवी को मारा तो बयान दिया—"मैंने यह ठाकुरों के सम्मान की खातिर किया।"

परिवार के सम्मान की खातिर जहाँआरा संगसार हुई। ठाकुरों के सम्मान के लिए फूलनदेवी। जिस दिन फूलनदेवी के मरने की खबर बेहमई पहुँची वहाँ दीवाली मनायी गयी। बेंडिट क्वीन जिसे देख उसके गाँव के आस-पास की बहुत-सी लड़कियाँ डाकू बनने को उतावली हो उठीं। ढेर-सा लूट का माल, नाम, गिराम, फिल्में और स्त्रीत्ववाद का ठप्पा भी।

"और मैंने भी वही किया।" रामसिंह की आत्मा ने पुकारा—यदि राजपूतों के सम्मान के नाम पर मैंने रूपकंवर के सती हो जाने को सही ठहराया तो क्या गलत किया? मैं सही था यह तो रूपकंवर के सती स्थल पर हर साल लगने वाले मेले से जाना जा सकता है।"

कि अचानक बचाओ-बचाओ की आवाजें आने लगीं। पता चला कि चुड़ैल बनी रूपकंवर ने रामसिंह की आत्मा के गले में पैने नाखून चुभो दिये। फिर अट्टहास करती बोली—"महसूस कर रामसिंह, इन नाखूनों की चुभन और जलन को और फिर सोच कि एक जिन्दा औरत को चिता में झोंके जाने के बाद कैसा

लगता होगा? मेले की बात कर रहा है न! मेला लगे, कमाई हो, इसीलिए तो तुमने मुझे मारा था। उन दिनों कितनी कमाई की थी तुम लोगों ने। कमाई के लिए किसी की जान लेना मामूली बात है।"

"छोड़ दो-छोड़ दो।" रामसिंह की आत्मा ने गुहार की तो रूपकंवर उसे डपटती हुई बोली–"लानत है, तुझ पर। तू तो नेता था न। और नेता क्या सिर्फ आदमियों का। औरतों का नहीं, जो बात-बात पर शादी के वक्त दी जाने वाली उन तीन चुन्नियों को दिखाता था। जो लड़की को शादी के वक्त दी जाती थीं। जिसमें एक चुन्नी सती हो जाने के लिए होती थी। तुझे मालूम है न, मौत के लिए उकसाने वाला भी उतना ही बड़ा अपराधी होता है जितना मारने वाला।"

रामसिंह की आत्मा गिड़गिड़ाई–"माफ कर दो बहन।"

"तेरे माफी माँगने या बहन कहने से मैं जीवित नहीं हो जाऊँगी। लेकिन जा...और अपने घटिया विचारों समेत इस धरती की तरफ रुख मत करना।"

रामसिंह की आत्मा भागी तो देर तक उसकी घबराहट को महसूस किया जाता रहा। तब रूपकंवर हँसी ठठाकर और तब तक हँसती रही जब तक पूरा आसमान चिता की लपटों से नहीं भर गया।

शाम के सात बजे का समय! दिन रविवार! रविवार की शाम कितनी उदास लगती है...एक भरा-पूरा आने वाला हफ्ता अपनी तमाम परेशानियों के साथ मुँह बाए खड़ा रहता है।

जीवन की आपाधापियाँ, परेशानियाँ, भाग-दौड़, छल-कपट, उन सबके बीच सरपट दौड़ती जिजीविषा! जीना है, जीना है, आगे बढ़ना...अतीत को भूलकर।

'कोड़ा जमालशाही, पीछे देखा आफत आई'

कालबेल बहुत बेसुरे सुर में राग अलाप रही है। सैल खत्म हो गया है। कौन है? अच्छा राजू।

"आओ बेटा, अन्दर आ जाओ।"

वह आकर जमीन पर उकड़ूँ बैठ जाता है। हमारे लाख कहने पर भी वह कभी सोफे या कुर्सी पर नहीं बैठता! उसमें भरी हीनता हमें अपनी नजरों में गिरा देती है।

लेकिन नहीं उसका स्वाभिमान! वह कभी पैसे नहीं माँगता। किसी त्योहार, होली-दीवाली पर वह मिठायी या रुपये लेने से इनकार कर देता है।

जब तक कपड़े लाये जाते हैं तब तक वह युद्ध के सबसे बड़े बाजार टेलीविजन को देखने लगता है। वहाँ युद्ध बोया जा रहा है, काटा जा रहा है। दाम लगाने वाले और वसूलने वाले खड़े हैं। बोलो सुखोई लोगे या एफ 16। क्या तुम

अपने पड़ोसी से कमजोर दिखना चाहोगे? व्यापार का तर्क! एक को दूसरे से भिड़ाकर पैसे बटोरने की रणनीति।

राजू बोल रहा है—एक पैंट, एक बड़ी चादर, एक छोटी, एक कुर्ता, तीन सलवार, पाँच टी-शर्ट, एक झाड़न।

फिर वह अपने पतले हाथों से कपड़ों की पोटली बाँधता है, लेकिन उठता नहीं, वैसे ही उकड़ूँ बैठा रहता है।

थोड़ी देर बाद नजरें झुकाकर पूछता है—"बाबू जी, क्या युद्ध होगा?"

"क्या पता, क्यों तुम्हें क्या लगता है?"

"हो ही जाये।" —उसकी आँखें चमकती हैं।

"क्यों भला? कितने लोग मर जाते हैं। कितने घायल हो जाते हैं?"

"मगर यहाँ रहकर भी क्या...वह अपना वाक्य अधूरा छोड़ देता है, "लड़ाई हो साब तो मैं भी फौज में भर्ती हो जाऊँ।"

"बावले हुए हो, क्या फायदा? यहाँ तुम्हें क्या कमी? वहाँ तो गाजर-मूली की तरह कटवा देते हैं।"

"कोई बात नहीं साहब, जब तक जिन्दा रहूँगा पेट भर रोटी मिलेगी। घर पैसे भी भेज दिया करूँगा। और मर गया तो...फौजी के मरने पर घर वालों को सरकार की तरफ से बहुत कुछ मिल जाता है।"

वह दरवाजा भिड़ाकर चला गया है।

वह कितने मामूली शब्दों में अपने और उनके मन की बात कह गया है जो बस ऐसे ही मर जाते हैं। जिन्हें शहीद-शहीद कहकर बहुत कुछ अपनी जेबों में चला जाता है, इस उम्मीद में कि काश! अगला युद्ध जल्दी हो!

राजू की सूनी आँखें आसमान में फैल गयी हैं। उनमें कोई सितारा नहीं चमकता।

(जनसत्ता, 2005)

□ □